读客中国史入门文库

顺着文库编号读历史，中国史来龙去脉无比清晰！

智　囊

职场必修的古人智慧

[明] 冯梦龙　著　　　顾闪闪　译注

江苏凤凰文艺出版社
JIANGSU PHOENIX LITERATURE AND
ART PUBLISHING

图书在版编目（CIP）数据

智囊：职场必修的古人智慧 /（明）冯梦龙著；顾闪闪译注 . — 南京：江苏凤凰文艺出版社，2024.4
（读客中国史入门文库）
ISBN 978-7-5594-8091-0

Ⅰ . ①智 … Ⅱ . ①冯 … ②顾 … Ⅲ . ①《增广智囊》– 译文②《增广智囊》– 注释 Ⅳ . ① I242.1

中国国家版本馆 CIP 数据核字 (2023) 第 216705 号

智囊 ：职场必修的古人智慧

[明]冯梦龙 著　　顾闪闪 译注

责任编辑	丁小卉
特约编辑	王星麟　　乔佳晨　　高小玲　　尹开心
封面设计	申碧莹
责任印制	杨 丹
出版发行	江苏凤凰文艺出版社
	南京市中央路 165 号，邮编：210009
网　　址	http://www.jswenyi.com
印　　刷	三河市龙大印装有限公司
开　　本	880 毫米 ×1230 毫米 1/32
印　　张	11
字　　数	270 千字
版　　次	2024 年 4 月第 1 版
印　　次	2024 年 4 月第 1 次印刷
标准书号	ISBN 978-7-5594-8091-0
定　　价	39.90 元

江苏凤凰文艺版图书凡印刷、装订错误，可向出版社调换，联系电话：010-87681002。

目　录

职场防猜疑篇

职场防陷害篇

职场矛盾化解篇

职场识人篇

职场应变篇

职场竞争篇

职场的说话艺术篇

职场防猜疑篇

　　上对下的猜疑，古来有之。领导者怀疑手下的忠诚，怀疑手下对自己有所隐瞒，从而用各式各样的手段去控制、测试手下。面对这种信任感的缺失，别急于自证。本篇告诉你，相比于自乱阵脚，拿出成熟的话术、摆出冷静的心态才是好做法；甚至要在怀疑的苗头出现之前就做出反应，防患于未然。

卫青^① 程信：
权力再大，遇事还得多请示

大将军青兵出定襄^②。苏建、赵信^③并军三千余骑，独逢单于兵，与战一日，兵且尽，信降单于，建独身归青。议郎^④周霸曰："自大将军出，未尝斩裨将^⑤。今建弃军，可斩以明将军之威。"长史安^⑥曰："不然。建以数千卒当虏数万，力战一日，士皆不敢有二心，自归而斩之，是示后无反意也。不当斩。"青曰："青得以肺腑待罪行间，不患无威。而霸说我以明威，甚失臣意。且使臣职虽当斩将，以臣之尊宠，而不敢专诛于境外，其归天子，天子自裁之，于以风为人臣者不敢专权，不亦可乎？"遂囚建诣行在，天子果赦不诛。

【注释】

①卫青：西汉名将，汉武帝皇后卫子夫之弟。七击匈奴，二出定襄，远征漠北，直曲塞，广河南，破祁连，通西国，靡北胡，威震瀚海。受封长平侯，官至大司马大将军，死后陪葬茂陵，谥号"烈"。

②定襄：汉武帝时辖今内蒙古长城以北的卓资、和林格尔、清水河一带。卫青曾在定襄以北两次与匈奴单于主力作战，迫使匈奴人远遁大漠以北，"漠南无王庭"。此事发生于元朔六年（前123年），

卫青第二次出征定襄时期。

③苏建、赵信：均为汉军将领。苏建，苏武之父，以军功封平陵侯，曾奉命修筑朔方城。赵信本为匈奴小王，战败后投降汉朝，改名赵信，被封翕侯，后又因战败，复降匈奴。

④议郎：汉代官名，掌顾问应对，秩比六百石。

⑤裨（pí）将：副将、偏将。

⑥长史安：任安，曾为大将军卫青舍人，后卷入戾太子刘据巫蛊之祸，论罪腰斩。以与司马迁互通信款而闻名。

【译文】

大将军卫青出兵定襄远击匈奴。苏建、赵信一同率领三千多员骑兵行军，在途中遭遇了匈奴单于大军，与之苦战一天，士兵伤亡殆尽，赵信投降单于，苏建独自一人逃回汉军大营。议郎周霸对卫青说："自从大将军出兵以来，从未处死过副将。现在苏建抛弃军队，只身逃回，可以处死他来显扬大将军的威名。"长史任安说："不可如此。苏建率领几千士兵遭遇敌人数万大军，力战了整整一天，兵士们都不敢有二心，如今他从战场逃回，将军反而要处斩他，是在告诉后人，遇到这种情况绝不能归返大营。我认为不应该斩。"卫青说："卫青能以外戚近臣的身份在军队中担任要职，从不担心自己没有权威。而周霸却劝说我显扬自己的权威，实在是不符合我作为臣子的本意。就算处斩将领在我的职权范围内，但考虑到我在天子面前受到的尊宠，我也不敢在外做出无旨斩将的专权之事，应该把苏建押送回天子面前，天子自会裁决，这样也能训示那些做臣子的，让他们不敢专擅独断，不也是可行的吗？"于是卫青下令将苏建押入囚车，将他送到天子留驻之处去谒见天子，天子果然赦免了他。

[冯述评] 卫青握兵数载，宠任无比，而上不疑，下不忌，唯能避权远嫌故。不然，虽以狄枢使[①]之功名，犹不克令终，可不戒欤！○狄青为枢密使，自恃有功，颇骄蹇，怙惜士卒。每得衣粮，皆曰："此狄家爷爷所赐。"朝廷患之。时文潞公[②]当国，建言以两镇节使出之。青自陈无功而受镇节，无罪而出外藩。仁宗亦以为然，向潞公述此语，且言狄青忠臣。潞公曰："太祖岂非周世宗忠臣？但得军心，所以有陈桥之变[③]。"上默然。青犹未知，到中书[④]自辨。潞公直视之，曰："无他，朝廷疑尔！"青惊怖，却行数步。青在镇，每月两遣中使抚问。青闻中使来，辄惊疑终日。不半年，病作而卒。潞公之谋也。

【注释】

①狄枢使：狄青，北宋时期名将，曾任枢密使。

②文潞公：文彦博，北宋宰相，旧党代表人物，历仕四朝，受封为潞国公，世称"文潞公"。

③陈桥之变：显德六年（959年），周世宗柴荣死，即位的恭帝柴宗训年仅七岁。次年春，镇、定二州报北汉联兵契丹南下，朝廷命殿前都点检赵匡胤出师抵御，大军行经陈桥驿时，帐下军士哗变，并以所谓的"点检为天子"传言为名义，为赵匡胤披上黄衣，拥其返还京师，即皇帝位，改周为宋。

④中书：指中书门下，位于禁中，设政事堂，简称"中书"，与枢密院对掌大政，合称为"二府"。清人呼之为"中书内省"，应与设在皇城外的"中书省"区别开来。

【译文】

[冯梦龙述评] 卫青手握兵权数年，得到的偏爱信赖无人可

比，然而能令皇帝不疑心，令大臣们不妒忌，只是因为他能够避免专权，远离各种猜嫌。否则，就算有狄青那样的功业和名声，也不能保全声名而善终，还能不引以为戒吗！狄青担任枢密使的时候，自恃有功，非常傲慢，爱惜庇护麾下的士兵。士兵们每每得到衣服和粮食，都说："这是狄家爷爷赐予的。"朝廷对此非常忧虑。当时是文潞公主持国事，他提议以任命狄青为两镇节度使的名义，让他离开京师。狄青上书说自己没有功劳却受封为两镇节度使，没有罪过却被调出京师，镇守藩镇，自己不明白这是为什么。宋仁宗也认为他说的有道理，向文潞公转述了狄青的话，并说狄青是忠臣。文潞公说："太祖皇帝难道不是周世宗的忠臣吗？仅仅因为得到了军心，所以才有了陈桥驿黄袍加身的兵变。"仁宗听后默然不语。狄青还不知道自己被调出的原因，到中书门下去为自己申辩。文潞公直视着他，说："没有其他的缘故，就是朝廷疑心你罢了！"狄青感到惊讶惶恐，后退了好几步。狄青在藩镇时，朝廷每月两次派遣使者前去慰问。狄青每次听说朝廷的使者来了，就会整日惊恐疑虑。不到半年，狄青便病发而死。这是文潞公的计谋啊。

休宁程公信①为南司马②征川贵时，诏以便宜之权付公。公自发兵至凯旋，不爵一人，不杀一人。同事者以为言，公曰："刑赏，人主之大柄，惧阃外事不集而假之人臣。幸而事集，又窃弄之，岂人臣之谊耶？"论者以为古名臣之言。

【注释】

①程公信：程信，明朝名臣，南直隶徽州府休宁县人，曾参与北京保卫战。成化三年（1467年），四川戎县山都掌蛮贼聚众叛

乱，信以兵部尚书衔提督军务，协同襄城伯李瑾调四川、贵州官兵奉诏讨贼，次年大胜，向朝廷献捷。

②南司马：指南京兵部尚书，明永乐时始以南京为陪都，行"两京制"，南京设有完整的中央级政治机构。程信征川贵时，官衔应为中央朝廷兵部尚书，成化六年（1470年）方改为南京兵部尚书、参赞机务。此处疑有误。

【译文】

程信在担任南司马远征川贵，平定都掌蛮叛乱的时候，皇帝曾下诏赋予他自行决断的便宜之权。程信从发兵到凯旋，都没有赐给任何一个人官爵，也没有处死麾下任何一个人。与他共事的人都谈论这件事，程信说："刑罚和封赏，是君主的大权，是因为担心边境偏远，战事难以成功，才委托给臣下代为行使的。幸运的是，事情已经办成了。在这种情况下，我再暗中玩弄权柄，这难道是为人臣子者该做的吗？"谈论这件事的人把这些话看作古之名臣的至理名言。

陈平①：
上级眼皮子底下才安全

燕王卢绾②反，高帝③使樊哙④以相国将兵击之。既行，人有短恶哙者，高帝怒，曰："哙见吾病，乃几吾死也！"用陈平计，召绛侯周勃⑤受诏床下，曰："平乘驰传⑥载勃代哙将。平至军中，即斩哙头！"二人既受诏行，私计曰："樊哙，帝之故人，功多，又吕后女弟女媭夫，有亲且贵。帝以忿怒故欲斩之，即恐后悔，［边批：精细。］宁囚而致上，令上自诛之。"平至军，为坛，以节⑦召樊哙。哙受诏节，即反接⑧载槛车诣长安，而令周勃代，将兵定燕。平行，闻高帝崩，平恐吕后及吕媭怒，乃驰传先去。逢使者，诏平与灌婴⑨屯于荥阳。平受诏，立复驰至宫，哭殊悲，因奏事丧前。吕太后哀之，曰："君出休矣。"平因固请得宿卫中⑩，太后乃以为郎中令⑪，曰："傅教帝。"是后吕媭谗乃不得行。

　　［冯述评］谗祸一也，度近之足以杜其谋，则为陈平；度远之足以消其忌，则又为刘琦⑫。宜近而远，宜远而近，皆速祸之道也。○刘表爱少子琮，琦惧祸⑬，谋于诸葛亮，亮不应。一日相与登楼，去梯，琦曰："今日出君之口，入吾之耳，尚未可以教琦耶？"亮曰："子不闻申生在内而危，重耳在外而安⑭乎？"琦悟，自请出守江夏。

【注释】

　　①陈平：西汉王朝开国功臣。少家贫，为人多智，陈胜起事，事魏王咎，说计不听，归从项羽为都尉。旋归刘邦，献计离间项羽、范增，又建议刘邦笼络大将韩信。汉朝建立，封曲逆侯。惠帝、吕后时任丞相。吕后死，与周勃合谋诛诸吕，迎立文帝，任丞相。

　　②卢绾：与刘邦同里，从刘邦起兵，后入汉为将军。从东击项羽，灭临江王，破燕王臧荼，有功，封燕王。高祖十一年（前196年）陈豨反，绾使人前往联合，并与匈奴相勾结，后事败，逃往匈奴。

③高帝：高皇帝的简称，一般用于称开国皇帝，这里指汉高祖刘邦。

④樊哙：西汉开国元勋。初以屠狗为业，从刘邦起兵攻秦，屡立战功。入咸阳，在鸿门宴上斥项羽，卫护刘邦得脱身。高帝立，从击臧荼、陈豨及韩王信，迁左丞相、相公，封舞阳侯。

⑤周勃：西汉开国将领。秦时以织薄曲为生，又常为人吹箫给丧事。后随刘邦起兵于沛，屡破秦军。从击项羽，定天下。高祖六年（前201年），封绛侯。汉初，从刘邦平定韩王信、陈豨、卢绾之乱。为人稳重敦厚，高祖以为可属以大事。吕后死，与陈平定计诛诸吕，汉室以安。文帝立，拜右丞相。

⑥驰传：古代驿站的一种马车，四匹中等马拉的驿车为驰传。

⑦节：符节，古代使臣所持以为凭证。汉初纯为赤色。

⑧反接：反绑两手。

⑨灌婴：汉朝开国功臣。秦末战争中，从刘邦起兵入关，骁勇善战，赐爵列侯。楚汉战争中，截击项羽粮道，随韩信破齐，追击项羽于垓下，灭楚有功。汉朝建立后，封颍阴侯。吕后卒，与周勃、陈平诛诸吕，拥立文帝，任太尉，寻代周勃为丞相。

⑩宿卫中：住在宫中行护卫事。

⑪郎中令：官名，始置于秦，为九卿之一，掌宫廷侍卫，汉初沿置。

⑫刘琦：东汉末荆州牧刘表的长子。

⑬刘表爱少子琮，琦惧祸：刘表宠爱后妻蔡氏所生幼子刘琮，欲以琮为后，刘琦饱受继母谗害，又见刘琮有蔡瑁、张允等人的支持，终日惶恐。

⑭申生在内而危，重耳在外而安：春秋时期，晋献公宠爱骊姬，骊姬欲立亲生儿子奚齐为储君，谗言陷害晋献公诸子。太子申

生不肯逃往他国，最终被迫自缢而死；公子重耳逃往他国，得以幸免，后回国即位，是为晋文公。

【译文】

燕王卢绾造反，汉高祖派樊哙担任相国，率军讨伐他。樊哙大军出发后，有人在汉高祖面前说樊哙的坏话，高祖大怒，说："樊哙看我病重，就盼着我死！"他采用陈平的计策，召见了绛侯周勃，让他在床榻前接受诏命："由陈平乘坐驿车载着周勃去代替樊哙领兵。陈平一到军中，就斩下樊哙的头！"二人接受诏命上路以后，私下商议道："樊哙是皇帝的故交，建功颇多，又是吕后妹妹吕嬃的丈夫，与皇室有亲缘关系且身份尊贵。皇帝是一时愤怒才想要杀掉他，只怕之后会后悔，〔边批：精细。〕我们不如将樊哙囚禁起来送到皇帝面前去，让皇帝自己诛杀他。"陈平到了军中，筑坛之后，用天子符节召见樊哙。樊哙接诏受节，当即被反绑着两手用囚车载着送到长安去，周勃奉命代替他，率军平定卢绾叛乱。陈平出发后，在路上听说了汉高祖驾崩的消息，陈平害怕吕后和吕嬃发怒，便让驿车先行赶往长安。路上遇到使者，传吕后诏命让陈平和灌婴屯兵荥阳。陈平接诏后，又立即驱车赶往皇宫，哭得非常悲伤，在刘邦的灵前奏报了樊哙之事的经过。吕太后听完非常哀伤，对他说："你出去休息吧。"陈平听后坚持请求住在宫中护卫，吕太后便让他担任郎中令，说："以后请你辅佐并教授新帝。"在这之后吕嬃去谗害陈平，也没有得逞。

〔冯梦龙述评〕对于谗言致祸一事，有的人揣度应该到近处去，近到足以杜绝对方的阴谋，譬如陈平这样；有的人推测要逃往远处，远到足以打消对方的猜忌，譬如刘琦那样。应该留在近处却跑远，应该远离却偏偏要靠近，都会加速灭亡。刘表偏爱幼子刘琼，长子刘琦害怕大祸临头，想请诸葛亮为自己出谋划策，诸葛亮不回应。一天，二人一同登上高楼，刘琦让人拿掉下楼的梯子，并对诸葛亮说："今天您口中说出的话，只有我一人能听见，您还不能教一教我吗？"诸葛亮说："你没听说过申生坚持留在国内，最终招致了危险，而重耳逃往国外却转危为安的事吗？"刘琦顿悟，向刘表自请外放，去镇守江夏。

吕夷简[①]：
不越权，才能让上司放心

西鄙用兵，大将刘平战死[②]。议者以朝廷委宦者监军，主帅节制有不得专者，故平失利。诏诛监军黄德和。或请罢诸帅监军，仁宗以问吕夷简。夷简对曰："不必罢，但择谨厚者为之。"仁宗委夷简择之，对曰："臣待罪宰相，不当与中贵私交，何由知其贤否？愿诏都知、押班[③]，但举有不称者，与同罪。"仁宗从之。翼日，都知叩头乞罢诸监军宦官。士大夫嘉夷简有谋。

［冯述评］杀一监军，他监军故在也。自我罢之，异日有失事，彼借为口实，不若使自请罢之为便。文穆[④]称其有宰相才，良然，惜其有才而无度，如忌富弼[⑤]，忌李迪[⑥]，皆中之以小人之智；方之古大臣，邈矣！○李迪与夷简同相，迪尝有所规画，吕觉其胜。或告曰："李子柬之[⑦]虑事，过于其父。"夷简因语迪曰："公子柬之才可大用。"［边批：奸！］即奏除两浙[⑧]

提刑^⑦。迪父子皆喜。迪既失柄，事多遗忘，因免去，方知为吕所卖。

【注释】

①吕夷简：宋朝宰相。太子太师吕蒙正之侄。他辅佐年幼的仁宗，在太后临朝听政的情况下，保证了北宋的社会安定和经济发展，死后谥文靖，配享仁宗太庙。然与范仲淹政见不合，对范多番排挤，为时人所不满。

②西鄙用兵，大将刘平战死：宋仁宗康定元年（1040年），西夏元昊盛兵攻延州，延州知州范雍召鄜延路副总管刘平和鄜延副都部署石元孙前去救援，又召鄜延都监黄德和为外援。三川口一战，宋与西夏双方皆伤亡惨重，刘平遣子向黄德和求援，黄德和不从，逃往甘泉。刘平仅余千人，不敌西夏轻兵，与石元孙皆为西夏所俘。后，黄德和反诬刘平降敌，诏命文彦博即河中府置狱，查知真相，德和坐腰斩。时宋廷误以为刘平战死，追赠其为朔方节度使，谥壮武，后石元孙被放还返宋，才知刘平乃是被俘之后不降而死，而非战死。

③都知、押班：宋朝设有内侍省，为宦官总机构，掌拱侍殿中，备侍奉洒扫之职。都知、押班都是内侍省宦官的官职名。

④文穆：吕蒙正谥文穆。《宋史》记载，宋真宗曾询问吕蒙正家中诸子谁可堪大用，吕蒙正答："诸子皆不足用。有侄夷简，任颍州推官，宰相才也。"

⑤忌富弼：吕夷简当政期间，富弼曾多次因公事对其言语冲撞，吕夷简衔恨在心，因荐富弼出使契丹，并在暗中变易国书，想要以此坑害富弼。

⑥李迪：北宋大臣。真宗景德二年（1005年）进士第一，历

任给事中、参知政事、集贤殿大学士。与丁谓不和，出知郓州。仁宗初被贬为衡州团练副使，后复相。复与吕夷简交恶，贬官，卒谥文定。

⑦柬之：李柬之，李迪子。以献文召试，赐进士出身，通晓当朝典故，累进直集贤院，仁宗时官至龙图阁直学士。

⑧两浙：两浙路，北宋至道三年（997年）置，北宋地方行政区，辖二府十四州。

⑨提刑：官名。提点刑狱公事的简称，也称提刑官。宋朝在占据交通要道的州府设置提刑司，遣常参官分往诸路，掌本路司法、刑狱，审问囚徒，复查冤案，凡难决疑案与盗窃犯逃而不获者，上奏朝廷，并监察所部官吏，举廉能、劾违法。

【译文】

北宋西境爆发战争，（战后宋廷误以为）大将刘平战死。议事的大臣认为，朝廷委派宦官作为监军，致使主帅在指挥过程中不能全力调遣，才导致刘平作战失利。朝廷下诏处死监军黄德和。有人请求将诸军元帅的监军都罢免掉，仁宗就此事询问吕夷简的意见。吕夷简答道："不必都罢免诸军的监军，只需要挑选谨慎忠厚的人去担任这一职位。"仁宗请吕夷简来挑选，吕夷简答道："臣作为失职有罪的宰相，不应当和宦官有私交，哪里知道他们贤能与否呢？希望诏令都知、押班举荐监军，如果他们举荐的监军有不称职的，举荐他的人与其同罪。"仁宗听从了他的意见。第二天，都知便叩头乞求罢免诸军监军的宦官。士大夫们都称赞吕夷简有谋略。

[冯梦龙述评] 杀掉一个监军，其他监军依旧存在。自己提出罢免他们，他日战事失败，宦官们就会把这当作陷害的话柄，不如让他们自己请求罢免来得好。吕蒙正曾称赞吕夷简有宰相之才，的

确如此，只可惜他有才能却没有气量，例如他妒忌富弼、李迪，都是靠小人的才智去陷害他们；与古代大臣相比，差得太远了！李迪和吕夷简同朝为相，李迪曾经规划政事，吕夷简觉得他胜过自己。有人告诉他："李迪的儿子李柬之考虑事情，超过他的父亲。"于是吕夷简对李迪说："您的公子李柬之可堪大用。"［边批：奸！］随即便向朝廷奏请任命李柬之为两浙提刑。李迪父子都很高兴。李迪离开李柬之后，经常遗忘事情，因此被免去宰相之职，这才知道自己是被吕夷简暗害了。

王守仁[①]：
别逆着上级的心意做事

阳明既擒逆濠，因于浙省。时武庙[②]南幸，驻跸留都[③]。中官诱令阳明释濠还江西，［边批：此何事，乃可戏乎？］俟圣驾亲征擒获，差二中贵至浙省谕旨。阳明责中官具领状，中官惧，事遂寝。

［冯述评］杨继宗[④]知嘉兴日，内臣往来，百方索赂。宗曰："诺。"出牒取库金，送与太监买布绢入馈，因索印券[⑤]："附卷归案，以便他日磨勘[⑥]。"内臣咋舌不敢受。事亦类此。

【注释】

①王守仁：字伯安，世称"阳明先生"，明朝著名思想家、文学家、哲学家和军事家，创立"阳明心学"。因起兵平定宸濠之

乱，被封新建伯，隆庆年间追赠新建侯。

②武庙：明朝皇帝朱厚照，庙号武宗，1505—1521年在位。

③留都：古代王朝迁都后，旧都仍置官留守，称为留都。明之留都为南京。

④杨继宗：明朝官员，官至左佥都御史。性刚廉，为官期间极言官吏贪索之弊。

⑤印券：指盖有官印的凭证。

⑥磨勘：官员考绩升迁的制度。

【译文】

王守仁擒获宁王朱宸濠后，将他囚禁在浙江杭州。时逢明武宗南巡，暂驻在南京。宦官诱哄命令王守仁将朱宸濠释放，让他回到江西，〔边批：这是什么样的事情，岂能儿戏？〕等皇帝御驾亲征的时候再将他擒获，并派遣两个宦官到杭州去颁布诏令。王守仁责令宦官写下提走朱宸濠的文书凭证，宦官对此十分畏惧，于是这件事就这样平息了。

〔**冯梦龙述评**〕杨继宗在嘉兴担任知府的时候，宦官们常常出入他的府中，千方百计地向他索取贿赂。杨继宗答应他们说："好。"然后拿出官牒到府库中去取钱，送给太监让他们用来买布绢进献官中，并就此向太监索要盖有官印的凭证收据，说："这是用来附在卷宗后归档的，以便他日朝廷用来考核我的政绩。"宦官们听后都害怕得说不出话来，不敢接受他的钱。这件事也与王守仁之事类似。

江彬等忌守仁功，流言谓"守仁始与濠同谋，已闻天兵下征，乃擒濠自脱"，欲并擒守仁自为功。［边批：天理人心何在！］守仁与张永①计，谓"将顺天意，犹可挽回万一，苟逆而抗之，徒激群小之怒"。乃以濠付永，再上捷音，归功总督军门②，以止上江西之行，而称病净慈寺③。永归，极称守仁之忠及让功避祸之意。上悟，乃免。

［冯述评］阳明于宁藩一事，至今犹有疑者。因宸濠密书至京，欲用其私人为巡抚，书中有"王守仁亦可"之语。不知此语有故：因阳明平日不露圭角，未尝显与濠忤；濠但慕阳明之才而未知其心，故犹冀招而用之，与阳明何与焉！当阳明差汀赣巡抚④时，汀赣尚未用兵，阳明即上疏言："臣据江西上流，江西连岁盗起，乞假臣提督军务之权以便行事。"而大司马王晋溪⑤覆奏："给与旗牌⑥，大小贼情悉听王某随机抚剿。"阳明又取道于丰城。盖此时逆濠反形已具，二公潜为之计，庙堂方略，已预定矣。濠既反，地方上变告，犹不敢斥言，止称"宁府"。独阳明上疏闻，称"宸濠"。即此便见阳明心事。

【注释】

①张永：明朝正德年间宦官。原为宦官刘瑾党羽，宦官集团"八虎"之一，总神机营。后与刘瑾不睦，同杨一清等人协力诛之。武宗病逝后，提督京师九门，又在太后授意下诱捕江彬。

②总督军门：明朝称总督、巡抚为军门。

③净慈寺：中国著名寺院之一，位于浙江杭州市西湖南岸。

④汀赣巡抚：正德十一年（1516年），王守仁被任命为都察院右佥都御史，巡抚南安、赣州、漳州、汀州等地。

⑤王晋溪：王琼，明朝大臣。历仕数十年，执掌兵部，平定朱宸濠叛乱，立有殊勋，连进"三孤""三辅"。

⑥旗牌：写有"令"字的旗和牌，古代朝廷颁给封疆大吏或钦差大臣作为准其便宜行事的凭据。

【译文】

江彬等人忌妒王守仁的功劳，散播流言说"王守仁一开始与朱宸濠是同谋，听说天子御驾亲征后，才擒住朱宸濠来让自己脱罪"，想要把王守仁也一起擒住，当作自己的功劳。[边批：天理人心何在！] 王守仁和张永商议此事，认为"顺应皇帝的心意，还能在这种对他们十分不利的情况下，拥有一点微小的挽回机会；倘若逆着皇帝的意思来，不交出朱宸濠，只会白白激起这群小人的怒气"。于是便将朱宸濠交给张永，再让张永向皇帝报捷，将功劳归于当地的总督、巡抚，来制止皇帝南下江西巡行，而王守仁自己则称病住进净慈寺。张永回到宫中，在皇帝面前极力称赞王守仁的忠心以及他想要让出功劳、躲避祸患的心意。明武宗明白了王守仁的用意，于是便没有再怪罪他。

[冯梦龙述评] 在王守仁对待宁王朱宸濠这件事上，至今仍有人持怀疑态度。起因是朱宸濠秘密写信至京城，想要私下任用他做巡抚，信中有"王守仁也可以"的字样。可那些怀疑的人不知道，朱宸濠这样写是有原因的：王守仁平日不露锋芒，并不曾与朱宸濠有明显冲突；朱宸濠只是仰慕王守仁的才华，却不知道他对朝廷的忠心，故而仍希望能够招揽任用他，这和王守仁有什么关系呢！当时王守仁被派遣做汀州、赣州等地的巡抚，汀、赣等地尚未发生战事，王守仁就进呈奏章说："臣据守江西南部，赣江上流，江西的盗匪连年反叛，请陛下授予臣指挥监督军务的权力，以便见机行事。"大司马王晋溪也再度向皇帝禀奏："将下令的旗和牌交给王守仁，如若江西发生或大或小的盗匪叛乱，都让王守仁见机行

事，带领军队进行征剿和招抚。"后来王守仁在前往福建剿匪的途中，又从丰城取道，因为这时朱宸濠要造反的态势已经很明显了，这是王守仁和王晋溪两位大臣暗中定下的计策，其实朝廷的讨贼方略早已预定好了。朱宸濠造反之后，地方官府上奏谋反之事，仍不敢用斥责的字眼，只将朱宸濠称为"宁府"。只有王守仁在上呈的奏章中，将其直称为"宸濠"，从这里便可以看出王守仁的心意了。

李泌：
上级身边有自己人好做事

议者言韩滉①闻乘舆在外，聚兵修石头城，阴蓄异志。上疑，以问李泌，对曰："滉公忠清俭，自车驾在外，滉贡献不绝，且镇抚江东十五州②，盗贼不起，皆滉之力也。所以修石头城者，滉见中原板荡，谓陛下将有永嘉之行③，为迎扈之备耳。此乃人臣忠笃之虑，奈何更以为罪乎？滉性刚严，不附权贵，故多谤毁，愿陛下察之，臣敢保其无他。"上曰："他议汹汹，章奏如麻，卿不闻乎？"对曰："臣固闻之，其子皋为考功员外郎④，今不敢归省其亲，正以谤语沸腾故也。"上曰："其子犹惧如此，卿奈何保之？"对曰："滉之用心，臣知之至熟，愿上章明其无他，乞宣示中书，使朝众皆知之。"上曰："朕方欲用卿，人亦何易可保，慎勿违众，恐并为卿累！"泌退，遂上章，请以百口保滉。他日，上谓泌曰："卿竟上章，已为卿留中⑤。虽知卿与滉亲旧，岂得不自爱其身乎？"对曰："臣岂肯私于亲旧以负陛下，顾滉实无异心。臣之上章，以为朝廷，非为身也！"上曰："如何为朝廷？"对曰："今天下旱蝗，关中米斗千钱，仓廪耗竭，而江东丰稔。愿陛下早下臣章，以解朝众之惑，而谕韩皋，使之归觐，令滉感激，无自疑之心，速运粮储，岂非为朝廷耶？"〔边批：此唐室安危之机，所系非细。〕上曰："朕深谕之矣！"即下泌章，令韩皋谒告归觐，面赐绯衣⑥，谕以"卿父比有谤言，朕今知其所以，释然不复信矣"，因言"关中乏粮，与卿父宜速置之"。皋至润州，滉感悦流涕，即日自临水滨，发米百万斛，听皋留五日即还朝。皋别其母，啼声闻于外。滉怒，召出挞之，自送至江上，冒风涛而遣之。〔边批：至诚感人，可悲可泣。〕既而陈少游⑦闻滉贡米，亦贡二十万斛。上谓李泌曰："韩滉乃能使陈少游亦贡米乎？"对曰："岂唯少游，诸道⑧将争入贡矣！"〔边批：有他套。〕

【注释】

①韩滉：唐朝政治家，太子少师韩休之子，玄宗时以门荫入仕。德宗时，帝走奉天，滉时任镇海军节度使、润州刺史、浙江东西道观察使等职，训士卒，完靖东南，又调发粮帛以济朝廷，当时赖之。卒谥忠肃。

②江东十五州：浙江东西道所辖润、升、常、湖、苏、杭、睦、越、明、台、温、衢、处、婺十四州，另兼统宣州。

③永嘉之行：西晋永嘉年间，政局动荡，琅邪王司马睿及大批士大夫南下渡江，后司马睿即位，建东晋，即晋元帝。这里指韩滉考虑到德宗或会效仿晋元帝南渡，故而提前筑起石头城为保驾做准备。

④考功员外郎：官名，隋始置，分掌外官考课之事，兼掌贡举。玄宗开元二十四年（736年）以贡举事属礼部。

⑤留中：将臣子上的奏章留于宫禁之中，不交办。

⑥绯衣：唐朝五品及以上朝官的红色品服。

⑦陈少游：时任淮南节度使。

⑧诸道：道，中国古代行政区划，依据山川形势划分，贞观元年（627年）将全国划分为十道，中宗神龙二年（706年）置十道巡察使，玄宗开元二十一年（733年）又分十道为十五道。

【译文】

有人议论韩滉听说皇帝不在京师，便聚集兵力修筑石头城，暗怀谋反之心。唐德宗因此疑心韩滉，将这件事告诉了李泌，并询问他的看法，李泌答道："韩滉公正忠心，清廉勤俭。自从陛下御驾离京，韩滉就不断向您进贡物资，同时他镇抚江东十五州，当地没有盗贼兴起，靠的都是韩滉的努力呀！他之所以修筑石头城，是因为眼见中原动荡不安，以为陛下您将会效仿晋元帝渡江南下，提前在为迎接銮从御驾而做准备罢了。这是为人臣者忠厚笃实的考虑，怎么能将这当作他的罪行呢？韩滉性情刚强严峻，不依附权贵，因此有很多人毁谤他，希望陛下能明察，臣敢担保他没有异心。"德宗说："旁人议论汹汹，奏章纷乱如麻，你没有听说吗？"李泌答道："臣自然是听说了，韩滉的儿子韩皋担任考功员外郎，如今都不敢回家探望自己的父母，正是因为毁谤韩滉的言论甚嚣尘上。"德宗说："他的儿子尚且如此畏惧，你又何必要为他担保呢？"李泌答道："韩滉的良苦用心，臣深切地了解，臣想上书表明韩滉全无异心，求您让中书省宣示臣的奏章，让朝中的官员都知道这件事。"德宗说："朕正想重用你，一个人哪是那么容易可以被担保的？不要犯众怒，只恐你被韩滉连累！"李泌回去后便给皇帝上书，请求以全家性命为韩滉担保。过了几天，德宗对李泌说："你还是给朕上书了，朕已经将奏章留于宫禁之中，不让外人知道。朕虽然知道你与韩滉是故交好友，但你怎能如此不爱惜自己的性命？"李泌答道："臣怎么会为了偏袒故交好友而辜负陛下？臣是看韩滉确实没有异心。臣上书是为了朝廷，并不是为了我自己啊！"德宗问："怎么是为了朝廷呢？"李泌答道："现在天下正遭受旱灾、蝗灾，关中米价一斗就要千钱，昂贵无比，粮仓更是损耗殆尽，而江东之地粮食充足。希望陛下能早些将臣的奏章下发中书省，解开朝中大臣们的疑惑，再诏谕韩皋，让他回家谒见父母，让韩滉心怀感激，他自然就不会有反叛之心，并且还会加速运来粮草储备，岂不是为了朝廷吗？"〔边批：这是关系到唐王朝安危的关键，不是小事。〕德宗说："朕完全明白了。"并立即将李泌的奏章下发给中书省，诏令韩皋回家谒见父母，并当面赐给他五品及以上官员才能穿的红色官服，告诉他"接连有人诽谤你的父亲，现在朕知道这是怎么回事了，朕心中的疑虑已经解开，不会再相信那些话了"，又说"现在关中缺粮，你和你父亲应尽快运粮草过来"。韩皋抵达润州后，韩滉既感动又喜悦，痛哭流涕，当天便亲自来到江边，送出了百万斛米，让韩皋在家停留五日就马上回朝。韩皋拜别母亲的时候，哭声传到了外面。韩滉大怒，将韩皋喊出来打了一顿，又亲自将他送到江边，冒着风浪把他送走。〔边批：至诚感人，可悲可泣。〕不久淮南节度使陈少游听说韩滉进贡米的事情，也进贡了二十万斛米。德宗问李泌："韩滉还能让陈少游也进贡米吗？"李泌答道："岂止是陈少游，全国各道都将要争着进贡米了！"〔边批：有他套。〕

李泌：
以真诚换真诚，是获得领导信任的不二法门

　　德宗贞元中，张延赏①在西川，与东川节度使李叔明②有隙。上入骆谷③，值霖雨，道路险滑，卫士多亡归朱泚④。叔明子升⑤等六人，恐有奸人危乘舆，相与啮臂为盟，更控上马，以至梁州。及还长安，上皆以为禁卫将军，宠遇甚厚。张延赏知升出入郜国大长公主第，[郜国大长公主，肃宗女，适驸马都尉萧升，女为德宗太子妃。]密以白上。上谓李泌曰："郜国已老，升年少，何为如是？"泌曰："此必有欲动摇东宫者，[边批：破的。]谁为陛下言此？"上曰："卿勿问，第为朕察之。"泌曰："必延赏也。"上曰："何以知之？"泌具言二人之隙，且曰："升承恩顾，典禁兵，延赏无以中伤，而郜国乃太子萧妃之母，故欲以此陷之耳！"上笑曰："是也！"

【注释】

　　①张延赏：唐朝宰相，中书令张嘉贞之子。代宗大历初拜河南尹，徙荆南、剑南节度使，加礼部尚书。德宗贞元元年（785年），拜中书侍郎、同平章事。卒谥成肃。

　　②李叔明：鲜于叔明，代为豪族。肃宗时擢明经，累官洛阳令，迁京兆尹。历官东川节度使及遂、梓两州刺史。德宗建元初，以破吐蕃功，加检校户部尚书。德宗幸兴元，出家资助军，加太子太傅，封蓟国公。

　　③骆谷：地名，在今陕西周至县西南，为关中与汉中的交通要道。德宗由奉天逃往山南的时候曾途经此地。

④朱泚：初为幽州卢龙节度使李怀仙部将，代宗大历三年（768年），与朱希彩等杀怀仙。七年，将士杀希彩，军卒推举泚为节度使。建中二年（781年），因弟滔谋叛唐，受株连而落职，以太尉衔留京师。建中四年，泾原节度使姚令言军在长安哗变，德宗出奔奉天，泚被拥立为帝，建国号秦，年号应天。旋率兵围奉天，大败，逃归，变国号为汉。李晟复京师，泚出走彭原，为部将所杀。

⑤叔明子升：李叔明之子李升，《邺侯家传》及《旧唐书·叔明传》等本亦作"李昇"。

【译文】

唐德宗贞元年间，张延赏在西川，和东川节度使李叔明有仇。朱泚之乱时，德宗由奉天逃往山南，途经骆谷，正赶上雨季，道路湿滑危险，护驾的卫士大多逃到了朱泚那里。李叔明的儿子李升等六人担心有奸人趁机危害德宗，便一同咬臂出血立誓，轮流驾驭德宗所乘的马车，直到抵达梁州。回到长安后，德宗将他们六人都封为禁卫将军，给予了隆重的恩遇。张延赏得知李升常常出入郜国大长公主府后，[郜国大长公主，唐肃宗之女，嫁给驸马都尉萧升，女儿成为唐德宗太子妃。] 便秘密地将这件事报告给德宗。德宗对李泌说："郜国大长公主年岁已高，而李升尚年轻，怎么会这样？"李泌说："这必然是有人想要动摇太子之位，[边批：发言正中要害。] 是谁向陛下告发这件事的？"德宗说："你不要问了，只管为朕留意这件事就够了。"李泌说："这必然是张延赏说的。"德宗说："你是怎么知道的？"李泌将张延赏和李叔明之间的仇怨一一向德宗讲明，并且对德宗说："李升承蒙陛下恩宠眷顾，主管禁军，张延赏没有什么能中伤他的地方，而郜国大长公主是太子妃萧氏的母亲，因此用此事来陷害他罢了！"德宗笑着说："正是这样！"

　　或告主淫乱，且厌祷①，上大怒，幽主于禁中，切责太子。太子请与萧妃离婚。上召李泌告之，且曰："舒王②近已长，孝友温仁。"泌曰："陛下唯一子，[边批：急招。]奈何欲废之而立侄？"上怒曰："卿何得间人父子！谁语卿舒王为侄者？"对曰："陛下自言之。大历③初，陛下语臣：'今日得数子。'臣请其故，陛下言'昭靖诸子，主上令吾子之'。今陛下所生之子犹疑之，何有于侄？舒王虽孝，自今陛下宜努力，勿复望其孝矣。"

　　上曰："卿违朕意，何不爱家族耶？"对曰："臣为爱家族，故不敢不尽言。若畏陛下盛怒而为曲从，陛下明日悔之，必尤臣云：'吾任汝为相，不力谏，使至此。'必复杀臣子。臣老矣，余年不足惜，若冤杀臣子，以侄为嗣，臣未得歆其祀也。"因呜咽流涕。

　　上亦泣曰："事已如此，使朕如何而可？"对曰："此大事，愿陛下审图之。臣始谓陛下圣德，当使海外蛮夷皆戴之如父，[边批：缓步。]岂谓自有子而自疑之？自古父子相疑，未有不亡国覆家者。陛下记昔在彭原，建宁何故而诛④？"[边批：似缓愈切。]

　　上曰："建宁叔实冤，肃宗性急，谮之者深耳。"泌曰："臣昔以建宁之故辞官爵，誓不近天子左右。不幸今日又为陛下相，又睹诸事。臣在彭原，承恩无比，竟不敢言建宁之冤，及临辞乃言之，肃宗亦悔而泣。先帝[代宗]自建宁死，常怀危惧，[边批：引之入港。]臣亦为先帝诵《黄台瓜辞》⑤，以防谗构之端。"上曰："朕固知之。"

【注释】

①厌祷：以巫术祭祀祈祷鬼神。《资治通鉴》载："（郜国）公主不谨，詹事李昇、蜀州别驾萧鼎、彭州司马李万、丰阳令韦恪，皆出入主第。主女为太子妃，始者上恩礼甚厚，主常直乘肩舆抵东宫。宗戚皆疾之。"因此便有人告发大长公主淫乱，且在府中暗行厌祷之事。

②舒王：李谊，初名谟，昭靖太子李邈子。邈早逝，德宗爱其幼，取为己子，封为舒王。

③大历：唐代宗李豫年号。

④建宁何故而诛：建宁，即李倓。倓英勇忠孝，却为张良娣、李辅国所谮。肃宗惑于偏语，赐死，俄悔悟。唐代宗即位后，追赠齐王，追谥为承天皇帝，改葬顺陵。

⑤"先帝"句：李倓冤死后，李泌曾为之辩白申冤，并对肃宗曰："陛下尝闻《黄台瓜》乎？高宗有八子，天后所生者四人……长曰弘，为太子，仁明孝友，后方图临朝，鸩镣之，而立次子贤。贤日忧惕，每侍上，不敢有言，乃作乐章，使工歌之，欲以感悟上及后。其言曰：'种瓜黄台下，瓜熟子离离。一摘使瓜好，再摘令瓜稀，三摘尚云可，四摘抱蔓归。'而贤终为后所斥，死黔中。陛下今一摘矣，慎无再！"以此劝诫肃宗不要再听信谗言，复杀广平王李俶。

【译文】

有人告发郜国大长公主淫乱，并且行巫术祈祷之事。德宗大怒，将郜国大长公主幽禁在宫中，并严厉地责备太子。太子请求和郜国大长公主之女萧妃离婚。德宗召见李泌，将这件事告诉他，并说："舒王目下已经长大成人，性情孝顺友爱、温厚仁慈。"李泌说："陛下您只有一个亲生儿子，[边批：应急之法。] 怎么会想要废掉他而改立侄子呢？"德宗生气地说："你怎么可以离间朕和舒王的父子之情！谁告诉你舒王是朕的侄子？"李泌答道："是陛下您自己说的。大历初年，您对臣说：'今天我得到了几个儿子。'我向您请问其中缘故，您说'父皇让我把昭靖太子的儿子们当作亲子来看待'。现在陛下您对亲生儿子尚且疑心，更何况对侄子呢？舒王虽然孝顺，但您现在也要努力抛开此念，别再指望一个心怀戒惧的侄子来孝敬您了！"

德宗说："你违背朕的心意，难道就不爱惜你的家族吗？"李泌答道："臣就是因为爱惜家族，所以才一定要毫无保留地进言。如果因为害怕陛下的盛怒而选择曲意顺从，陛下改天后悔了，必然会怨恨、责怪臣说：'我任命你为宰相，你却不力谏，才导致了这样的结果！'必然又会杀死臣的儿子。臣已经老了，残年已不值得顾惜，可如果冤杀了臣的儿子，让臣不得不以侄子作为后嗣，那么臣死后恐怕就享受不到人间的祭祀了！"说完便痛哭流涕。

德宗也哭着说："事已至此，朕该要怎么做才好呢？"李泌答道："这是关乎社稷的大事，希望陛下能谨慎考虑。臣本认为以陛下的圣德，足以让海外的蛮夷都像爱戴父亲那样爱戴您，[边批：放缓了劝说的节奏。] 怎料您现在对自己的亲生儿子都如此疑心呢？自古以来，父子之间互相猜疑，没有不导致国破家亡的。陛下还记得当年在彭原，建宁王是因为什么被杀的吗？"[边批：劝说的节奏看似放缓，实则越发急切了。]

德宗答道："建宁王确实冤枉，这是由于肃宗性情过于急躁，那些针对建宁王的谮害之言又太厉害。"李泌说："臣当年就是因为建宁王之死，而选择辞官弃爵，发誓再不为天子近臣的。不幸现在又担任陛下您的宰相，又目睹这些父子相疑的事情。臣当年在彭原，承受的恩宠无以复加，可我最终也没敢为建宁王出言申冤，等到与肃宗请辞的时候，才敢说出这件事，肃宗也后悔哭泣。先帝［唐代宗］自从建宁王死后，常心怀恐惧，［边批：引入正题。］那时我也曾为了保护他，在肃宗面前吟诵《黄瓜台辞》，以防有人再找机会构陷他。"德宗说："这些朕都知道了。"

　　意色稍解，乃曰："贞观①、开元②，皆易太子，何故不亡？"对曰："昔承乾③［太宗太子。］屡监国④，托附者众，藏甲又多，与宰相侯君集⑤谋反。事觉，太宗使其舅长孙无忌⑥与朝臣数十鞫之，事状显白，然后集百官议之。当时言者犹云：'愿陛下不失为慈父，使太子得终天年。'太宗从之，并废魏王泰⑦。陛下既知肃宗性急，以建宁为冤，臣不胜庆幸。愿陛下戒覆车之失，从容三日，究其端绪而思之，陛下必释然知太子之无他也。若果有其迹，当召大臣知义理者二三人，与臣鞫实，陛下如贞观之法行之，废舒王而立皇孙，则百代之后有天下者，犹陛下之子孙也。至于开元之时，武惠妃谮太子瑛兄弟⑧，杀之，海内冤愤，此乃百代所当戒，又可法乎？且陛下昔尝令太子见臣于蓬莱池⑨，观其容表，非有蜂目豺声、商臣之相⑩也，正恐失于柔仁耳。又太子自贞元以来，尝居少阳院，在寝殿之侧，未尝接外人、预外事，何自有异谋乎？彼谮者巧诈百端，虽有手书如晋愍怀⑪、衷甲⑫如太子瑛，犹未可信，况但以妻母有罪为累乎？幸赖陛下语臣，臣敢以宗族保太子必不知谋。向使杨素⑬、许敬宗⑭、李林甫⑮之徒承此者，已就舒王图定策之功矣！"

　　上曰："为卿迁延至明日思之。"泌抽笏叩头泣曰："如此，臣知陛下父子慈孝如初也。然陛下还宫当自审，勿露此意于左右，露之则彼皆欲树功于舒王，太子危矣！"上曰："具晓卿意。"

间日，上开延英殿，独召泌，流涕阑干，抚其背曰："非卿切言，朕今悔无及矣！太子仁孝，实无他也！"泌拜贺，因乞骸骨⑯。

【注释】

①贞观：唐太宗李世民年号。

②开元：唐玄宗李隆基年号。

③承乾：李承乾，唐太宗长子，贞观初立为皇太子。性敏惠，太宗爱之。及长，喜声色，漫游无度。以足疾生忌恨，暗中交刺客，结朋党，企图杀死有美誉的魏王泰，不克而止。旋与汉王元昌等密谋反叛，将纵兵入西宫。贞观十七年（643年），事泄，被废为庶人。谥愍。

④监国：中国古代政治制度。指君主外出时，太子留守代管国事。

⑤侯君集：唐朝名将，少事秦王李世民，玄武门之变，君集之策居多，授右卫大将军，封潞国公。贞观四年（630年），迁兵部尚书，参议朝政。曾率军平吐谷浑，击高昌，自恃功高。因贪取金宝下狱，旋被释，心怀不满。贞观十七年，乃约张亮同反，亮密奏，太宗以无旁证不问。后太子承乾恐有废立，又知君集怨望，遂与其通谋造反。及事发，捕君集下狱，被斩。

⑥长孙无忌：唐朝宰相，李承乾母长孙皇后之兄。决策发动玄武门之变，贞观年间历任尚书仆射、司空、司徒等重职，封为赵国公，为凌烟阁功臣之首。预修唐律，参定晋王承乾为太子，并受命辅立高宗。于高宗即位后，执掌大权，后因反对高宗立武后，被许

敬宗奉武则天旨意诬以谋反罪放逐黔州，自缢死。

⑦魏王泰：李泰，太宗第四子，封魏王。太宗以泰好士爱文学，特令就府别置文学馆，任自引招学士。时皇太子李承乾有足疾，泰阴结朋党，图谋太子之位。太子败，罢官，降顺阳王，幽禁于将作监。

⑧武惠妃谮太子瑛兄弟：太子瑛，即李瑛，玄宗第二子。本名嗣谦。开元三年（715年）立为皇太子。其母赵丽妃本伎人，初得幸于帝。及武惠妃宠幸，丽妃恩弛，瑛颇快快，与兄弟鄂王瑶（皇甫德仪生）、光王琚（刘才人生）皆以母失宠有怨望语。惠妃诉于帝，几废太子，以张九龄谏而止。寻张九龄罢相，李林甫当国，武惠妃党又谮害太子等人，于是玄宗杀太子瑛及瑶、琚。

⑨蓬莱池：又称太液池，遗址位于唐长安城大明宫含元殿等三大殿以北，是唐朝最重要的皇家池园。

⑩商臣之相：商臣，即楚穆王，芈姓，熊氏，名商臣，为楚成王长子。商臣蜂目而豺声，为人残忍，楚成王在位时，立其为太子。楚成王四十六年（前626年），成王又欲立王子职而黜商臣，商臣不甘为王子职臣，遂在同年十月发动政变，以宫兵围成王，逼迫成王上吊自杀。

⑪晋愍怀：司马遹（yù），晋惠帝皇太子。幼而聪慧，深受其祖父晋武帝喜爱。及长，不好学，唯与左右嬉戏。皇后贾南风欲废之，遂呼太子入朝。既至，后不见，置于别室，遣婢将其灌醉，又令黄门侍郎潘岳仿遹平日口吻写好草稿，所书内容大致为"陛下宜自了；不自了，吾当入了之。中宫又宜速自了；不了，吾当手了之"云云。之后再令宫婢拿纸笔和草稿，让太子写下，太子醉迷不觉，遂依而写之。惠帝见后，遂废太子为庶人，软禁金墉城，卒为贾南风派人所暗害。贾后死，复立太子，谥愍怀。

⑫衷甲：在衣服里面穿铠甲。开元二十五年（737年），武惠妃为构陷太子瑛兄弟，谎称宫中有贼，让三王及太子妃兄薛锈在衣内穿甲进宫救驾，却在其入宫后诬陷其披甲而来，正欲谋反。玄宗令宦官视之，果然。于是三王被废为庶人。

⑬杨素：隋朝权臣。从杨坚平定天下，以功高封越国公。素多权略智诈，参与晋王杨广夺宗阴谋，谗废太子勇、蜀王秀。文帝病笃，矫诏杀勇。

⑭许敬宗：高宗时为礼部尚书，与李义府等助武昭仪为后，又助武后逐褚遂良，逼杀长孙无忌、上官仪等。

⑮李林甫：唐玄宗时宰相。太子李亨之立，非林甫意，林甫唯恐异日因此遭祸，常有动摇东宫之志，遂诬陷太子妃兄韦坚及陇右节度使皇甫惟明合谋欲共立太子亨为帝，致使韦坚、皇甫惟明被贬。之后李林甫又多次栽害太子，离间玄宗与太子的关系。

⑯乞骸骨：古代官吏因年老请求退职的一种说法，请求使骸骨得以归葬故乡。

【译文】

（德宗的）神色稍微缓和了几分，又问："太宗和玄宗皇帝都曾变易太子，为什么没有灭亡？"李泌答道："过去李承乾 [唐太宗时太子。] 为太子时，曾多次代管国事，依附他的人有很多，他又暗中私藏了许多兵器，和宰相侯君集一起蓄谋造反，事发之后，太宗让李承乾的舅舅长孙无忌和其他数位朝臣审问他们，谋反之事最终真相大白，在这之后才将百官聚在一起商议处置之法。当时还有人向太宗进言：'希望陛下依旧能做一位慈父，让太子得以善终。'太宗答应了，并在废太子的同时也废掉了魏王泰。陛下既然知道肃宗性情急躁，认为建宁王是冤枉的，臣感到不胜庆幸。希望陛下能够吸取当年肃宗的教训，暂缓三天，探清事情的来龙去脉，并且冷静思考，到时陛下必然可以知晓太子没有异心，从而疑虑尽消。如果真的有太子违法的证据，那么也应当召见两三个知义明理的大臣，和臣一同查明案件真相，陛下再仿效唐太宗处置李承乾的办法来处置太子，同时废掉舒王，立皇长孙为太子，那么过了百代之后，拥有这天下的仍然是陛下您的子孙。至于开元年间，武惠妃谮害太子瑛兄弟，害死他们的事情，举国都对此感到冤屈愤怒，这是世世代代都应引以为戒的，又哪里是可以效法的呢？况且陛下曾让太子在蓬莱池与臣见面，臣观察他的容貌仪表，并非像楚穆王那般蜂目豺声的篡逆之相，正担心他会不会因过于柔弱仁善而不适合做皇帝。再加上太子自贞元年间以来，都居住在您寝殿旁边的少阳院，从不曾接触外臣，更不曾干预外界的政事，又怎会凭空生出叛逆之谋？那些想要谮害太子的人手段极尽奸诈狡猾，因此他们纵然有像司马遹手书、太子瑛衣内穿甲上殿的证据，也不可以轻信，何况太子只是受妻子、母亲的连累呢？幸亏陛下对臣说了这件事，臣敢用整个宗族的性命担保，太子必然不知道其中的阴谋。假如是让杨素、许敬宗、李林甫之徒来办这件事，他们早就跑到舒王那里去图定策之功了！"

德宗说："为了你将变易太子的事延后，朕再想一想。"李泌抽出笏板，向德宗叩头并哭着说："听您这样说，臣就知道您和太子仍像当初那样父慈子孝。然而陛下回到宫中后，还是要谨慎行事，不要将这些心意泄露给左右近臣，倘若泄露，对方必然都想到舒王面前去立功，那么太子就危险了！"德宗说："你的意思朕都知晓了。"

间隔一天，德宗在延英殿单独召见了李泌，皇帝泪流满面，抚着李泌的后背说："要不是你那一番恳切的言辞，朕现在后悔也来不及了！太子仁厚孝顺，确实没有其他的心思！"李泌向德宗跪拜祝贺，之后便告老还乡了。

[冯述评] 邺侯①保全广平，及劝德宗和亲回纥②，皆显回天之力。独郜国一事，杜患于微，宛转激切，使猜主不得不信，悍主不得不柔，真万世纳忠之法。

【注释】

①邺侯：李泌受封邺县侯，世称"李邺侯"。

②劝德宗和亲回纥：贞元三年（787年），回纥合骨咄禄可汗屡求和亲，德宗都不答应。李泌建议德宗联合各国一同对抗吐蕃，德宗却因为皇子时曾受辱于回纥牟羽可汗，唯独不答应与回纥交好。于是李泌上书十余道，化解了德宗与回纥合骨咄禄可汗之间的隔阂，终于说动德宗在回纥可汗上表称臣称儿的前提下，答应了和亲之事。

【译文】

[冯梦龙述评] 邺侯在保全广平王和劝解德宗与回纥和亲两件事上，都体现出了他劝谏皇帝使之改变心意的能力。唯独在郜国大长公主这件事上，却做到了防微杜渐，劝说德宗时，他的言辞既曲折动听又激烈直率，让疑心深重的君主也不得不相信，让蛮横的君主也不得不变得心境柔和，这种让皇帝接纳忠言的方法，实在值得万世效仿。

刘备：
隐忍和示弱才能打消上级疑虑

曹公素忌先主[1]。公尝从容谓先主曰："今天下英雄，唯使君[2]与操耳！本初[3]之徒，不足数也！"先主方食，失匕箸。适雷震，因谓公曰："圣人云：'迅雷风烈必变[4]。'良有以也，一震之威，乃至于此！"

[冯述评]相传曹公以酒后畏雷、闲时灌圃轻先主，卒免于难。然则先主好结氂，焉知非灌圃故智？

【注释】

①先主：指刘备。

②使君：汉以后对州郡长官的尊称。

③本初：袁绍，字本初。

④迅雷风烈必变：语出《论语·乡党》，言孔子敬天之威，每见疾风迅雷，必然改变脸色。

【译文】

曹操素来猜忌刘备。他曾从容地对刘备说："当今天下能称得上英雄的，只有你和我而已！袁绍之徒，不值一提！"刘备当时正要吃东西，被吓得筷子都掉了。正赶上天上雷声震响，刘备便对曹操说："圣人说：'迅雷风烈必变。'看来确实是有道理的，我也是因为这一声雷鸣的威力，才被吓掉了筷子！"

[冯梦龙述评]相传曹操因为酒后害怕雷声、闲暇时间只在园子里浇菜等事而轻视刘备，刘备这才幸免于难。然而刘备也喜欢

编织毯席，又怎知这不是与浇灌菜园一样，都是他避祸的一种谋略呢？

王守仁：
对上级要懂得感恩

土官①安贵荣，累世骄蹇，以从征香炉山②，加贵州布政司参政，犹怏怏薄之，乃奏乞减龙场诸驿，以偿其功。事下督府勘议。时兵部主事王守仁以建言谪龙场驿丞，贵荣甚敬礼之，守仁贻书贵荣，略曰："凡朝廷制度，定自祖宗，后世守之，不敢擅改。改在朝廷，且谓之变乱，况诸侯乎？纵朝廷不见罪，有司者将执法以绳之。即幸免一时，或五六年，或八九年，虽远至二三十年矣，当事者犹得持典章而议其后。若是，则使君何利焉？使君之先，自汉、唐以来千几百年，土地人民，未之或改，所以长久若此者，以能世守天子礼法，竭忠尽力，不敢分寸有所违越，故天子亦不得无故而加诸忠良之臣。不然，使君之土地人民，富且盛矣，朝廷悉取而郡县之，谁云不可？夫驿可减也，亦可增也，驿可改也，宣慰司③亦可革也，由此言之，殆甚有害，使君其未之思耶？所云奏功升职，意亦如此。夫划除寇盗，以抚绥平良，亦守土常职。今缕举以要赏，则朝廷平日之恩宠禄位，顾将何为？使君为参政，已非设官之旧，今又干进不已，是无抵极也，众必不堪。夫宣慰，守土之官，故得以世有其土地人民；若参政，则流官④矣，东西南北，唯天子所使，朝廷下方尺之橄，委使君以一职，或闽或蜀，弗行，则方命之诛不旋踵而至。若捧橄从事，千百年之土地人民，非复使君有矣。由此言之，虽今日之参政，使君将恐辞之不速，又可求进乎？"后驿竟不减。

[冯述评]此书土官宜写一通置座右。

【注释】

①土官：封建王朝于部分少数民族聚居区设置的能世袭的官员或统治者。

②香炉山：在今贵州凯里市炉山镇东南。

③宣慰司：地方行政机构，金朝始设，元朝时在全国范围内普遍设立，负责管理军民事务，分道掌管郡县，为行省和郡县间的承转机关。明清时不设于内地，而独存于土司。

④流官：指明、清在川、滇、黔等省少数民族集居地区所置地方官，有一定任期，是相对于"土官"而言的。

【译文】

安贵荣身为世袭的土官，一向傲慢不逊，他因为随军镇压香炉山民变，被朝廷加封为贵州布政司参政，可他依然不满足，认为朝廷给他封的官太小，于是向皇帝上奏，请求朝廷裁减龙场的驿站，将其地交由自己管辖，来补偿自己的功劳。这件事被送呈云贵总督府商议。当时兵部主事王守仁因为上书言事被贬谪到龙场驿做驿丞，安贵荣对他十分尊敬礼貌。王守仁便写信给安贵荣，在信中简练地写道："朝廷的制度都是祖宗定好的，后世子孙都得遵守这些制度，不敢擅自更改。就算是朝廷要更改，都会被称为变乱，何况您作为一方诸侯要改呢？即使朝廷不怪罪，有关官府也会按照律法进行制裁的。即便暂时幸免了，或是五六年，或是八九年，最远也不过二三十年后，当事者可能还会拿着法令制度不断追究。如果这样的话，对您又有什么好处呢？自汉、唐以来千百年，您的祖先都在安守土地和人民，从未试图更改什么，所以您的家族才能长长久久地在这里担任土官，这都是他们能世代遵守天子的礼法，竭尽全力效忠朝廷，不敢有一点违背逾越的缘故，因此朝廷也不能无缘无故地非议忠良的大臣。不然的话，您管辖的土地这样肥沃，人民这样富裕，朝廷如果想将其收归郡县，谁又敢说不行呢？驿站如果可以裁减，那便也可以增加，驿站如果可以随便改制，那么宣慰司也可以被革除掉了，由此说来，这件事的害处实在是太大了，您难道没有思考过吗？您现在在奏疏中所写的，上表功劳请求升职，也是同样的道理。铲除贼寇盗匪，安抚黎民百姓，本就是一方土官应该做的事情。现在您多次用它来邀赏，是将朝廷平日里的恩宠和赏赐置于何地了呢？让您担任布政司参政，已经打破朝廷授官的旧例了，现在您又不停地谋求晋升，这样就太贪得无厌了，必然会触犯众怒的。宣慰使是安守一方土地的官职，因此您才能世世代代都管辖着这片土地和生活在此的人民。像布政司参政这种官职，却只是流官罢了，东南西北，无论被调到哪里任职，都只能听从天子的安排。朝廷只要颁下一道任命，委派给您一个职位，不管是福建还是四川，只要您不去，朝廷就会以违抗圣命的罪名将您诛杀，您转眼就要大祸临头。可如果您接受任命前去赴任，那么您祖祖辈辈管辖了千百年的土地和人民，到时都不再归您所有了。由此说来，朝廷眼下封您为布政司参政，您推辞都还来不及呢，又怎么能再向朝廷请求仕进呢？"安贵荣看后，再也不敢向朝廷提出裁减驿站的事了。

[冯梦龙述评] 土官都应该把这封信抄写一遍，作为自己的座右铭。

苏子由①：
替被领导猜疑的人说好话，是火上浇油

　　《元城先生语录》②云：东坡下御史狱③，张安道④致仕在南京，上书救之，欲附南京递进；府官不敢受，乃令其子恕至登闻鼓院⑤投进。恕徘徊不敢投。久之，东坡出狱。其后东坡见其副本，因吐舌色动。人问其故，东坡不答。后子由见之，曰："宜吾兄之吐舌也，此事正得张恕力！"仆曰："何谓也？"子由曰："独不见郑昌之救盖宽饶⑥乎？疏云'上无许、史⑦之属，下无金、张⑧之托'，此语正是激宣帝之怒耳。且宽饶何罪？正以犯许、史辈得祸。今再讦之，是益其怒也。今东坡亦无罪，独以名太高，与朝廷争胜耳。安道之疏乃云'实天下之奇才'，独不激人主之怒乎？"仆曰："然则尔时救东坡者，宜为何说？"子由曰："但言本朝未尝杀士大夫，今乃是陛下开端，后世子孙必援陛下以为例。神宗好名而畏义，疑可以止之。"

【注释】

　　①苏子由：苏辙，字子由。

　　②《元城先生语录》：宋代马永卿编笔记录其师刘安世语。刘安世是元城人，学者称之为"元城先生"，故名。

　　③东坡下御史狱：元丰二年（1079年）七月，御史台官员李定、何正臣等人接连上章弹劾苏轼，指其讥讽朝廷、反对新法，逮轼下狱。

　　④张安道：张方平，字安道，北宋大臣。

　　⑤登闻鼓院：官署名。宋初有鼓司，后改登闻鼓院，隶司谏、

正言。掌受文武官员与士民上书。凡有关朝政得失、公私利害、军事机密、陈乞恩赏、理雪冤滥及献奇方异术、改换文资等事无例通进的，都先到登闻鼓院投进。

⑥郑昌之救盖宽饶：盖宽饶，汉宣帝时任司隶校尉，为官公廉，刺举无所回避，所劾众多，多与在位及贵戚人结怨，又好言事刺讥，奸犯上意，因而不得上迁。宣帝方用刑法，信任中尚书官宦，宽饶上奏直谏，被指大逆不道。谏大夫郑昌愍伤宽饶忠直忧国，上书曰："司隶校尉宽饶居不求安，食不求饱，进有忧国之心，退有死节之义，上无许、史之属，下无金、张之托……"上不听，遂下宽饶吏。宽饶引佩刀自刭北阙下。

⑦许、史：许，许广汉，汉宣帝皇后之父；史，史高，汉宣帝的母家人，托孤大臣。这二人都是当时极有权势的外戚。

⑧金、张：金，金日磾；张，张安世。这二人都是汉宣帝依托的近臣。

【译文】

《元城先生语录》中记载：苏东坡因为御史诬陷，被逮捕入狱，张安道当时已经辞官回南京老家了，他上书申救东坡，想要将奏本附在南京官府递送的公文中，再呈送到皇帝面前；南京官府的官员不敢受理，张安道便让他的儿子张恕到登闻鼓院去投递奏本。张恕在登闻鼓院门外徘徊了许久，也没敢投递了。

过了很久，苏东坡出狱了。之后他看到了张安道为他求情的奏本抄本，不禁吐着舌头，脸色也变了。有人问他是什么缘故，他也不回答。之后苏辙也看到了抄本，说："难怪我兄长吐舌头，这件事还要多亏了张恕！"我（刘安世）问："这是为什么？"苏辙说："你没听说过郑昌搭救盖宽饶的事吗？郑昌在呈给汉宣帝的奏章中写'（盖宽饶）既没有和许广汉、史高等外戚结党，也没有依附于金日䃅、张安世这些权贵'，这句话正好激怒了汉宣帝。况且盖宽饶有什么罪呢？他正是因为得罪了许广汉、史高等人才遭此灾祸。此时郑昌再直指这些人恃宠而骄，是在火上浇油啊。现在苏东坡也没有犯什么罪，只是因为名气太大，到了和朝廷争胜的程度。张安道却在奏本中写他'实在是天下的奇才'，不也是在激起皇帝的怒气吗？"我说："那么当时想要搭救苏东坡的人，应该说些什么呢？"苏辙回答："只需要说本朝立朝以来，从未杀过士大夫，现在如果杀了，陛下您就是开了这个恶例的人，后世子孙必定效仿陛下的做法。宋神宗喜好美名而畏惧害怕丢失道义，这样或许才可以改变他的心意。"

田单①：
领导的信任，往往毁于谣言

燕昭王卒，惠王②立，与乐毅③有隙。［边批：肉先腐而虫生。］田单闻之，乃纵反间于燕，宣言曰："齐王④已死，城之不拔者二⑤耳。乐毅畏诛不敢归，以伐齐为名，实欲连兵南面而王齐。齐人未附，故且缓攻即墨，以待其事。齐人所惧，唯恐他将来，即墨残矣。"燕王以为然，使骑劫代毅，毅归赵。燕军共忿。

而田单乃令城中，食必祭其先祖于庭。飞鸟悉翔舞下食。燕人怪之。田单因宣言曰："神来下教我。"乃令城中曰："当有神人为我师。"有一卒曰:"臣可以为师乎?"[边批:此卒通窍。]因反走。田单乃起,引还,东向坐,师事之。卒曰:"臣欺君,实无能也。"单曰:"子勿言!"因师之。每出约束,必称神师,乃宣言曰:"君唯惧燕军之劓所得齐卒,置之前行与我战,即墨败矣。"燕人闻之,如其言。城中人见齐诸降者悉劓,皆坚守,唯恐见得。单又宣言:"君惧燕人掘君城外冢墓,戮先人,可为寒心。"燕军尽掘垄墓,烧死人。[边批:骑劫一至墨即此。]即墨人从城上望见,皆涕泣,俱欲出战,怒自十倍。

田单知士卒之可用,乃身操版锸,与士卒分功,妻妾编于行伍之间,尽散饮食飨士。令甲卒皆伏,使老弱女子乘城,遣使约降于燕,燕皆呼"万岁"。田单乃收民金,得千镒,令即墨富豪遗燕将,曰:"即墨即降,愿无掳掠吾族家妻妾。"燕将大喜,许之。燕军由此益懈。

单乃收城中,得千余牛,为绛缯衣,画以五采龙文,束兵刃于其角,而灌脂束苇于尾,烧其端,凿城数十穴,夜纵牛,壮士五千人随其后。牛尾热,怒而奔。燕军夜大惊。牛尾炬火光炫耀,燕军视之,皆龙文,[边批:应神师。]所触尽死伤。五千人因衔枚击之,城中鼓噪从之,老弱皆击铜器为声,声动天地。燕军大骇,败走,遂杀骑劫。

【注释】

①田单:战国时期齐国名将。公元前284年,燕使乐毅伐破齐,齐湣王出逃,田单率族人东保即墨。燕军围城,即墨大夫出战,败死。城中皆推田单为守将,立为将军,坚守即墨,抵御燕军。

②惠王:燕惠王,燕昭王子,公元前279—前272年在位。

③乐毅:战国后期名将,军事家、战略家。被燕昭王拜为上将

军，率五国兵伐齐，以功封昌国君。

④齐王：指齐湣王。

⑤城之不拔者二：公元前284年，燕昭王倾举国之兵，拜乐毅为上将军，联合赵、楚、韩、魏之兵伐齐，连下齐国七十余城，仅余莒、即墨二城没有被燕军攻破。

【译文】

燕昭王去世后，他的儿子燕惠王即位，惠王过去就曾和燕国大将乐毅有嫌隙。［边批：肉要先腐烂才会生出虫来。］田单听说这件事后，便在燕国实施反间计，散布谣言说："齐湣王已经死了，乐毅还没有攻下的城池只有莒城和即墨两座。乐毅因为害怕被新王诛杀而不敢归国，便以攻打齐国为名，实际上却是想将兵力集结起来在齐国称王。只不过齐国人还没有归附于他，他这才暂时慢慢地攻打即墨，等待称王的时机。齐国人现在最害怕的就是燕国派其他将领前来攻打，那样即墨就要被攻破了。"燕惠王相信了田单散布的谣言，派将领骑劫前去代替乐毅，乐毅只得投降赵国。燕国士兵们对这件事都感到很气愤。

与此同时，田单下令城中百姓在吃饭之前，必须先在庭院里祭祀自己的祖先。于是飞鸟都聚集到了城池的上空盘旋飞舞，又落下来觅食。燕国人看到以后觉得很奇怪。田单便又散布谣言说："是神从天上降下来教导我们。"而后他在城中下令宣称："应当会有神人来做我们的老师。"有一个士兵问："我可以担任神师吗？"［边批：这个士兵通透。］说完转身就走。田单便起身，将他带回来，让他朝东面坐下，像对待神师那样对待他。士兵说："我是骗您的，其实我什么本领都没有。"田单说："你不要说话！"便顺势将他奉为神师。每每到军中发布军令的时候，都声称是神师的意思，并散布谣言说："我只害怕燕国士兵将抓到的齐国士兵都处以割鼻之刑，还将他们放在军队前和我军作战，如果这样的话，即墨城就保不住了。"燕国人听说此事后，便按照田单说的做了。即墨城中的士兵看见那些投降齐国的士兵都被割掉了鼻子，都坚定了守城的信念，唯恐自己也被齐军捉去。田单又散布谣言说："我只害怕燕国人挖开我们在城外的坟墓，将我们祖先的尸体拖出来侮辱，这样即墨城中的人民都会感到痛心。"于是燕国人将齐人祖先的坟墓全部挖开，焚烧里面的死人。[边批：骑劫一到即墨城事态就变成这样。]即墨人在城上远远看到这样的场景，都悲愤地流下了眼泪，纷纷请求出战，怒气升至先前的十倍。

田单知道可以派士兵出战了，便亲自拿上筑墙工具，和士兵一起分担工作，将自己的妻妾都编入军队，又将城中的粮食都拿出来犒劳士兵。他命令精锐甲士都埋伏起来，派老弱妇孺登上城楼，又派遣使者和燕军约定投降之事，燕国人见状都高呼"万岁"。于是田单筹集民财，得到了千镒钱，他派即墨的富豪将这笔钱送给燕国将领，说："即墨城就要献降了，希望你们进城后不要掳掠我们的家族妻妾。"燕国将领十分高兴，答应了他们的请求。燕军从此更加放松了警惕。

于是田单在城中征集到了一千多头牛，他给这些牛绑上有花纹的大红色丝衣，画上五彩的龙纹，将兵刃绑在牛角上，又在牛的尾巴上束起苇草，灌上油脂，并点燃牛尾一端。他派人在城墙上凿出了数十个洞，连夜将牛驱赶出洞，又派五千名壮士跟随在牛后。牛尾巴被烫到，牛便发怒狂奔。燕军在夜里看见这样的场景，都十分震惊。被点燃的牛尾巴火光闪耀，燕军看见牛身上布满了龙纹，

[边批：照应神师的事。]被牛撞到的燕军非死即伤。那五千名壮士随后无声地发起攻击，城中百姓也敲锣打鼓紧随其后，就连年老

体弱者也敲击铜器发出响声，声震天地。燕军都害怕极了，大败而逃，于是齐军斩杀了骑劫。

[冯述评] 胜①、广假妖以威众。陈胜与吴广谋举事，欲先威众，乃丹书帛曰："陈胜王。"置人所罾②鱼腹中。卒买鱼，烹食，得腹中书，怪之。又令广于旁近丛祠③中，夜篝火作狐鸣，呼曰："大楚④兴，陈胜王。"于是卒皆夜惊。旦相率语，往往指目胜。

世充托梦以誓师。王世充欲击李密，恐众心不一，乃假托鬼神，言梦见周公，乃立祀于洛水之上，遣巫言："周公欲令仆射⑤急讨李密，当有大功，不则兵皆疫死。"世充兵皆楚人，信巫，故以惑之。众皆请战，遂破密。皆神师之遗教也。

○王德⑥征秀州⑦贼邵青。谍言将用火牛。德曰："此古法也，可一不可再。彼不知变，只成擒耳。"先命合军持满。阵始交，万矢齐发，牛皆反奔。我师乘之，遂残贼众。此可为徒读父书⑧者之戒。陈涛斜之车战⑨亦犹是。

伯比⑩羸师以张之。芴贾则累北以诱之⑪。至于田单，直请降矣。其诈弥深，其毒弥甚。勾践以降吴治吴，伯约以降会谋会。真降且不可信，况诈乎？汉王之诳楚，黄盖之破曹，皆以降诱也！岑彭、费祎，皆死于降人之手，噫，降可以不察哉！必也，谅己之威信可以致其降者何在，而参之以人情，揆之以兵势，断之以事理，度彼不得不降，降而必无变计也——斯万全之策矣。

【注释】

①胜：陈胜，字涉，秦朝末年农民起义领袖。少为人佣耕，被征戍渔阳，为屯长。至蕲县大泽乡，遇雨失期，依律当斩，遂与吴广率戍卒九百人起义，自为将军。

②罾：古代一种用木棍或竹竿做支架的方形渔网。

③丛祠：乡野林间的神祠。

④大楚：陈胜、吴广起义时，为使天下响应，自称公子扶苏和楚将项燕，称"大楚"。陈胜后自立为王，国号张楚。

⑤仆射：王世充时为隋朝尚书左仆射。

⑥王德：北宋末至南宋名将。以勇武应募，曾率部抵御金国，在一次作战中，手杀近百人，人称"王夜叉"。官至清远军节度使，封陇西开国公。

⑦秀州：古地名，治所在今浙江嘉兴市，北宋时属两浙路。

⑧徒读父书：秦与赵兵相拒长平，赵王欲用赵奢之子赵括为将，蔺相如阻谏："括徒能读其父书传，不知合变也。"赵王不听，遂将之，大败，前后所亡凡四十五万。

⑨陈涛斜之车战：陈涛斜，地名，在今陕西咸阳市东，其路斜出，故称。唐至德元载（756年），房琯将兵复西京，在此地遇贼将安守忠。琯用春秋战车之法对敌，以牛车两千乘进攻，叛军顺风扬尘鼓噪，牛皆惊骇，叛军又纵火焚之，琯大败。

⑩伯比：斗伯比，春秋时期楚国令尹。楚武王攻打随国，伯比为武王划策，隐藏精锐，以羸弱之师出战，以骄随国。

⑪艻贾则累北以诱之：艻贾，春秋时期楚国司马，孙叔敖父。楚庄王三年（前611年），楚国灾荒，庸、麋率群蛮、百濮叛楚。艻贾提议攻打庸国，并让楚军假装屡战屡败，以骄庸国，最终趁庸国轻视楚国，不设防备之时，一举灭掉了庸国。累北，屡次战败。

【译文】

[冯梦龙述评]秦朝末期,陈胜、吴广借助谣言来威慑众人。陈胜和吴广一同谋划起义的事,想要先在众人之中立威,于是用朱砂在一块丝帛上写了"陈胜王"三个字,又将它放进渔人网来的鱼的肚腹中。士兵前去买鱼,将鱼烹煮来吃的时候,在鱼肚子里发现了这张帛书,觉得很奇怪。陈胜又让吴广在附近林间的神祠中,半夜点燃篝火,模仿狐狸的叫声,呼喊:"大楚兴,陈胜王。"于是士兵们都在夜里被惊醒。第二天早上,他们相互议论这件事,都对着陈胜指指点点,并用目光相互示意。

王世充借托梦的手段来鼓动军心。王世充准备攻打李密,担心众人心不齐,于是便假托鬼神,说自己梦见了周公,并在洛水上进行祭祀,派巫师对众人说:"周公想派仆射抓紧去征讨李密,说这样会建下大功,不然的话士兵们就都会染上瘟疫病死。"王世充手下的士兵大多是楚人,迷信巫术,于是王世充以此来蛊惑他们。众人纷纷请战,于是王世充打败了李密。这都是仿照田单,借助了所谓神师的力量。

南宋时,王德奉命征讨秀州叛贼邵青。间谍向他汇报说邵青要用火牛阵。王德说:"火牛阵是古时的战术,只可用一次,第二次就不奏效了。邵青不懂得变通,只会被我军生擒。"于是他先命令全军提前拉满弓弦。等到双方开始交战,王德的军队便万箭齐发,邵青放出的火牛就都向相反的方向奔逃。官兵乘胜追击,于是打败了叛贼。这也可以作为那些只知道死啃先人兵书的人的警诫。陈涛斜之战时,房琯效仿古法,用兵车对战安禄山,结果大败,也是这个缘故。

伯比劝楚武王派出羸弱之师来使随国骄矜,从而放松对楚军的警惕。芳贾则伪造楚军屡战屡败的假象来诱骗庸国。至于田单,则直接用请降来蒙蔽燕军。和前人相比，田单欺诈的手段更加高深，也更加狠辣。勾践以向吴国投降为手段打败了吴国，姜维则以投降钟会为手段来谋取钟会的信任。真正的投降尚且不可信，何况是诈降呢？刘邦诓骗项羽，黄盖诈降破曹，都是用投降作为诱饵啊！岑彭和费祎，也都是死在投降之人手上，唉，对于来降者不能不仔细辨别啊！如果遇到必须接受投降的情况，也要掂量下自己到底有没有这样的威信可以使敌人来降，以人情来考量，以双方兵力来揣测，以事理去判断，最终推断对方是不得不投降，并且投降之后不会再生事端——这才是接受投降的万全之策。

职场防陷害篇

同事"甩锅"在职场上屡见不鲜，给你"穿小鞋"的同事更是防不胜防。常言道：害人之心不可有，防人之心不可无。面对出其不意的陷害和打压，我们该如何应对？翻开本篇，看古代智者们在面对不同的情况时，如何见招拆招，防患于未然。

甘露寺常住金：
被排挤的人难免背锅

李德裕^①镇浙右^②，甘露寺僧诉交代常住^③什物被前主事僧耗用常住金若干两，引证前数辈，皆有递相交领文籍分明，众词指以新得替人隐而用之，且云："初上之时，交领分两既明，及交割之日，不见其金。"鞫成具狱，伏罪昭然，未穷破用之所。公疑其未尽，微以意揣之。僧乃诉冤曰："积年以来，空交分两文书，其实无金矣。众乃以孤立，欲乘此挤之。"公曰："此不难知也。"乃召兜子^④数乘，命关连僧人对事，遣入兜子中，门皆向壁，不令相见；命取黄泥各摸交付下次金样以凭证据。僧既不知形状，竟摸不成，前数辈皆伏罪。

【注释】

①李德裕：唐朝名相，"牛李"党争中李党领袖，历任宪宗、穆宗、敬宗、文宗四朝，执政期间外攘回鹘，内平泽潞，裁汰冗官，制驭宦官，被誉为"万古良相"。

②浙右：浙江西部。

③常住：常住物的简称，僧、道称寺舍、田地、什物等固定资产为常住物。

④兜子：一种便轿。

【译文】

李德裕出镇浙右的时候，甘露寺的僧人们控告在交接寺院固定资产的时候，前任寺院住持耗用了常住金若干两，并且引证前几任住持交接时递交的文书，里面都记录得很清楚，众僧也指证是前任住持私下挪用了这些常住金，还说："前任住持刚刚上任的时候，寺中的常住金都交接得很明白，等到他交割的时候，常住金却不见了。"案件审理完毕，罪证显而易见，前任住持也认了罪，但还没有追查到那些常住金到底花费到哪儿去了。李德裕怀疑案子还没有告结，于是稍微对僧人进行了一点儿引导，前任住持才向他诉说了自己的冤屈："这些年来，都只是做出移交记录常住金文书的样子，实际上寺里已经没有常住金了。僧众乃是因为我不合群，想要趁机排挤我。"李德裕说："这不难查清。"于是他招来几乘小轿，命令与此事相关的僧人来对质，让他们坐进小轿子里，轿子的门都朝向墙壁，不让他们看见彼此；再命人取来黄泥，让他们各自捏捏交付给下一任住持的黄金式样，用来作为交接常住金的凭证依据。僧人们既然不知道金样的形状，最终也就捏不成，于是前几任住持都承认了自己的罪行。

严嵩：
别人落井下石，我拿证据说话

伊庶人^①为王时，以残暴历见纠于台使者，迫则行十万余金于嵩，得小缓。及嵩败家居，则遣军卒十辈造嵩家，胁偿金。嵩置酒款之，而好语曰："所惠金十万，实无之，仅得半耳，而又半费，请以二万金偿。"因尽以上所赐金有印识者予之。既去而闻于郡曰："有江盗劫吾家二万金去矣。速掩之，可获也！"郡发卒追得金，悉捕军卒下狱论死。

【注释】

①伊庶人：伊王朱典楧，嘉靖二十三年（1544年）袭封伊王，在位二十年。嘉靖四十三年（1564年），以淫暴被废为庶人，安置开封。

【译文】

伊王朱典楧还没有被废时，因为行为残暴，曾多次被御史弹劾，不得已派人送十万多金贿赂严嵩，罪名才得以稍稍减轻。等到严嵩罢政，在家赋闲，朱典楧就派十多个军卒去严嵩家胁迫严嵩偿还这笔钱。严嵩安排酒食款待了这些军卒，同他们好说好商量："伊王送给我的十万金，实际上没有那么多，我只得到了五万金，又有一半为他办事的时候花费掉了，希望准许我偿还两万金。"于是严嵩将皇帝赐给他的那些有特殊印记的金钱拿给他们。等这些人走后，他又向郡里报案，说："有江洋大盗到我家抢劫了两万金后逃走了。你们现在速去捉拿，就可以抓到他们！"于是郡守立即派兵追回了这些金子，又将那些伊王派去的军吏都关入监狱处死。

陈五：
假装入局，再顺势而为

京师闾阎①多信女巫。有武人陈五者，厌其家崇信之笃，莫能治。一日含青李于腮，绐家人疮肿痛甚，不食而卧者竟日。其妻忧甚，召女巫治之。巫降，谓五所患是名疔疮，以其素不敬神，神不与救。家人罗拜恳祈，然后许之。五佯作呻吟甚急，语家人云："必得神师入视救我可也。"巫入案视，五乃从容吐青李视之，捽巫，批其颊而叱之门外。自此家人无信崇者。

[冯述评]以舍利取人，即有借舍利以取之者；以神道困人，即有诡神道以困之者。无奸不破，无伪不穷，信哉！

【注释】
①闾阎：原指古代里巷内外的门，后泛指平民百姓。

【译文】
京城百姓大多崇信女巫。有一个叫陈五的习武之人，他对于家人笃信巫术这件事感到十分厌恶，却对此没有什么办法。一天，他在嘴里放了一颗青李子，含在腮边，哄骗家人说自己生了疮，脸都肿了，十分疼痛，一整天都躺在床上不吃不喝。他的妻子非常忧虑，连忙请来女巫医治。女巫来到陈五家中，告诉陈五他患的是一种有名的疔疮，因为他平日里向来不敬畏神灵，因此神灵不肯施救。于是陈五的家人都围绕着女巫下拜，诚恳地祈求女巫，女巫这才答应替陈五治病。陈五假装急切地呻吟，并对家人说："一定得神师进来当面医治，才能治好我。"女巫进入内室查看，陈五这才不慌不忙地吐出青李子，拿给女巫看，之后他用力揪住女巫的头发，掌掴女巫的脸颊，大骂着将她赶出了家门。从此他的家人再也不崇信女巫了。

[冯梦龙述评] 僧人靠舍利骗取信徒们的香火，就会有人反过来借舍利勒索僧人；女巫靠神道来使迷信的人陷入困厄，就会有人反过来用拆穿神道的方式使女巫陷入困厄。没有奸计可以不被识破，没有骗术可以不被拆穿，可见确实如此!

职场矛盾化解篇

　　和气生财。面对职场矛盾，聪明的人会审时度势，巧妙利用话术来化解。适当表达不满，需要策略，也需要技巧；有时候多忍耐，把矛盾累积到一定程度，再寻准时机一并爆发，也不失为良方。在职场中，你需要的是强话术、大肚量和巧妙的策略。翻开本篇，轻松化解职场矛盾，避免形成私人恩怨。

蔺相如^① 寇恂：
找到共同利益，就能化敌为友

赵王归自渑池^②，以蔺相如功大，拜为上卿，位在廉颇^③之右。廉颇自侈战功，而相如徒以口舌之劳位居其上："我见相如必辱之！"相如闻，不肯与会；每朝，常称病，不欲与颇争列。已而相如出，望见廉颇，辄引车避匿。于是舍人相与谏相如，欲辞去。相如固止之曰："公之视廉颇孰与秦王？"曰："不若也。"相如曰："夫以秦王之威，而相如廷叱之，辱其群臣；相如虽驽，独畏廉将军哉！顾吾念之：强秦之所以不敢加兵于赵者，徒以吾两人在也。今两虎共斗，势不俱生，吾所以为此者，先国家之急而后私仇也。"颇闻之，肉袒负荆^④，因宾客至相如门谢罪，遂为刎颈之交。

【注释】

①蔺相如：战国时期赵国政治家、外交家。

②赵王归自渑池：《史记·廉颇蔺相如列传》记载，秦昭襄王邀请赵惠文王会于西河外的渑池。赵王畏秦，不愿赴约，最终在廉颇保驾至边境、蔺相如随从的前提下，赵王才勉强赴会。席间，秦王多次提出无理要求，企图羞辱赵王，蔺相如不卑不亢一一回击，没有让秦王讨到任何便宜，他与率军守在边境的廉颇相

互配合，既保证了赵王的安全，又做到了不辱赵国尊严。

③廉颇：战国时期赵国名将。

④肉袒负荆：意为向对方请罪，甘愿受到对方责罚。肉袒，脱去上衣，裸露肢体，古人在祭祀或谢罪时以此表示恭敬或惶恐；负荆，背负荆杖。

【译文】

赵王自渑池归来后，认为蔺相如功劳最大，拜其为上卿，其地位比廉颇更受尊崇。廉颇自恃战功赫赫，而蔺相如仅仅凭借口舌之利就位居其上，于是放言："但凡让我见到蔺相如，必定要羞辱他！"蔺相如听说了这件事，不肯与廉颇碰面；每逢朝会的日子，常常称病，不与廉颇争比朝班位次的前后。不久后的一天，蔺相如出门时远远望见了廉颇，立即就掉转车的方向躲藏起来。因为这件事，蔺相如府中的门客都来劝谏他，甚至想要告辞离去。蔺相如坚决地劝阻他们道："你们认为廉颇比得上秦王吗？"门客们说："比不上。"蔺相如又说："面对秦王的威势，我蔺相如尚且敢于当廷叱责他，并羞辱他的那群臣子；虽然我没有什么才能，难道就偏偏畏惧廉将军吗？我只是这样想：强大的秦国之所以不敢派兵攻打赵国，只因赵国有我们两个人在。如今我们要是再二虎相争的话，势必会两败俱伤，我之所以这样忍让，是把国家危难放在首位，将个人仇怨放在后面啊。"廉颇听说了蔺相如的话，便袒露着上身，背负荆杖，通过宾客引领来到蔺相如门前，向他认错，从此以后廉颇和蔺相如成了生死之交。

贾复①部将杀人于颖川，太守寇恂②捕戮之。复以为耻，过颍川，谓左右曰："见恂必手刃之！"恂知其谋，不与相见。姊子谷崇请带剑侍侧，以备非常。恂曰："不然。昔蔺相如不畏秦王而屈于廉颇者，为国也。"乃敕属县盛供具，一人皆兼两人之馔。恂出迎于道，称疾而还。复勒兵欲追之，而将士皆醉，遂过去。恂遣人以状闻，帝征恂，使与复结友而去。

【注释】

①贾复：东汉名将，"云台二十八将"第三位。

②寇恂：东汉开国功臣，曾为上谷郡功曹，后投奔刘秀，先后治理河内郡、颍川郡、汝南郡等地。刘秀称帝后，寇恂担任执金吾，"云台二十八将"第五位。

【译文】

贾复部将在颍川杀人，太守寇恂抓捕并处死了该部将。贾复将这件事看作自己的耻辱，在军队经过颍川时，对身边的亲信说："等我见到寇恂，必定要亲手杀了他！"寇恂知道了他的预谋，便不与他相见。寇恂姐姐的儿子谷崇请求佩剑陪在寇恂身边，以防意外发生。寇恂说："不可以。昔日蔺相如不畏惧秦王，却愿意在廉颇面前受屈，是为了国家利益。"于是下令让所属县城为贾复的军队提供丰盛的酒水饭食，军中的将士都可以享用两人份的饮食。寇恂出门准备在道路上迎接贾复，又在中途称病返回。贾复想要指挥兵马去追赶他，但将士们都喝醉了，只得作罢。寇恂遣人将这件事的具体情况汇报给朝廷，于是光武帝征召寇恂，让他和贾复结成朋友，再返回颍川去。

[冯述评] 汾阳①上堂之拜，相如之心事也。莱公②蒸羊之逆，寇恂之微术也。○安思顺③帅朔方，郭子仪与李光弼④俱为牙门都将⑤，而不相能，虽同盘饮食，常睚目相视，不交一语。及子仪代思顺，光弼意欲亡去，犹未决。旬日诏子仪率兵东出赵、魏，光弼入见子仪曰："一死固甘，乞免妻子。"子仪趋下，持抱上堂而泣曰："今国乱主迁⑥，非公不能东伐，岂怀私忿时耶！"执其手，相持而拜，相与合谋破贼。丁谓窜崖州⑦，道出雷州，[先是谓贬准为雷州司户。]準遣人以一蒸羊迎之境上。谓欲见準，準拒之。闻家僮谋欲报仇，亟杜门纵博，俟谓行远，乃罢。

【注释】

①汾阳：郭子仪，唐朝中兴名将，因平定安史之乱有功，封汾阳王，世称"郭汾阳"。

②莱公：寇準，北宋名相，封莱国公。时逢契丹进犯，力主抵抗，反对南迁，并促使宋真宗前往澶州督战，推动宋辽签订"澶渊之盟"。后被丁谓等人构陷，接连被贬，最终病逝于雷州贬所内。

③安思顺：唐玄宗时期著名蕃将，曾任河西节度使、朔方节度使。安史之乱爆发后，遭哥舒翰诬陷，被赐死。后经郭子仪上书奏请，冤情得以昭雪。

④李光弼：唐朝中兴名将，经郭子仪举荐为河东节度副使，后接任天下兵马副元帅、朔方节度使，平定安史之乱，以功进封为临淮郡王。与郭子仪齐名，世称"李郭"。

⑤牙门都将：唐朝时，称一方节度使的亲兵为"牙军"，统领牙军作战的将领被称为"牙门都将"。

⑥国乱主迁：这里指安史之乱爆发后，两京失陷，唐玄宗在长

安陷落前，率一支禁军向南逃往蜀地。

⑦丁谓窜崖州：丁谓，北宋宰相，机敏有智谋，险狡过人。曾多次构陷寇凖，致使寇凖被罢相，又在宋真宗年间与王钦若勾结，谎报祥异，营造宫观，横行朝堂。宋仁宗继位后，因其身为宰辅，与宦官勾结，以欺罔罪将其罢免，贬为崖州司户参军。

【译文】

[**冯梦龙述评**] 郭子仪上堂与李光弼相拜，与蔺相如所怀的是同样的心事。寇凖用蒸羊迎接丁谓，使用的正是当年寇恂用过的小手段。安思顺在担任朔方军主帅时，郭子仪和李光弼都是他的牙门都将，关系却不和睦，虽然同桌吃饭，却从不正眼看对方，也不和对方有半句交谈。等到郭子仪接替安思顺担任朔方军主帅后，李光弼想要逃走，然而还没有下定决心。大约十日后，皇帝下诏，令郭子仪率领军队东出，在赵、魏之地讨伐叛军，李光弼来到军营拜见郭子仪，说："为国捐躯，我本就心甘情愿，但求您放过我的妻子和孩子。"郭子仪快步走下去，拥抱李光弼，并将他拉上堂，落泪道："如今国家战乱，皇帝前往蜀地避难，除了您以外，再没人能向东讨伐叛贼，岂是心怀私愤的时候！"于是握着他的手，互相行拜礼，齐心协力商讨破贼之策。北宋年间，丁谓被贬往崖州，途经雷州，[**在此之前寇凖被贬为雷州司户。**]寇凖便派人带着一只蒸羊在雷州境内迎接丁谓。丁谓想要见寇凖，寇凖拒绝了他。寇凖听说家中仆僮们都在谋划，想要为他报仇，赶忙关起门来，让他们尽情赌博，等到丁谓走远了才停止。

唐太宗[1]：
领导是最好的和事佬

薛万彻[2]尚丹阳公主[3]。太宗尝谓人曰："薛驸马村气！"主羞之，不与同席数月。帝闻而大笑，置酒召对握槊[4]，赌所佩刀。帝佯不胜，解刀以佩之。罢酒，主悦甚，薛未及就马，遽召同载而还，重之逾于旧。

[冯述评] 省却多少调和力气。

【注释】

①唐太宗：李世民，唐朝的第二位皇帝，高祖李渊次子，626—649年在位。随父起兵反隋，建立唐朝，封为秦王。先后镇压窦建德、刘黑闼等起义军，讨平薛仁杲、王世充等割据势力。武德九年（626年），发动玄武门之变，杀兄李建成及弟李元吉，遂被立为太子。旋受禅即帝位。锐意图治，善于纳谏，去奢轻赋，宽刑整武，使海内升平，威及域外，史称"贞观之治"。

②薛万彻：隋末唐初名将、外戚。从高祖以功授车骑将军、武安县公。参与李建成谋杀其弟世民事，建成被诛后免罪。从李靖击突厥、吐谷浑、薛延陀，贞观中率军伐高丽。高宗时授宁州刺史，入朝，与房遗爱谋辅荆王为主，事泄被诛。

③丹阳公主：唐高祖第十五女，封地丹阳。

④握槊：古时一种类似双陆的博戏。

【译文】

薛万彻娶了丹阳公主为妻。唐太宗曾对人说："薛驸马土气！"

公主为此感到羞愧，一连几个月都不和薛驸马同席而眠。太宗听说后大笑，设宴摆酒召驸马前来比试握槊，并以各自的佩刀作为赌注。太宗假装败给薛万彻，又解下自己的佩刀亲自挂在薛万彻腰上。酒宴结束后，丹阳公主十分高兴，还没等薛万彻上马，就着急地召他一同坐车回去，二人重归于好，感情比过去还要和睦。

[冯梦龙述评] 唐太宗的这一举动，省去了多少调解的力气。

苏秦①:
施恩于人，不要总想着立刻让人知道

苏秦、张仪②尝同学，俱事鬼谷先生③。苏秦既以合纵④显于诸侯，然恐秦之攻诸侯败其约。念莫可使用于秦者，乃使人微感张仪，劝之谒苏秦以求通。仪于是之赵，求见秦。秦诚门下人不为通，又使不得去者数日。已而见之，坐之堂下，赐仆妾之食，因而数让之曰："以子才能，乃自令困辱如此！吾宁不能言而富贵子，子不足收也！"谢去之。仪大失望，怒甚，念诸侯莫可事，独秦能苦赵，乃遂入秦。苏秦言于赵王，使其舍人微随张仪，与同宿舍，稍稍近就之，奉以车马金钱。张仪遂得以见秦惠王。王以为客卿，与谋伐诸侯。舍人乃辞去。仪曰："赖子得显，方且报德，何故去也？"舍人曰："臣非知君，知君乃苏秦也！苏君忧秦伐赵，败从约，以为非君莫能得秦柄，故感怒君，使臣阴奉给君资。今君已用，请归报。"张仪曰："嗟乎！此吾在术中而不悟，吾不及苏君明矣！吾又新用，安能谋赵乎？为我谢苏君，苏君之时，仪何敢言？且苏君在，仪宁渠能乎？"自是终苏秦之世，不敢谋赵。

【注释】

①苏秦：战国时期纵横家。初至秦说惠文君，不用。乃东至赵、燕、韩、魏、齐、楚，游说六国合纵御秦。他出任纵约长，并相六国，归居于赵，被赵封为武安君。其后秦使人诳齐、魏伐赵，六国不能合作，合纵瓦解。他入燕转入齐，为齐客卿，后遭与他争宠的齐大夫指使的刺杀。一说他自燕入齐从事反间活动，使燕得以破齐，后反间活动暴露，被齐车裂而死。

②张仪：战国时期纵横家。入秦说秦惠文君，被任为客卿。公元前328年，任秦相。后至魏任相，想使魏国事秦，以破坏关东六国合纵。秦欲伐齐，他入楚说楚怀王，瓦解齐、楚联盟。旋即夺取楚汉中地。再入韩，说韩王和秦连横。复归秦，被封为武信君。秦武王立，他再入魏，不久病死。

③鬼谷先生：又作"鬼谷子"，春秋战国时期纵横家鼻祖，著有《鬼谷子》一书。相传苏秦、张仪均受业于此人，孙膑、庞涓亦随其学习兵法，关于其姓名、籍贯、生卒年历来众说纷纭，或云其名为王诩，或云鬼谷子并非一人，或云其在世数百年，均不可信。

④合纵：南北为纵，东西为横，战国时苏秦游说六国诸侯实行纵向联合与秦国对抗的政策，称"合纵"。

【译文】

苏秦和张仪曾在同一位老师处受教，都师侍鬼谷先生。苏秦靠合纵之术在诸侯之间名声大噪，可他一直担心秦国攻打各诸侯国会导致合纵盟约的失败。考虑到在秦国没有可用之人，他便派人暗中前去游说张仪，劝张仪前去拜见苏秦以求取一个好前程。于是张仪前往赵国，求见苏秦。苏秦告诫自家下人不要为张仪引见，却又一连几天都不让张仪离开。见面之后，他又让张仪坐在堂下，赐给他奴仆婢妾吃的下等食物，继而多次责备张仪说："靠你的才能，怎么能让自己困顿受辱到这种程度！我难道不能说句话让你富贵起来吗？是你不值得我收用罢了！"说完便告辞离开了。张仪大为失望，非常恼怒，想到各个诸侯国没有值得他侍奉的，唯独秦国能与赵国为敌，于是便到秦国去了。苏秦对赵王说了这件事，并派自己的舍人暗中跟随张仪，与他住同一间客舍，稍稍接近他，又送给他车马和金钱。于是张仪才能见到秦惠文君。秦惠文君拜张仪为客卿，与他商议攻伐各诸侯国的事。舍人便要辞别而去。张仪问："多亏了您才能有我今日的显达，正想要报答您的恩德，您为什么就要离去了呢？"舍人说："了解您的人并不是我，真正了解您的是苏秦呀！苏秦担心秦国攻伐赵国，毁掉合纵之约，认为除了您以外，天下再没人能在秦国主政，因此故意激怒您，暗地里却派我送给您资财。现在您已经使用了苏秦的资助，请您回报他吧。"张仪说："唉！我这是身在别人的算计中却还茫然不知，我的智慧比不上苏秦啊！我又是最近才受到重用，哪里能轻易谋取赵国呢？请为我感谢苏秦，只要有苏秦在，我哪里敢提起攻赵之事？况且有苏秦在，我又哪里有本事攻伐赵！"此后一直到苏秦去世为止，张仪都不敢图谋攻打赵国。

[冯述评] 绍兴中，杨和王存中①为殿帅②。有代北③人卫校尉，曩在行伍中与杨结义，首往投谒。杨一见甚欢，事以兄礼，且令夫人出拜，款曲殷勤。两日后忽疏之，来则见于外室。

卫以杨方得路，志在一官，故间关赴之，至是大失望。过半年，疑为人所谮，乃告辞，又不得通。或教使伺其入朝回，遮道陈状，杨亦略不与语，但判云："执就常州于本府某庄内支钱一百贯。"卫愈不乐，然无可奈何，倘得钱，尚可治归装，而不识杨庄所在。正彷徨旅邸，遇一客，自云"程副将，便道往常、润，陪君往取之"。既得钱，相从累日，情好无间，密语之曰："吾实欲游中原，君能引我偕往否？"卫欣然许之。迤逦至代郡，倩卫买田："我欲作一窟于此。"卫为经营，得膏腴千亩。居久之，乃言曰："吾本无意于斯，此尽出杨相公处分。初虑公贪小利，轻舍乡里，当今兵革不用，非展奋功名之秋，故遣我追随，为办生计。"悉取券相授，约直万缗，黯然而别。此与苏秦事相类。

【注释】

①杨和王存中：杨存中，本名沂中，魁梧警敏，少学射骑、兵法。宋高宗年间，以功迁宣州观察使，后累官至殿前都指挥使，权宠日盛。以太师致仕，死后追封和王。

②殿帅：宋代称统领禁军的殿前司长官都指挥使或殿前指挥使为殿帅。

③代北：古地区名，泛指汉、晋代郡和唐以后代州以北地区，即今山西北部及河北西北部一带。

【译文】

[冯梦龙述评] 绍兴年间，和王杨存中担任殿帅。有一个姓卫的校尉，是代北人，过去在军营中和杨存中结义，前来投递名帖求见他。杨存中见到他非常高兴，用对待兄长的礼节来招待他，并

让自己的夫人也出来拜会卫校尉，殷勤地招待他。两天后杨存中却忽然开始慢待他，就算他上门也只是在外厅和他相见。卫校尉本以为杨存中仕途正得志，还寄希望于能靠他谋得一官半职，因此才远道而来，却看到杨存中如此对待自己，大为失望。过了半年，卫校尉又怀疑是有人说了自己坏话，便想和杨存中告辞，却又见不到杨存中。有人给卫校尉出主意，让他派人趁杨存中上朝回家的时候，拦在路上向他述说情况，杨存中也一句话都不和他说，只打发道："让他拿着凭单去常州从我府中某个庄子内支一百贯钱。"卫校尉越发不高兴，然而也无可奈何，倘若拿了钱，还能置办回去的行装，可他又不知道杨存中的庄子在哪儿。正在旅馆中彷徨，忽然遇到一位客人，自称"程副将"，又说自己"顺道经过常州和润州，可以陪你前去取钱"。卫校尉拿到了钱之后，两人又交往了好几日，感情变得亲密无间，程副将偷偷对卫校尉说："我本来是想要到中原地区一游，你能为我带路，和我一起前往吗？"卫校尉高兴地答应了。二人辗转到了代郡，程副将又请卫校尉代自己买田，说："我想要在这里置办一份家业。"卫校尉为他筹划买田之事，最终买到了良田千亩。过了很久，程副将才告诉他："我本无意来到此地，这都是杨相公的吩咐。一开始的时候，他是担心您贪图小利，轻易离开家乡，如今没有战事，并非大展宏图博取功名的好时机，因此他派我跟随您，为您置办一些谋生的产业。"说着将契据都拿出来交给卫校尉，加起来大约有一万缗钱，之后便与卫校尉黯然告别。这件事也和苏秦的事情类似。

按：苏从张衡，原无定局。苏初说秦王不用，转而之赵，计不得不出于从。张既事秦，不言衡不为功，其势然也。独谓苏既识张才，何不贵显之于六国间，作自己一帮手，而激之人秦，授以翻局之资，非失算乎？不知张之狡谲，十倍于苏，其志必不屑居苏下，则其说必不肯袭苏套。厚嫁之于秦，犹可食其数年之报，而并峙于六国，且不能享一日之安，季子①料之审矣。若杨和王还故人于代北，为之谋生，或豢之以待万一之用也。英雄作事，岂泛泛哉！

杨和王有所亲爱吏卒，平居赐予无算，一旦无故怒而逐之。吏莫知其罪，泣拜而去。杨曰："无事莫来见我。"吏悟其意，归以厚资俾其子入台②中为吏。居无何，御吏欲论杨干没军中粪钱十余万。其子闻之，告其父，父奔告杨。即具札奏，言军中有粪钱若干，桩管某处，唯朝廷所用。不数日，御史疏上，高宗出存中札子示之，坐妄言被黜，而杨眷日隆。其还故人于代北，亦或此意。

【注释】

①季子：苏秦，字季子。

②台：指御史台。

【译文】

按：苏秦主张合纵，张仪主张连横，并不是他们原本就怀有这样的主张。起初，苏秦去游说秦王，却没有得到重用，才转而去赵国，在不得已的情况下，才提出了合纵之术。张仪在秦国任职后，如果不用连横之术就无法建功，这也是形势使然。若单单论起苏秦既然了解张仪的才能，为什么不让他在六国身处显贵，为自己增加一个帮手，却要刺激他入秦，还为他提供推翻自己布局的资本，岂不是失算了吗？却不知张仪的狡猾诡谲，胜过苏秦十倍，他的志向必然会让他不屑于久居苏秦之下，他的游说策略也必然不肯沿袭苏秦的成规。苏秦花重金将他转移到秦国，还可以获得他多年的回报，如果与他同处六国而对峙，那苏秦就一天的安生日子也享受不到了，这一点苏秦已经清楚地预料到了。像和王杨存中将故交送回代北，并为其图谋生计，也是以备万一将来有能用得到他的地方。英雄做事，哪里会草率而为呢！

　　和王杨存中有个宠信的胥吏，平时杨存中对他赏赐无数，有一天却无缘无故发怒将他逐出府去。胥吏不知道自己犯了什么罪，哭着对杨存中磕头拜别。杨存中说："没事不要来见我。"胥吏瞬间明白了他的意思，回去后便花重金让自己的儿子进入御史台谋了吏职。不久之后，便有御史想要弹劾杨存中侵吞了军中十多万的卖粪钱。胥吏的儿子听说后，便去告诉他父亲，他父亲又跑去告诉杨存中。杨存中立即详细地写明公文上呈给皇帝，说军中有若干卖粪钱，储存保管在某个地方，朝廷可以随时取用。没过几天，御史的奏章被呈上去，高宗拿出杨存中写的公文给御史看，御史因不知轻重地乱说被罢官，而杨存中宠眷日隆。他将故交送回代北，或许也是存着这个想法。

狄青：
遇到矛盾，避免直接冲突

　　陕西豪士刘易多游边，喜谈兵。韩魏公[①]厚遇之。狄青每宴设，易喜食苦马菜，不得，即叫怒无礼。边地无之，狄为求于内郡。后每燕集，终日唯以此菜啖②之。易不能堪，方设常馔。

【注释】

①韩魏公：韩琦，封魏国公。

②啖：给……吃。

【译文】

陕西的豪杰之士刘易常常在边塞地区游走，喜欢谈论兵事。韩琦对待他优礼有加。狄青也常常设宴款待他，刘易喜欢吃苦马菜，如果在席上吃不到，就会无礼地叫骂。边境之地没有这种菜，狄青就派人到内地去为他寻找。之后每次宴饮聚会的时候，狄青都从早到晚地只给他吃这种菜。直到刘易受不了了，狄青才改设寻常菜肴。

职场识人篇

职场上最怕遇到哪种人？表里不一的人！领导最喜欢哪种人？会说话、会来事儿的人！复杂的人性决定了看透一个人的困难，职场上识人不清乃是大忌。一个人能力强大，说话却处处得罪人，到手的客户都能给弄丢；一个人平日里低调沉默，却在背地里说同事的不好，会把公司内部变得乌烟瘴气。俗话说：细微处才见真章！想要看人准，就翻开本篇，从一个人的言语、神情和处事的细枝末节中，看透其性格和能力！

范文正：
重用那些犯过错的人才

范文正公①用士，多取气节而略细故，如孙威敏②、滕达道③，皆所素重。其为帅日，辟置僚幕客，多取谪籍④未牵复人。或疑之，公曰："人有才能而无过，朝廷自应用之。若其实有可用之材，不幸陷于吏议，不因事起之，遂为废人矣。"故公所举多得士。

[冯述评] 天下无废人，所以朝廷无废事，非大识见人不及此。

【注释】

①范文正公：范仲淹，北宋时期杰出的政治家、文学家、军事家。在宋夏战争之际，奉命戍守西北，培养了狄青、种世衡、郭逵等诸多名将。官至参知政事，死后又被追赠太师、中书令兼尚书令、魏国公，谥号文正，世称"范文正公"。

②孙威敏：孙沔，字元规，谥号威敏，北宋大臣。《宋史》评价其"跌荡自放，不守士节，然材猛过人"。政绩卓著，论事素有直名，曾协助狄青平定侬智高，后因"淫纵无检"遭御史弹劾，乃徙寿州。宋英宗即位后，又被起用。

③滕达道：滕元发，字达道，豪隽慷慨，不拘小节，三次担

任开封府尹。曾因上书陈说地震之事遭到排挤，出知秦州，后又起复。镇守边关，威行西北，号称"名帅"。著有《孙威敏征南录》，记孙沔征侬智高事。

④谪籍：古代登记谪降者的名册，这里借指在谪降者行列之中。

【译文】

范文正公任用士人，大多是看重他们的气节而忽略瑕疵，如孙威敏、滕达道这些人，向来被他看重。他在领军的时候，征聘幕僚宾客，常常选用那些谪降后还未复职的人。有人对此表示质疑，范仲淹说："一个有才能而没有过失的人，朝廷自然会任用他。而那些实为可用之才，却不幸因过失而被定罪的人，如果不找个缘由起用他们，他们就会成为真正的被废弃之人了。"因此范仲淹通过举荐，得到了许多人才。

［冯梦龙述评］如果天下没有被废弃的人才，那么朝廷就不会有荒废的政事，若非见识高远的人，是意识不到这一点的。

管仲①：
无底线讨好上级的人不可靠

管仲有疾，桓公往问之，曰："仲父病矣，将何以教寡人？"管仲对曰："愿君之远易牙②、竖刁③、常之巫④、卫公子启方⑤。"公曰："易牙烹其子以慊寡人，犹尚可疑耶？"对曰：

"人之情非不爱其子也。其子之忍，又何有于君？"公又曰："竖刁自宫以近寡人，犹尚可疑耶？"对曰："人之情非不爱其身也。其身之忍，又何有于君？"公又曰："常之巫审于死生，能去苛病，犹尚可疑耶？"对曰："死生，命也；苛病，天也。君不任其命，守其本，而恃常之巫，彼将以此无不为也！"［边批：造言惑众。］公又曰："卫公子启方事寡人十五年矣，其父死而不敢归哭，犹尚可疑耶？"对曰："人之情非不爱其父也。其父之忍，又何有于君？"公曰："诺。"管仲死，尽逐之；食不甘，宫不治，苛病起，朝不肃。居三年，公曰："仲父不亦过乎！"于是皆复召而反。明年，公有病，常之巫从中出曰："公将以某日薨。"［边批：所谓无不为也。］易牙、竖刁、常之巫相与作乱，塞宫门，筑高墙，不通人，公求饮不得。卫公子启方以书社四十下卫[⑥]，公闻乱，慨然叹，涕出，曰："嗟乎！圣人所见岂不远哉！"

　　［冯述评］昔吴起杀妻求将[⑦]，鲁人谮之；乐羊[⑧]伐中山，对使者食其子，文侯赏其功而疑其心。夫能为不近人情之事者，其中正不可测也。天顺[⑨]中，都指挥[⑩]马良有宠。良妻亡，上每慰问。适数日不出，上问及，左右以新娶对。上怫然曰："此厮夫妇之道尚薄，而能事我耶？"杖而疏之。宣德[⑪]中，金吾卫[⑫]指挥傅广自宫，请效用内廷。上曰："此人已三品，更欲何为？自残希进，下法司问罪。"噫！此亦圣人之远见也！

【注释】

　　①管仲：名夷吾，字仲。出身微贱，初事公子纠，奔鲁。后经好友鲍叔牙推荐，被齐桓公任命为卿，尊为仲父。执政期间因地制宜，进行改革，齐国日益富强，使桓公以"尊王攘夷"之名，九合

诸侯，成为春秋时期第一个霸主。

②易牙：春秋时齐国人，善烹饪，为齐桓公近臣。

③竖刁：春秋时齐国人，自宫为宦者，官为寺人，颇受宠信。

④常之巫：当作"棠巫"。棠，地名；巫，官名。

⑤启方：也称"开方"，春秋时卫懿公庶长子，见齐国称霸，遂仕于齐，为齐桓公宠臣。

⑥以书社四十下卫：一社为二十五家，四十社共千家。意为公子启方带着齐国千户人家归降于卫国。

⑦吴起杀妻求将：吴起，战国初期军事家，兵家代表人物之一。曾效力于鲁国国君，齐人攻鲁，鲁国国君欲以吴起为将，但吴起的妻子是齐国人，鲁君因此怀疑他，吴起为了功成名就，就杀掉了自己的妻子，以示自己与齐国没有勾结，鲁君便以他为将攻齐，大破齐军。后人以此事比喻追求功名不惜伤天害理。

⑧乐羊：战国时魏国名将。魏文侯派乐羊伐中山，乐羊之子在中山，中山之君烹其子，做成肉酱送给乐羊，乐羊将整整一杯全部吃完。攻三年，克之。

⑨天顺：明英宗朱祁镇复辟后的年号。

⑩都指挥：掌京卫各营侍奉皇帝。

⑪宣德：明宣宗朱瞻基的年号。

⑫金吾卫：明朝诸卫之一，掌守卫巡警。

【译文】

管仲患病，齐桓公前去慰问，并对他说："仲父病重，有什么可以教诲寡人的吗？"管仲答道："希望国君您能远离易牙、竖刁、常之巫、卫国公子启方。"桓公说："易牙将自己的孩子煮来，弥补寡人没吃过人肉的遗憾，这样的人还需要怀疑吗？"管仲答道："疼爱孩子，这是人之常情。易牙对待自己的孩子尚且如此狠心，对待国君又哪里会有什么忠心呢？"桓公又说："竖刁为了接近寡人不惜阉割自己，这样的人还需要怀疑吗？"管仲答道："爱惜自己的身体，这是人之常情。对于自己的身体都能如此狠心，对待国君又哪里会有什么忠心呢？"桓公又说："常之巫通晓死生之事，能为寡人治好沉疴重疾，这样的人还需要怀疑吗？"管仲答道："生死患病之事乃是天命。您不明白听天由命、安守本分的道理，反而依赖常之巫这样的人，常之巫将倚仗着您的宠信无所不为！"［边批：捏造谣言、蛊惑他人。］桓公又说："卫国公子启方侍奉寡人已有十五年了，他父亲去世他都不敢归国哭泣，这样的人还需要怀疑吗？"管仲答道："敬爱父亲，这是人之常情。对待自己的父亲尚且如此狠心，对待国君又哪里会有什么忠心呢？"桓公说："好的。"管仲死后，桓公将这四个人都放逐了。在那之后桓公感觉自己吃饭不香了，宫闱也没有人整治，自己又经常生病，朝廷仪仗也无人替自己整肃。这样过了三年后，桓公说："仲父岂不是也会犯错吗？"于是又将这四个人全都召回宫中。次年，桓公生病，常之巫从宫中走出来，说："国君将在某日薨。"［边批：这就是所说的无所不为。］于是易牙、竖刁、常之巫勾结作乱，堵塞了宫门，筑高了城墙，不让人进出，桓公想喝口水都喝不到。卫国公子启方这时又带着齐国的千户人家归降于卫国，桓公听说了这些变乱，发出了感慨，叹息流泪道："唉！圣人的见识多么长远啊！"

　　［**冯梦龙述评**］当日吴起杀掉自己的妻子，以求在鲁国为将，鲁国人听说了这件事，就在鲁国国君面前说他的坏话（致使鲁君对他起了疑心，在吴起领军战胜齐国后便辞谢了他）；乐羊在讨伐中山国的时候，当着中山国使者的面吃掉了自己儿子的肉，灭掉中山国后，魏文侯虽然封赏了他的战功，却疑心他的心肠。能做不

近人情之事的人，其内心难以揣测。天顺年间，都指挥马良深受明英宗宠信。马良的妻子去世了，英宗多番慰问。可那之后马良却接连几日都没露面，英宗问起这件事，左右侍从说马良娶了新的妻子。英宗生气地说："这家伙对夫妇之间的感情都如此淡漠，还能忠心地侍奉朕吗？"于是命人杖责了他，并且从此之后疏远了他。宣德年间，金吾卫指挥傅广通过阉割自己的方式，请求去内廷效劳。明宣宗说："这人已经官至三品，还想做什么？通过自残以求进用的人，应该交由司法官署问罪。"噫！这也是圣人的远见啊！

张安道①：
看人看细节

富郑公②自亳移汝③，过南京④。张安道留守，公来见，坐久之，公徐曰："人固难知也！"安道曰："得非王安石乎？亦岂难知者。往年方平知贡举⑤，或荐安石有文学，宜辟以考校，姑从之。安石既来，一院之事皆欲纷更，方平恶其人，即檄⑥以出，自此未尝与语也。"富公有愧色。

[冯述评] 曲逆⑦之宰天下，始于一肉⑧；荆公之纷天下，兆于一院。善观人者，必于其微。○寇準不识丁谓⑨，而王旦⑩识之。富弼、曾公亮⑪不识安石，而张方平、苏洵⑫、鲜于侁⑬、李师中⑭识之。人各有所明暗也。○洵作《辨奸论》，谓安石"不近人情"，侁则以"沽激"，师中则以"眼多白"。三人决法不同而皆验。

或荐宋莒公⑮兄弟郊、祁⑯可大用。昭陵⑰曰："大者可，小者每上殿，则廷臣无一人是者。"已而莒公果相，景文竟终于翰长⑱。若非昭陵之早识，景文得志，何减荆公！

【注释】

①张安道：张方平，字安道。北宋大臣。神宗朝，官拜参知政事，反对任用王安石及推行王安石新法。王安石行新法，方平陛辞，极论其害，曰："民犹水也，可以载舟，亦可以覆舟；兵犹火也，弗戢必自焚。若新法卒行，必有覆舟、自焚之祸。"

②富郑公：富弼，封郑国公。

③自亳移汝：宋神宗时，王安石用事，与富弼不和。弼度不能争，上书数十章，称疾求退。因拜武宁节度使、同中书门下平章事，判河南，改亳州。后青苗法出，富弼认为此法必将致使财聚于上，人散于下，拒不执行，因此遭到弹劾，改判汝州。

④南京：宋朝四个京城之一。原为宋州，在今河南商丘市。

⑤知贡举：宋时称特派主持进士考试的大臣为知贡举，即"特命主掌贡举考试"之意。

⑥檄：古代官府往来文书的下行文种名称之一，用以征召、晓谕或声讨。

⑦曲逆：汉相陈平，以功封曲逆侯。

⑧始于一肉：陈平少时曾为乡里分肉，甚均。父老曰："善！陈孺子之为宰！"平曰："嗟乎，使平得宰天下，亦如是肉矣！"

⑨寇準不识丁谓：《宋史》载，初，寇準与丁谓交好，曾多次向当朝宰相李沆举荐丁谓，李沆不用，并提醒寇準警惕丁谓。后寇準果遭丁谓谗陷罢相。

⑩王旦：北宋初年名臣。《宋史》记载，旦尝与杨亿评品人

物，亿曰："丁谓久远当何如？"且曰："才则才矣，语道则未。他日在上位，使有德者助之，庶得终吉；若独当权，必为身累尔。"后谓果如所言。

⑪曾公亮：北宋大臣。嘉祐间，擢参知政事，除枢密使，拜同平章事。神宗即位，加门下侍郎兼吏部尚书，累封鲁国公。曾荐王安石可大用，后又暗助其变法，曾言："上与介甫如一人，此乃天也！"

⑫苏洵：北宋著名文学家，与其子苏轼、苏辙并称为"三苏"。素与王安石不和，张方平《文安先生墓表》："安石之母死，士大夫皆吊，先生独不往，作《辨奸》一篇。"

⑬鲜于侁（shēn）：北宋官员，为官清正，有才能。《宋史》记载，初，王安石居金陵，有重名，士大夫期以为相。侁恶其沽激要君，语人曰："是人若用，必坏乱天下。"

⑭李师中：北宋大臣，累官提点广西刑狱，摄帅事。熙宁初，历河东都转运使，知秦州、舒州、瀛州，反对王安石变法。《宋史》记载，师中始仕州县时，邸状报包拯参知政事，或云朝廷自此多事矣。师中曰："包公何能为，今鄞县王安石者，眼多白，甚似王敦，他日乱天下，必斯人也。"王敦，东晋权臣，曾起兵叛乱。

⑮宋莒公：宋庠，初名郊，北宋名相。天圣二年（1024年）进士第一，累迁翰林学士，官至兵部尚书、同平章事。宝元二年（1039年），除参知政事，皇祐年间拜相，充枢密使，封莒国公。英宗即位，改封郑国公。与其弟宋祁俱以文学名，时称"二宋"。

⑯祁：宋祁，庠弟，谥景文。天圣二年进士，授大理寺丞、国子监直讲，历知制诰、翰林学士，与欧阳修同修《新唐书》，出知许、亳、定等州，《新唐书》成，进工部尚书，拜翰林学士承旨。

⑰昭陵：宋仁宗葬永昭陵。

⑱翰长：宋祁官至翰林学士承旨，掌翰林院事。

【译文】

富郑公从亳州移官至汝州，途中经过南京。当时张方平任南京留守，富郑公前来拜访他，坐了很久后，富郑公才慢慢说道："人真是难以了解！"张方平说："莫非在说王安石吗？他又哪里是难以了解的人呢？过去我主掌贡举考试的时候，有人向我推荐王安石，说他有文才，可以征召他担任考校，我姑且答应了。王安石来后，意欲把一整个贡举院的制度都更改掉，我厌恶他的为人，就下达文书将他调了出去，从此再也没有与他说过话。"富郑公听后露出惭愧的神色。

[**冯梦龙述评**] 陈平主宰天下，是从分一块肉开始的；王荆公扰乱天下（编者注：冯梦龙显然对王安石变法持批判态度），从在贡举院时就开始了。擅长识人的人，必然是从细节去观察一个人的。寇准没能看透丁谓，但王旦看透了。富弼、曾公亮没有看透王安石，张方平、苏洵、鲜于侁、李师中却看透了。每个人都有能观察到和观察不到的地方。苏洵作《辨奸论》，其中写王安石"不近人情"，鲜于侁以王安石"矫情求誉"为据，李师中则以王安石"眼白多"为据。三个人做判断的方式不同，但都应验了。

有人举荐宋庠、宋祁两兄弟，说他们可以重用。宋仁宗说："年长的可以重用，年少的只要他一上殿，就仿佛整个朝廷的大臣没有一个好的了。"不久，宋庠果然拜相，而宋祁只做到了翰林学士承旨。如果不是宋仁宗早就识破了宋祁的本质，若让他得志，那他对天下的扰乱程度哪里会比王安石轻呢！

孙坚^① 皇甫郦：
从言语、神情、动作中看透人的本性

孙坚尝参张温^②军事。温以诏书召董卓^③，卓良久乃至，而词对颇傲。坚前耳语温曰："卓负大罪而敢鸱张^④大言，其中不测。宜以'召不时至'，按军法斩之。"温不从。卓后果横不能制。

【注释】

①孙坚：东汉末军阀，孙吴政权奠基者之一。灵帝中平元年（184年），镇压黄巾军有功，拜别部司马。借讨伐董卓之机扩大武装，被袁术任命为破虏将军，领豫州刺史。后奉术命率军征讨荆州刘表，为表部将黄祖所杀。次子孙权称帝后，追谥其为武烈皇帝。

②张温：东汉末大臣。灵帝时官司空，边章、韩遂兵起，拜为车骑将军，屯美阳。时董卓以破虏将军从征，无功而辞对不逊，因卓有威名而不问。卓专权时，与司徒王允共谋诛卓，未发，卓使人诬与袁术交通，笞杀于市。

③董卓：东汉末军阀。少游羌中，尽与豪帅相结，为凉州豪强。灵帝中平初，拜东中郎将，击黄巾军，军败抵罪，后拜并州牧。少帝昭宁元年（189年），将兵入洛阳，废少帝，立献帝，专擅朝政，肆杀公卿，残害百姓，焚烧洛阳，迁都长安。后为王允、吕布所杀。

④鸱张：像鸱鸟张开羽翼一样，比喻嚣张、凶暴。

【译文】

孙坚曾为张温参谋军务。张温用诏书征召董卓，董卓过了很久才到，并且言辞应对非常傲慢。孙坚上前对张温耳语道："董卓身负大罪却敢嚣张地高声讲话，他的本性难以预料。应当以'征召后没有按时到来'为由，按照军法将他处斩。"张温不听从，之后董卓果然专横到难以控制。

中平①二年，董卓拜并州牧，诏使以兵委皇甫嵩②，卓不从。时嵩从子郦③在军中，说嵩曰："本朝失政，天下倒悬。能安危定倾，唯大人耳。今卓被诏委兵，而上书自请，是逆命也。又以京师昏乱，踌躇不进，此怀奸也。且其凶戾无亲，将士不附。大人今为元帅，仗国威以讨之，上显忠义，下除凶害，此桓、文之事④也。"嵩曰："专命虽有罪，专诛亦有责，不如显奏其事，使朝廷自裁。"于是上书以闻。帝让卓，卓愈增怨嵩。及卓秉政，嵩几不免⑤。

[冯述评] 观此两条，方知哥舒翰诛张擢，李光弼斩崔众是大手段、大见识。

【注释】

①中平：汉灵帝刘宏年号。

②皇甫嵩：东汉末名将，少好《诗》《书》，习弓马。灵帝时拜议郎、北地太守，镇压黄巾起义有功，拜左车骑将军、冀州牧，封槐里侯，官至太尉，手握重兵。

③郦：皇甫郦，皇甫嵩的侄子，有专对之才，官谒者仆射。

④桓、文之事：指齐桓公、晋文公尊王攘夷、匡扶王室之事。

⑤嵩几不免：初平元年（190年），董卓征召皇甫嵩为城门校尉，欲杀之。嵩子坚寿与董卓素善，自长安亡走洛阳，归投于卓，在席间为父叩头流涕，责以大义，遂免。

【译文】

中平二年，董卓官拜并州牧，汉灵帝下诏让他将兵权交与皇甫嵩，董卓不肯从命。当时皇甫嵩的侄子皇甫郦正在军中，他劝说皇甫嵩："本朝朝政失道，天下百姓都处于危急困苦之境，能够挽救国家于危亡倾覆之际，使局面安定下来的只有大人您了。现在董卓被皇帝诏令交出兵权，却上书自请保留军队，是违逆皇命。他又以京师政治昏乱为由，踌躇不前，这是心怀奸诈。况且他这个人凶残暴戾，难以亲近，将士们都不愿服从他。大人您如今身为元帅，倚仗国威讨伐他，既可以对皇帝显示您的忠义，又可以为百姓除去凶恶之人，这是堪比齐桓公、晋文公的伟大事业啊。"皇甫嵩说："董卓专擅抗命虽然有罪，但专擅地诛杀他我也要承担责任，不如向皇帝奏明这件事，让朝廷自行裁夺。"于是上书向汉灵帝奏禀。为此，灵帝责备了董卓，于是董卓越发憎恨埋怨皇甫嵩。到了董卓执政的时候，皇甫嵩差点被杀。

[冯梦龙述评] 看了这两件事后，才知道哥舒翰诛杀张擢、李光弼斩杀崔众都是了不起的手段，是有大见识。

范蠡^①：
家境塑造一个人的处事习惯

朱公居陶，生少子。少子壮，而朱公中男杀人，囚楚。朱公曰："杀人而死，职也。然吾闻'千金之子，不死于市'^②。"乃治千金装，将遣其少子往视之。长男固请行，不听，以公不遣长子而遣少弟，"是吾不肖"，欲自杀。其母强为言，公不得已，遣长子，为书遗故所善庄生，因语长子曰："至，则进千金于庄生所。听其所为，慎无与争事。"长男行，如父言。庄生曰："疾去毋留，即弟出，勿问所以然。"长男阳去，不过庄生而私留楚贵人所。庄生故贫，然以廉直重，楚王以下皆师事之；朱公进金，未有意受也，欲事成后复归之以为信耳。而朱公长男不解其意，以为殊无短长。庄生以间入见楚王，言："某星某宿不利楚，独为德可除之。"王素信生，即使使封三钱之府③。贵人惊告朱公长男曰："王且赦。每赦，必封三钱之府。"长男以为赦，弟固当出，千金虚弃，乃复见庄生。生惊曰："若不去耶？"长男曰："固也。弟今且自赦，故辞去。"生知其意，令自入室取金去。庄生羞为儿子所卖，乃入见楚王曰："王欲以修德禳星，乃道路喧传陶之富人朱公子杀人囚楚，其家多持金钱赂王左右，故王赦。非能恤楚国之众也，特以朱公子故。"王大怒，令论杀朱公子，明日下赦令。于是朱公长男竟持弟丧归。其母及邑人尽哀之，朱公独笑曰："吾固知必杀其弟也。彼非不爱弟，顾少与我俱，见苦为生难，故重弃财。至如少弟者，生而见我富，乘坚策肥，岂知财所从来哉！吾遣少子，独为其能弃财也；而长者不能，卒以杀其弟。——事之理也，无足怪者，吾日夜固以望其丧之来也！"

[冯述评]朱公既有灼见，不宜移于妇言，所以改遣者，惧杀长子故也。"听其所为，勿与争事。"已明明道破，长子自不奉教耳。庄生纵横之才不下朱公，生人杀人，在其鼓掌。然宁负好友，而必欲伸气于孺子，何德宇之不宽也！噫，其所以为纵横之才也与！

①范蠡：春秋末楚人，越国大夫。与宛令文种为友，同为越王勾践谋臣。越为吴所败，文种守国，范蠡随勾践在吴国为臣仆，献计买通吴太宰伯嚭向吴求和。既归，与文种帮助勾践励精图治，竟灭吴，擢上将军。蠡以大名之下难久居，且勾践为人可以共患难，难以共安乐，赴齐，易名鸱夷子皮，治产获千万，复散财而去。旋迁于陶（今山东菏泽市定陶区一带），经商成巨富，号陶朱公。

②千金之子，不死于市：富有千金之家的子弟，即使犯了死罪，也不能被行刑于闹市，示众遭辱。

③三钱之府：贮存金、银、铜三钱的仓库，指钱库。

【译文】

陶朱公范蠡居住在陶地时，小儿子降生了。小儿子长大成人后，陶朱公的次子杀了人，被囚禁在楚国。陶朱公说："杀人偿命，这是常理。但我听闻'富有千金之家的子弟，即使犯了死罪，也不能被行刑于闹市，示众遭辱'。"于是便准备好千金，置办好行装，想要派自己的小儿子到楚国去看望次子。陶朱公的大儿子坚持请求前往，陶朱公不答应，他认为父亲不派自己这个长子去，却派小儿子去，"是觉得我不成才"，想要自杀。他的母亲极力为他说话，陶朱公不得已，只好派长子前去，并为他准备好一封信，让他交给自己的故交好友庄生，并对长子说："到了楚国后，就将千金送到庄生的住所。听凭对方安排，千万不要与他起争执。"长子出发前往楚国，一切都按他父亲的吩咐去办。庄生说："你赶快离开楚国，不要停留，等你弟弟出狱了，也不要问及其中的缘由。"长子佯装离开，却背着庄生私自留在了楚国一位贵人的住处。庄生虽然贫困，然而却因为为人清廉正直，十分受人尊重，因此楚王和臣民们都把他当作老师敬重；陶朱公向他进奉千金，他也没有收下的意思，只是想在事成后归还给陶朱公，作为自己不负所托的证明。然而陶朱公的长子不明白他的用意，以为他没有什么救人的办法。庄生找了个机会，进宫面见楚王，对楚王说："某星某宿对楚国不利，只有施行德政，才能消除掉它带来的灾厄。"楚王向来信任庄生，当即便派遣使者封了钱库。留陶朱公长子暂住的楚国贵人非常惊奇，告诉长子："王快要大赦了。每次他颁布赦令之前，必定都要封了钱库。"长子以为赶上了大赦，弟弟本来就该放出来，自己送给庄生的千金是白白浪费了，便又去见庄生。庄生惊讶地问："你不是离开楚国了吗？"长子说："我本来是要走的。但我弟弟如今就快要被赦免了，所以特地来向您告辞后再走。"庄生明白他的意思，让他自己去屋里取回千金再离开。这样一个黄毛小子竟敢在自己面前卖弄小聪明，庄生对此感到非常羞恼，于是进宫面见楚王，说："大王您想要通过修行德政的方式禳除凶星，可现在路上的人都在大肆讨论，陶地的富人朱公家的儿子杀了人，被囚禁在楚国，他家中拿出了许多金钱来贿赂您的左右近臣，因此大王您才会大赦。还说您之所以大赦，并非因为体恤楚国百姓，而是为了陶朱公的儿子特意为之。"楚王大怒，下令先处死陶朱公的次子，次日再颁布大赦的命令。于是陶朱公的长子最终是载着弟弟的灵柩回到陶地的。他的母亲和乡亲们都对此悲痛不已，唯独陶朱公笑道："我就知道他必然会导致弟弟被杀。他并不是不爱弟弟，只是他小的时候就和我一起过苦日子，见惯了生存的艰辛和不易，因此将舍弃钱财这件事看得很重。小儿子从出生起，见到的就是我们家富贵的样子，自小便乘坐坚固的车子，驾肥壮的好马，哪里知道钱是怎么来的！我派小儿子前去，只是因为他能够轻易送出金钱；而长子不能做到这一点，最终才害死了他的弟弟。——这是事情发展的常理，不值得大惊小怪，自从长子出发后，我就从早到晚等着他带着弟弟的灵柩归来了。"

[冯梦龙述评] 陶朱公既然已有真知灼见，就不该因为妇人的言语而改变做法，他之所以换人前去，是因为担心长子自杀。"听凭对方安排，千万不要与他起争执。"他明明已经将话说得很明白了，是长子自己不听从教诲罢了。庄生在纵横方面不逊色于陶朱公，救人杀人，也只在他股掌之间。然而他宁可辜负好友，也必须和小孩子争一口气，他的胸怀是多么狭隘！噫，这就是他所负的纵横之才吗？

齐桓公：
大胆任用难得的人才

　　宁戚①，卫人，饭牛车下，扣角而歌。齐桓公异之，将任以政。群臣曰："卫去齐不远，可使人问之，果贤，用未晚也。"公曰："问之，患其有小过，以小弃大，此世所以失天下士也！"乃举火②而爵之上卿。

　　[冯述评] 韩、范已知张、李二生有用之才，其不敢用者，直是无胆耳③。孔明深知魏延④之才，而又知其才之必不为人下，故未免虑之太深，防之太过，持之太严，宁使有余才，而不欲尽其用，其不听子午谷之计者，胆为识掩也。呜呼，胆盖难言之矣！[魏以夏侯楙⑤镇长安，丞相亮伐魏，魏延献策曰："楙怯而无谋，今假延精兵五千，直从褒中出，循秦岭而东，当子午而北，

不过十日，可到长安。楙闻延奄至，必弃城走，比东方相合，尚二十许日。而公从斜谷来，亦足以达。如此则一举而咸阳以西可定矣！"亮以为危计，不用。]

任登为中牟令，荐士于襄主⑥曰瞻胥己，襄主以为中大夫。相室⑦谏曰："君其耳而未之目也？为中大夫若此其易也！"襄子曰："我取登，既耳而目之矣，登之所取，又耳而目之，是耳目人终无已也！"此亦齐桓之智也。

【注释】

①宁戚：春秋时卫国人。贫困无资，为商旅挽车至齐，宿于城门外，待齐桓公夜出迎客，击牛角，发悲歌，桓公闻而异之，与见。遂说桓公以治理天下之道，桓公大悦，任为大夫。

②举火：原指点火，这里指连夜举行仪式。

③"韩、范"句：韩、范指韩琦和范仲淹，二人时任陕西经略安抚使，专主对西夏用兵事。相传，宋朝与西夏交战时，曾有张、李二生欲献策于韩、范二公，又耻于自荐，便在石碑上刻诗，让人拖着碑走过军营。韩、范二公认为此举很可疑，便没有任用他们。后张、李二人被西夏李元昊发掘，奉为谋主，大为宋患。

④魏延：三国时期蜀汉名将。初以部曲随刘备入蜀，数有战功。后擢为镇远将军，镇守汉中，善抚士卒，勇猛过人。曾大破魏将郭淮，迁前军师、征西大将军，封南郑侯。诸葛亮卒，杨仪按亮节度退军。延大怒，先南归，逆击仪等，军败为仪派马岱所杀。

⑤夏侯楙（mào）：三国时期曹魏将领，时为安西将军，镇长安。

⑥襄主：赵襄子，春秋末期晋国政治家，战国时期赵国奠基人。名无恤（或作"毋恤"），赵简子之子。与韩、魏合谋，反灭

智伯，三分其地，为此后三家分晋奠定了基础。

⑦相室：官名。战国置，执政大臣泛称。《韩非子·孤愤》："主失势而臣得国，主更称蕃臣，而相室剖符，此人臣之所以谲主便私也。"陈奇猷注："松皋圆曰：'三晋以大夫为诸侯，犹仍旧号，故呼相国为相室。'"按《八经》篇："相室约其廷臣。"

【译文】

卫国人宁戚在车下一边吃饭，一边敲打着牛角唱歌。齐桓公认为他与旁人不同，准备任用他做官。大臣们说："卫国离齐国不远，可以派人打听一下宁戚的品行，如果果真贤能，再任用他也不迟。"齐桓公说："如果问了的话，我担心他品行上会有瑕疵，人们常常会因为一点儿丑恶而错失更多的美好，这也就是世间的君主难以使天下人才为己所用的原因！"于是他当夜便举行仪式，拜宁戚为上卿。

[冯梦龙述评] 韩琦和范仲淹在已经知道张、李二人有才能的情况下，却不敢任用他们，只是因为没有胆量。孔明深切地了解魏延的才能，又因为知道以他的才能，必定不会甘心屈居于人下，因此未免顾虑得太深，防范得太过，控制得太严密，宁愿让魏延保有余才，也不愿意采用他全部的才能，诸葛亮不采纳魏延的子午谷之计，是因为胆量被识虑蒙蔽了。唉！看来胆量这种事情，不是轻易能够说清的！[曹魏派夏侯楙镇守长安，诸葛亮丞相北伐魏国，魏延出谋划策，说："夏侯楙胆小而缺少谋略，现在请丞相借我精兵五千，我立即从褒中出发，顺着秦岭东行，占领子午谷后再向北进发，十日之内，就可以抵达长安。夏侯楙听说我突然到达，必然会弃城逃跑，但他要和东边的魏军会合并反击，也还需要二十多天的时间。这时您再从斜谷杀过来，便也能够很快抵达。这样咸阳西

面的地区就可以一举平定了！"诸葛亮认为魏延的计策风险太大，没有采用。]

任登担任中牟令的时候，曾经向赵襄子举荐一个名叫瞻胥己的人才，赵襄子便将其任命为中大夫。执政大臣劝谏赵襄子："您只是从任登那里听说了这个人，还没有亲眼见到吧？难道任命中大夫是这么轻率的事情吗？"赵襄子说："我任用任登，是听说并见过他以后的事情；任登举荐瞻胥己，也是听说并眼见之后的事情，可如果所有的事情都要靠我亲耳去听、亲眼去见才能确定，那便什么事情也办不成了。"可见赵襄子和齐桓公在这一点上具有同样的智慧。

王戎①：
看人准才能避人祸

戎族弟敦②，有高名，戎恶之。［边批：先见。］每候戎，辄托疾不见。孙秀③为琅邪郡吏，求品④于戎从弟衍⑤。衍将不许，戎劝品之。［边批：更先见。］及秀得志，有夙怨者皆被诛，而戎、衍并获济焉。

［冯述评］借人虚名，输我实祸，此便知衍不及戎处。

【注释】

①王戎：魏晋时期名士，"竹林七贤"之一。善清言，不务政事。袭父爵，辟相国掾。历散骑常侍、荆州刺史。领兵平吴，以功

封侯。累至尚书令，加光禄大夫、司徒。"八王之乱"时，周旋于诸王之中，得免于兵祸。

②敦：王敦，东晋时期权臣，王导从兄，晋武帝婿。"八王之乱"时，与叔父王彦起兵应齐王司马冏，讨赵王司马伦。琅邪王司马睿初镇江东，威名未著，敦与导同心扶助。东晋立，迁大将军、荆州牧，手握重兵，权倾内外，遂有不臣之心。于永昌元年（322年）举兵反，攻入建康，自为丞相。明帝太宁二年（324年），王导等乘敦病重，率军讨之。敦再攻建康，旋病死。

③孙秀：西晋时期大臣。初为琅邪小吏，以谄媚自达，为赵王司马伦亲信，与伦谋废贾后，逼惠帝禅位。伦篡位，以秀为中书令，事皆决于秀。明年齐王司马冏等起兵，秀与伦皆被杀。

④品：品评，品第。魏晋盛行人物品评之风，普通士人一经名士品评，便能获得声名和入仕的资本。

⑤衍：王衍，西晋时期重臣、名士、玄谈领袖。出身琅邪王氏，笃好老庄之学，终日清谈，颇有时名。初仕为太子舍人，累至司徒、司空、太尉等。"八王之乱"时，依附东海王司马越，建议司马越退保江南。司马越死，推为元帅，率众撤往江南，途中被石勒军包围，全部被坑杀。

【译文】

王戎的族弟王敦有很高的名望，然而王戎厌恶他。[边批：有先见之明。] 每次王敦想要去看望王戎的时候，王戎就托病不见。孙秀在做琅邪郡吏的时候，曾经请王戎的堂弟王衍品评自己。王衍正要拒绝，王戎却劝王衍为孙秀品评。[边批：这里更显出王戎的先见之明。] 后来孙秀飞黄腾达，和他有旧怨的人都被害死，而王戎和王衍都幸免于难。

[冯梦龙述评]成全他人的虚名，来为自己避免杀身之祸，从这便能知道王衍哪里比不上王戎了。

陶侃①母：
倾尽全力结交优秀的人以成助力

陶侃母湛氏，豫章新淦人。初侃父丹聘为妾，生侃。而陶氏贫贱，湛每纺绩资给之，使交结胜己。侃少为浔阳县吏，尝监鱼梁②，以一封鲊遗母。湛还鲊，以书责侃曰："尔为吏，以官物遗我，非唯不能益我，乃以增吾忧矣。"鄱阳范逵素知名，举孝廉，投侃宿。时冰雪积日，侃室如悬磬③，而逵仆马甚多，湛语侃曰："汝但出外留客，吾自为计。"湛头发委地，下为二髲④，卖得数斛米；斫诸屋柱，悉割半为薪；锉卧荐⑤以为马草；遂具精馔，从者俱给。逵闻叹曰："非此母不生此子！"至洛阳，大为延誉，侃遂通显。

【注释】

①陶侃：晋朝名将。少孤贫，为县吏，累迁南蛮长史。因战功拜荆州刺史，镇武昌。深为王敦所忌，左转广州刺史。敦败，复还荆州。咸和二年（327年），苏峻反，京都不守。温峤、庾亮推侃为盟主，力拒斩峻，收复建康。官至荆、江二州刺史，都督交、广、宁、江等八州诸军事，封长沙郡公。卒谥桓。

②鱼梁：筑堰拦水捕鱼的一种设施，用木桩、柴枝或编网等制

成篱笆或栅栏，置于河流或出海口等处。

③悬磬：形容一无所有，指极其贫困。

④髲（bì）：假发。

⑤卧荐：睡觉用的草垫。

【译文】

陶侃的母亲湛氏，是豫章新淦人。当初，陶侃的父亲陶丹聘他的母亲为妾室，生了陶侃。而陶氏贫贱，湛氏经常靠织布来换钱供给陶侃，让他去结交比自己优秀的人。陶侃年轻时曾担任浔阳县吏，负责监管鱼梁，他就托人送了一条鲊给自己的母亲。湛氏却将鲊送还给他，并写了一封信责备陶侃："你在官府为吏，却将官府的东西送给我，这样非但不能让我过得更好，反而会增添我的忧虑。"鄱阳人范逵非常有名望，被举为孝廉，到陶侃家投宿。当时下了好多天大雪，到处都结了冰，陶侃的房内一无所有，而范逵的仆从和马都非常多。湛氏便对陶侃说："你只需要出去将客人留下，我自会为你想办法。"湛氏头发长度及地，她便剪下头发做成了两副假发，卖给别人，换来了几斛米；又将几个房屋的柱子都砍细一半，作为烧火用的柴薪；又把家里睡觉用的草席割下一半，作为马的草料；又准备了丰盛的美食，招待范逵的仆从。范逵听说此事后，感叹："只有这样的母亲，才能生出陶侃这样的儿子！"范逵到达洛阳后，对陶侃大加赞赏，于是陶侃有了盛名，做上了高官。

赵括母 柴克宏母：
透过某些特质，能看出一个人的能力

秦、赵相距长平[①]，赵王信秦反间，欲以赵奢之子括为将而代廉颇。括平日每易言兵，奢不以为然。及是将行，其母上书言于王曰："括不可使将。"王曰："何以？"对曰："始妾事其父，时为将，身所奉饭饮而进食者以十数，所友者以百数；大王及宗室所赏赐者，尽以予军吏；受命之日，不问家事。今括一旦为将，东向而朝，军吏无敢仰视之者；王所赐金帛，归藏于家，而日视便利田宅可买者买之。父子异志，愿王勿遣！"王曰："母置之，吾已决矣。"括母因曰："王终遣之，即有不称，妾得无坐。"王许诺。括既将，悉变廉颇约束，兵败身死。赵王亦以括母先言，竟不诛也。

[冯述评] 括母不独知人，其论将处亦高。

【注释】

①秦、赵相距长平：秦昭襄王四十七年（前260年），秦攻韩上党，上党降赵。秦因攻赵，赵乃使廉颇为将，发兵击秦，两军相拒。廉颇坚壁以待秦，秦数挑战，赵兵皆不出。后赵王中范雎反间计，使赵括代廉颇以击秦。

【译文】

战国末期，秦国和赵国在长平对峙，赵王相信了秦国的反间计，想要任命赵奢的儿子赵括为将，以取代廉颇。赵括平日里经常就用兵打仗之事高谈阔论，赵奢却对此不以为然。等到赵括即将率大军出发时，赵括的母亲上书对赵王说："不可以让赵括为将。"赵王问："为什么？"赵括的母亲回答："我刚刚开始侍奉他父亲赵奢的时候，赵奢作为主将，他身边侍奉他饮食的不过几十人，但他结交的朋友却有几百人；他还将大王和宗室赏赐的东西，都分发给下属军吏；从接到军令的那天起，他便不再过问家事。现在赵括刚当上主将，就面向东方接受朝见，属下的军吏没有一个敢仰视他的；大王您赐给他的财帛，他都拿回去收藏在家中，并且每天都在查访正在出售的便利田宅，将它们收入囊中。赵奢和赵括虽为父子，但他们的志向品格大不相同，希望大王您不要派赵括前去带兵打仗！"赵王说："您不用再说了，我已经决定了。"于是赵括的母亲说："如果大王您一定要派赵括前去作战，之后他如果有不称职之处，希望不要株连我。"赵王答应了。赵括刚被任命为主将，就将廉颇先前制定的军规全部更改了，致使赵国兵败，自己也死在了战场上。赵王因为与赵括的母亲有言在先，最终治罪的时候，也没有株连她。

［冯梦龙述评］赵括的母亲不仅仅有看人的眼光，她对该如何挑选将领一事的分析也十分高明。

后唐龙武都虞候柴克宏①，再用之子也，沈嘿②好施，不事家产，虽典宿卫，日与宾客博弈饮酒，未尝言兵，时人以为非将帅才。及吴越围常州，克宏请效死行阵，其母亦表称克宏"有父风，可为将，苟不胜任，分甘孥戮③"。元宗④用为左武卫将军，使救常州，大破敌兵。

［冯述评］括唯不知兵，故易言兵；克宏未尝言兵，政深于兵。赵母知败，柴母知胜，皆以其父决之，异哉！

【注释】

①柴克宏：五代十国时期南唐名将，德胜军节度使柴再用之子。以父荫仕郎将，后为宣州巡检使，在任期间修缮城堑，后吴越兵至，赖以得全。累功至泗州刺史，罢归为龙武都虞候。淮南之战时，克宏主动请缨，唐元宗乃以之为右武卫将军，将兵会袁州刺史以救常州。克宏大破吴越兵，斩首万级，因功拜奉化军节度使，不久病逝，谥威烈。

②沈嘿：同"沉默"。

③分甘孥戮：甘愿被满门抄斩。

④元宗：李璟，南唐元宗。

【译文】

南唐的龙武都虞候柴克宏是德胜军节度使柴再用的儿子，平日里沉默寡言，却乐善好施，不经营自家的财产，虽然身为宫中禁卫，但他每天也只是和宾客下棋饮酒，从未谈论过带兵打仗的事，当时的人都认为他没有做将帅的才能。后来吴越围攻常州的时候，柴克宏向朝廷请求跟随军队前去作战，为朝廷效命，他的母亲也上表称柴克宏"有他父亲的风范，可以担任将领，如果他不能胜任的话，甘愿被满门抄斩"。于是唐元宗任用他为左武卫将军，派他前去援救常州，柴克宏在常州大破敌兵。

[冯梦龙述评] 赵括由于不通晓军事，所以才敢轻率地谈论战争；柴克宏从未谈论过军事，却对战争有着深刻的见解。赵括的母亲知道赵括会战败，柴克宏的母亲知道柴克宏会打胜仗，都是通过与他们的父亲相对照而得出的结论，让人不由得称奇！

李夫人①：
识人的第一步是识己

　　李夫人病笃，上②自临候之。夫人蒙被谢曰："妾久寝病，形貌毁坏，不可以见帝，愿以王及兄弟为托。"［李生昌邑哀王。］上曰："夫人病甚，殆将不起，属托王及兄弟，岂不快哉！"夫人曰："妇人貌不修饰，不见君父。妾不敢以燕婧③见帝。"上曰："夫人第一见我，将加赐千金，而予兄弟尊官。"夫人曰："尊官在帝，不在一见。"上复言，必欲见之。夫人遂转向嘘唏而不复言。于是上不悦而起。夫人姊妹让之曰："贵人独不可一见上，属托兄弟耶？何为恨上如此？"夫人曰："夫以色事人者，色衰而爱弛，爱弛则恩绝。上所以恋恋我者，以平生容貌故。今日我毁坏，必畏恶吐弃我，［边批：识透人情。］尚肯复追思闵录其兄弟哉？所以不欲见帝者，乃欲以深托兄弟也！"及夫人卒，上思念不已。

【注释】

　　①李夫人：汉武帝刘彻宠妃。本为乐工，善歌舞。其兄延年知音善歌，侍武帝，因平阳公主将她荐于帝，有宠，生昌邑哀王。早死，武帝眷念，使画工绘其像于甘泉宫，并自歌赋以悼之。其兄广利为贰师将军，封海西侯，兄延年为协律都尉。武帝死，追谥为孝武皇后。

　　②上：汉武帝。

　　③燕婧：仪容不整。

【译文】

李夫人病重，汉武帝亲自前去探望她，李夫人却用被子蒙住头，推辞说："妾卧病已久，容貌憔悴，不可以与陛下相见，希望能将昌邑王和我的兄弟托付给陛下。"［李夫人生昌邑哀王。］汉武帝说："夫人病得这么重，生命垂危，当面将昌邑王和你的兄弟托付给朕，不是更好吗？"李夫人说："妇人不修饰好容貌，便不能面见君主和长辈。妾现在仪容不整，因此不敢见陛下。"汉武帝说："夫人你只要见一见我，我便再赐你千金，并恩准你的兄弟做高官。"李夫人说："让不让他们做高官在于陛下，而不在于这一见。"汉武帝再度提出，一定要见到李夫人。李夫人便将脸转过去，哭泣着不再说话。于是汉武帝不高兴地起身离去了。李夫人的姊妹都责备她说："您为什么就不能和陛下见上一面，来嘱托您的兄弟呢？难道您怨恨陛下到了这种地步？"李夫人说："凭借美貌侍奉帝王的人，容貌一旦衰败，帝王的爱意就会减退，爱意一旦减退，帝王的恩宠也会随之断绝。陛下之所以对我眷恋不舍，只是因为我生得一副姣好的容貌。今天他如果见到我憔悴损毁的容颜，必然会对我产生厌恶反感之心，从而抛弃我，［边批：透彻地了解人心。］哪里还会因为思念怜悯我而任用我的兄弟呢？我不想与皇帝见面，正是为了更好地托付我的兄弟啊！"李夫人病逝后，汉武帝果然对她思念不已。

红拂：
从言谈举止中看透才能与抱负

　　杨素守西京①日，李靖②以布衣献策。素踞床而见，靖长揖曰："天下方乱，英雄竞起，公为重臣，须以收罗豪杰为心，不宜倨见宾客。"素敛容谢之。时妓妾罗列，内有执红拂者，有殊色，独目靖。靖既去，而执拂者临轩指吏曰："问去者处士第几？住何处？"［边批：见便识李靖。］靖具以对。妓诵而去。

　　靖归逆旅，其夜五更初，忽闻叩门而声低者。靖启视，则紫衣纱帽人，杖一囊。问之，曰："杨家红拂妓也。"延入，脱衣去帽，遽向靖拜。靖惊答之，再叩来意，曰："妾侍杨司空久，阅天下之人多矣，无如公者，故来相就耳！"靖曰："如司空何？"曰："彼尸居余气③，［边批：又识杨素。］不足畏也！诸妓知其无成，去者甚众矣，［边批：如何方是有成，须急着眼。］彼亦不甚逐也。——计之详矣，幸无疑焉。"问其姓，曰："张。"问其伯仲之次，曰："最长。"观其肌肤仪状、言辞气语，真天人也。靖不自意获之，愈喜愈惧，万虑不安，而窥户者无停履。数日，亦闻追讨之声，意亦非峻。乃雄服乘马，排闼而去，将归太原。

　　行次灵石旅舍，既设床，炉中烹肉且熟。张氏以发长委地，立梳床前；靖方刷马，忽有一客，中形，赤髯如虬，策蹇驴而来，投革囊于驴前，取枕欹卧，看张梳头。［边批：便知非常人。］靖怒甚，欲发。张熟视客，一手映身摇示靖，令勿怒，［边批：又识虬髯客。］急梳毕，敛衽前问其姓。客卧而答之，曰："姓张。"对曰："妾亦姓张，合是妹。"遽拜之。问其第几，曰："行三。"亦问妹第几，曰："最长。"客喜曰："今日幸逢一妹！"张氏遥呼："李郎，且来见三兄！"靖骤拜之，遂环坐。问煮何肉，曰："羊肉，计已熟矣。"客曰饥，靖出市胡饼。客抽腰间匕首，切肉共食。复索酒饮，于是开革囊，取下酒物，乃一人首并心肝。却头囊中，以匕首切心肝共食之，曰："此人乃天下负心者。衔之十年，今始获之。"又曰："观李郎贫士，何以得致异人？"靖不敢隐，具言其由。曰："然，故知非君所致也。今将何之？"曰："将避地太原。"曰："望气者言太原有奇气，吾将访之。"靖因言州将子李世民，客与靖期会于汾阳桥，遂乘驴疾去。

及期候之，相见大喜，靖诈言客善相，因友人刘文靖得见。"世民真天子矣！"废然而返，遂邀靖夫妇至家，令其妻出见，酒极奢，因倾家财付靖，文簿匙锁，共二十床，曰："赠李郎佐真主立功业也。"与其妻戎服跃马，一奴从之，数步遂不复见。靖竟佐命，封卫公。

[冯述评]吴长卿曰："红拂见卫公，自以为不世之遇，视杨素蔑如矣。孰知又有一虬髯也，视李郎又蔑如矣。惜哉，不及见李公子也！"

【注释】

①西京：隋朝时称长安为西京。

②李靖：隋末唐初名将。字药师，一说本名药师。姿貌魁秀，少有文武才略，通书史，誉称"有王佐才"。高祖时以行军总管从征萧铣，平定江、岭间九十六州，又镇压辅公祏军。太宗时历兵部尚书、尚书右仆射等职，先后率军击破东突厥、吐谷浑。封卫国公，图像入凌烟阁，谥景武。

③尸居余气：像死尸一样存在，仅存一口气。形容人暮气沉沉，无所作为。

【译文】

杨素镇守长安的时候，李靖作为平民，向杨素献计。杨素傲慢地踞坐在床上接见他。李靖对着杨素深深地作揖，而后说："眼下天下大乱，英雄并起，您作为国家的重臣，需要收罗豪杰作为自己的心腹，不应该倨傲地接见宾客。"杨素收敛起傲慢的神色，郑重地向李靖致歉。当时杨素身边有不少侍妾，其中有一个手执红色拂尘的，生得十分美貌，一直盯着李靖看。李靖离开后，那个手执拂尘的侍妾便站在窗前指着小吏问："你去问问刚刚离开的那位先生在家中排行第几？住在哪里？"［边批：初次见面便能看透李靖。］李靖一一作答，那女子听后复诵了一遍才离去。

李靖回到旅舍后，这天夜里五更时，忽然听见有人敲门，并且很小声地在门外说话。李靖开门查看，只见来人身穿紫衣，头戴纱帽，手中握着一只行囊。李靖询问她是谁，她回答："我是杨家那个执红色拂尘的侍妾。"李靖邀请她进门，女子便脱下外衣，摘掉帽子，突然对着李靖叩拜。李靖惊慌地答礼，再次询问她的来意，女子回答："我侍奉杨司空已经有很长一段时间了，见过许多天下豪杰，没有比得上您的，因此前来投奔您！"李靖问："杨司空是个什么样的人？"女子回答："他只是一具行尸走肉罢了，［边批：又能看透杨素。］不值得畏惧！他的侍妾们也知道他不会有什么了不起的成就，因此有很多都离开他了，［边批：怎样才是有成就，是需要急切着眼的。］他也不追究。——我的计划十分周密，还望您不要怀疑。"李靖询问她的姓氏，她回答："张。"李靖又问她在家中的排行，她回答："最长。"李靖观察她的肌肤仪态和言辞语气，简直就像天上的神仙。李靖没想到自己会得到这样一位人物，又喜又怕，万般焦虑不安，还总觉得窗外一直有人在向内窥视。几天后，他也听说了杨素追捕张氏的消息，但追讨的意愿好像也不是很迫切。于是李靖让张氏穿上男装，骑马冲出大门，直奔太原而去。

途中二人在灵石旅舍住宿，刚刚铺设好床榻，炉中还烹煮着一锅肉，肉就要熟了。张氏站在床前，梳着自己及地的长发；李靖正在刷马。忽然有一个客人，中等身材，留着卷曲的红色络腮胡，骑着一匹跛腿毛驴而来，他随手将皮革袋子丢在驴前，就取来枕头斜卧在床上，看张氏梳头。［边批：就知道他不是寻常人。］李靖非常生气，想要发火。张氏仔细打量了虬髯客一番后，却伸手在身前摇了摇，示意李靖不要动怒。［边批：又能看透虬髯客。］张氏赶忙将头发梳好，敛起衣襟对着虬髯客行礼，而后上前询问他的姓名。虬髯客卧在床上回答说：“姓张。”张氏说：“我也姓张，算起来应该是你的妹妹了。”说完急忙对着虬髯客下拜。又问他在家中排行第几，虬髯客答：“行三。”他也问张氏排行第几，张氏回答：“最长。”虬髯客高兴地说：“今天有幸遇到了一个妹妹！”张氏远远地招呼李靖：“李郎，快来见三哥！”李靖也对着虬髯客下拜，于是三个人坐成一圈。虬髯客问锅里煮的是什么肉，答：“是羊肉，应该已经熟了。”虬髯客说自己腹中饥饿，李靖便出门去买胡饼，虬髯客抽出腰间的匕首切肉，三人一起吃。虬髯客又要喝酒，于是他打开皮革袋子，从袋中取出下酒菜，原来是一个人的头和心肝。他将头装回袋子里，用匕首切开心肝，三个人一起吃了，虬髯客说：“这是天底下最负心的人。我追杀他十年，才终于抓到。”他又说：“据我观察，李郎你只是一个贫寒的读书人，是从哪里得到这样一位妙人？”李靖不敢隐瞒，将事情的经过全部对着虬髯客说了。虬髯客说：“果然如此，我一看就知道不是你自己获得的。现在你们打算去哪里呢？"李靖回答："将要去太原暂避。"虬髯客说：
"有会望气的术士曾说，太原有非同寻常的气云，我也想去看个究
竟。"于是李靖和他讲了州将李渊之子李世民的事，虬髯客和李靖
约好在汾阳桥会合，便骑着驴快速离去了。

等到了约定的日期，虬髯客和李靖果然都来到了汾阳桥，两人
再次见面都十分高兴。李靖假称虬髯客擅长相面，通过友人刘文靖
的引荐，见到了李世民。"李世民乃真龙天子！"虬髯客见到李世
民后，便颓废地回家了，他又邀请李靖夫妇前往自己家做客，让他
的妻子出来同两人见面，虬髯客所设的酒宴十分奢华，之后他又拿
出全部家财交给李靖，各种文册账簿和锁头钥匙摆了总共二十床，
虬髯客说："我将这些赠给李郎，用以辅佐真龙天子成就功业。"
说完便和他的妻子穿着军服跳上马，带着一个家奴，转眼就不见了
踪影。李靖最终辅佐李世民成就霸业，被封为卫公。

[冯梦龙述评] 吴长卿说："红拂女见到卫公，自以为遇到了
不世之才，便不将杨素放在眼里了。谁知道又出现一位虬髯客，又
不把李靖放在眼里。可惜啊，当时红拂女没能遇上李世民！"

吕不韦：
建立人脉的前提是找准共同利益

秦太子①妃曰华阳夫人，无子。夏姬②生子异人，质于赵，
秦数伐赵，赵不礼之，困不得意。阳翟③大贾吕不韦适邯郸，见
之曰："此奇货可居！"乃说之曰："太子爱华阳夫人而无子，

子之兄弟二十余人，子居中，不甚见幸，不得争立。不韦请以千金为子西游^④，立子为嗣。"异人曰："必如君策，秦国与子共之！"不韦乃厚资西见夫人姊，而以献于夫人，因誉异人贤孝，日夜泣思太子及夫人。不韦因使其姊说曰："夫人爱而无子，异人贤，自知中子不得为适，诚以此时拔之，是异人无国而有国，夫人无子而有子也，则终身有宠于秦矣。"夫人以为然，遂与太子约以为嗣，使不韦还报异人。异人变服逃归，更名楚。不韦娶邯郸姬绝美者与居，知其有娠。异人见而请之，不韦佯怒，既而献之，期年而生子政，嗣楚立，是为始皇。

[冯述评] 真西山^⑤曰："秦自孝公以至昭王，国势益张，合五国百万之众，攻之不克，而不韦以一女子，从容谈笑夺其国于衽席^⑥间。不韦非大贾，乃大盗也！"

【注释】

①秦太子：秦昭襄王之子，名柱，初为安国君，秦昭襄王四十二年（前265年）被立为太子，后嗣位为秦孝文王。

②夏姬：秦孝文王妃嫔之一，子楚即位后，尊为夏太后。

③阳翟：古地名，在今河南禹州市，时为韩国都城，《史记》记载，阳翟曾为夏朝的都城。

④西游：秦国在赵国以西，故将前往秦国都城咸阳称为西游。

⑤真西山：真德秀，本姓慎，因避孝宗讳改姓真，南宋时期理学家、官员，创"西山真氏学派"。

⑥衽席：卧席，引申为寝居之所。

【译文】

秦国太子的太子妃号为华阳夫人，没有子嗣。安国君的姬妾夏姬生下一个儿子，名叫异人，被送到赵国做人质，因为秦国曾多次攻打赵国，赵国对异人很不以礼待之，异人在赵国处境困窘，十分不得志。阳翟的大商人吕不韦来到赵国都城邯郸，他见到异人后，说："这个人是件稀世珍宝，值得投资，以待日后谋取厚利！"于是他游说异人："太子宠爱华阳夫人，但夫人没有子嗣，你有兄弟二十余人，你排行居中，也不怎么受宠，没有办法争得嗣子之位。我希望能带着千金，替你前往西边的秦国，想办法让华阳夫人和太子立你为嗣。"异人说："如果真的能像你谋划的那样，我愿与你共享秦国！"于是吕不韦携巨资向西求见华阳夫人的姐姐，让她将厚礼转献给华阳夫人，并称赞异人贤德孝顺，在赵国日夜哭泣思念太子和华阳夫人。吕不韦又让华阳夫人的姐姐游说夫人，说："夫人您深得太子宠爱，却没有子嗣，而异人虽然贤德，但也知道自己身为排行在中间的儿子，没有办法被立为嗣子，正应该趁这个时候提拔他，这样便可使没有可能享有秦国的异人享有秦国，而夫人您也可以由没有儿子变为有儿子，那么您就可以终身在秦国享受尊宠了。"华阳夫人也这样认为，于是她便借机与太子商定，立异人为嗣子，让吕不韦回去将此事报告给异人。于是异人乔装逃回，改名为楚。吕不韦娶了一个绝美的邯郸女子，和她同居了一段时间，知道她已经怀有身孕。异人见了这个美女后，就请求吕不韦将此女送给自己，吕不韦佯装恼怒，但随后还是将此女献给了异人。一年后，邯郸美女生下了儿子，取名为政，后来这个孩子被立为嗣子，继承了秦王之位，即后来的秦始皇。

[冯梦龙述评] 真西山说："秦国自秦孝公以来，到秦昭襄王时，国势日渐强大，五国的军队集合百万兵力来攻，都无法攻克秦国，而吕不韦用一个女子，便可以在枕席之间从容谈笑着夺取秦国。看来吕不韦并非大商贾那么简单，他还是窃国大盗！"

职场应变篇

面对客户突如其来的质问，你会怎样应对？面对公司突然的人事调动，你又如何适应？跟人打交道，总会面对突发状况，必须时刻做好应变的准备！在职场中，应变考验的是一个人解决突发问题的能力，脑筋灵活的人比木讷的人受欢迎。翻开本篇，中国古代的智者用实战案例教你积极应对变化，不在激烈的职场竞争中被淘汰。

侯生①：
料敌于先，应变的关键在事前准备

夷门②监者侯嬴，年七十余，好奇计。秦伐赵急③，魏王使晋鄙④救赵，畏秦，戒勿战。平原君⑤以书责信陵君，信陵君⑥欲约客赴秦军，与赵俱死。谋之侯生，生乃屏人语曰："嬴闻晋鄙兵符在主卧内，而如姬最幸，力能窃之。昔如姬父为人所杀，公子使客斩其仇头进如姬。如姬欲为公子死无所辞，顾未有路耳。公子诚一开口，如姬必许诺，则得虎符。夺晋鄙军，北救赵而西却秦，此五霸⑦之功也！"公子从其计，请如姬。如姬果盗符与公子。公子行，侯生曰："将在外，主令有所不受。公子即合符，而晋鄙不授公子兵而复请之，事必危矣！臣客屠者朱亥可与俱，此人力士，晋鄙听，大善；不听，可使击之！"于是公子请朱亥，朱亥笑曰："臣乃市井鼓刀屠者，而公子亲数存之，所以不报谢者，以为小礼无所用。今公子有急，此乃臣效命之秋也！"遂与公子俱。公子至邺，矫魏王令代晋鄙兵。晋鄙合符，果疑之，欲无听，朱亥袖四十斤铁椎椎杀晋鄙。[边批：既矫其令，必责以逗留之罪，非漫然为无名之谋。]公子遂将晋鄙兵进，大破秦军。

[冯述评]信陵邯郸之胜，决于椎晋鄙；项羽巨鹿之胜，决于斩宋义⑧。夫大将且以拥兵逗留被诛，三军有不股栗愿死

者乎？不待战而力已破矣。儒者犹以擅杀议刑，是乌知扼要之策乎？

【注释】

①侯生：侯嬴，战国时魏人。

②夷门：战国时魏国都城的东门。

③秦伐赵急：公元前257年，秦昭襄王已破赵长平军，又进兵围邯郸。赵国倾全力死守邯郸，又向楚、魏紧急求援。

④晋鄙：战国时魏国大将。

⑤平原君：赵胜，战国时期赵武灵王子，惠文王弟，封于东武城，号平原君。相惠文王及孝成王，喜宾客，食客多至千人。与齐孟尝君、楚春申君、魏信陵君齐名，并称为"战国四公子"。

⑥信陵君：魏无忌，战国时期魏昭王子，魏安釐王弟，封于信陵，故称信陵君，"战国四公子"之一。

⑦五霸：指春秋五霸，说法有四。一指齐桓公、晋文公、秦穆公、宋襄公和楚庄王；二指齐桓公、晋文公、楚庄王、吴王阖闾、越王勾践；三指齐桓公、晋文公、秦穆公、楚庄王、吴王阖闾；四指齐桓公、宋襄公、晋文公、秦穆公、吴王夫差。

⑧项羽巨鹿之胜，决于斩宋义：公元前208年，秦将章邯破项梁，又渡黄河攻赵，赵王逃入巨鹿，又派使者求救于楚怀王。楚怀王遂派宋义为上将军，项羽为次将，范增为末将救赵。行至安阳，留四十六日不进，项羽责宋义疾引兵渡河，与赵内外夹击秦军，宋义不许，并在军中饮酒高会。天寒大雨，士卒冻饥，项羽遂斩宋义头，北上大破秦军。

【译文】

战国时，魏国都城大梁东门的看守侯嬴，已经年过七十，喜欢为人谋划奇妙的计谋。当时秦国正在攻打赵国，情势十分危急，魏王派晋鄙带兵前去援救赵国，但又因为畏惧秦国，告诫他不要出战。平原君写信责备信陵君，信陵君想带着自己的门客奔赴前线对抗秦军，和赵国共存亡。他与侯生商量这件事，于是侯生屏退旁人，对信陵君说："我听说晋鄙的兵符就在魏王的卧室中，而魏王的姬妾中如姬最得宠幸，有能力盗窃兵符。当初如姬的父亲被人杀害，公子您派门客斩杀了她的仇人，并将头颅送给了如姬。如姬早就想为您效劳，就算死也在所不辞，只是考虑到没有报答的机会。公子您只要一开口，如姬必然答应，您就能得到虎符。这样您就可以夺取晋鄙的军队，向北营救赵国，向西抵御秦国，这是堪比五霸的功业呀！"信陵君听从了他的计策，去请如姬帮忙。如姬果然为信陵君盗来了兵符。信陵君出发前，侯生对他说："将帅远征在外，在一些情况下可以不遵从君主的命令。公子就算拼合验证了兵符，晋鄙也有可能不向您交兵，再去请示魏王，到时候事情就危险了！我的门客屠夫朱亥可以和您一起去，这人是个大力士。晋鄙答应您的话，那就最好了；他如果不答应，您就让朱亥击杀他！"信陵君便去请朱亥帮忙，朱亥笑着说："我不过是一个市井之中拿刀的屠夫，公子您却多番亲自上门问候我，如果我不感谢并报答您，这会让天下人以为微小的礼遇没有用。现在公子您有急事，这正是我为您效命的时候！"于是和信陵君一同前往。信陵君到达邺城后，假托魏王有令，让他代替晋鄙掌兵。晋鄙拼合验证兵符后，果然对信陵君产生了怀疑，想要不答应，朱亥便用藏在袖子里的四十斤铁椎杀死了晋鄙。［边批：信陵君既然假托了魏王的命令，也必然会以逗留之罪责怪晋鄙，这并不是随意设的没有名目的计谋。］

于是信陵君率领着晋鄙的军队进军，大胜秦军。

[**冯梦龙述评**] 信陵君在邯郸的胜利，是在他击杀晋鄙的时候确定下来的；项羽在巨鹿的胜利，是在他斩杀宋义的时候确定下来的。就连大将都因为逗留观望不进军而被诛杀，三军将士哪里还会有不心生恐惧而自寻死路的人呢？还没等开始战斗，由此积蓄的力量就注定这场战争会胜利了。而那些酸腐儒生还要因为擅自杀人这件事来治罪，是不知道什么才是成大事的关键吗？

班超：
遇到变故，要敢于决断

窦固出击匈奴①，以班超为假司马②，将兵别击伊吾③，战于蒲类海④，多斩首虏而还。固以为能，遣与从事郭恂俱使西域。超到鄯善⑤，鄯善王广奉超礼敬甚备，后忽更疏懈。超谓其官属曰："宁觉广礼意薄乎？此必有北虏⑥使来，狐疑未知所从故也。明者睹未萌，况已著耶！"乃召侍胡，诈之曰："匈奴使来数日，今安在？"侍胡惶恐，具服其状。超乃闭侍胡，悉会其吏士三十六人，与共饮。酒酣，因激怒之曰："卿曹与我俱在西域，欲立大功以求富贵。今虏使到数日，而王广礼敬即废。如令鄯善收吾属送匈奴，骸骨长为豺狼食矣！为之奈何？"官属皆曰："今危亡之地，死生从司马！"超曰："不入虎穴，焉得虎子！当今之计，独有因夜以火攻虏，使彼不知我多少，必大震怖，可殄尽也！灭此虏，则鄯善破胆，功成事立矣！"众曰：

"当与从事议之。"超怒曰:"吉凶决于今日,从事文俗吏,闻此必恐而谋泄,死无所名,非壮士也。"众曰:"善。"

初夜,遂将吏士往奔虏营。[边批:古今第一大胆。]会天大风,超令十人持鼓,藏虏舍后,约曰:"见火然后鸣鼓大呼。"余人悉持弓弩,夹门而伏。[边批:三十六人用之有千万人之势。]超乃顺风纵火,前后鼓噪。虏众惊乱。超手格杀三人,吏兵斩其使及从士三十余级,余众百许人,悉烧死。明日乃还告郭恂,恂大惊,既而色动。超知其意,举手曰:"掾⑦虽不行,班超何心独擅之乎?"恂乃悦。超于是召鄯善王广,以虏使首示之,一国震怖。超晓告抚慰,遂纳子为质,还奏于窦固。

【注释】

①窦固出击匈奴:汉明帝永平十六年(73年),汉派遣祭肜率一万骑出高阙塞,窦固、耿忠率一万二千骑出酒泉塞,耿秉、秦彭率一万骑出张掖居延塞,来苗、文穆率一万一千骑出平城塞,分兵四路,进攻北匈奴。

②假司马:官名,次于军司马的官职。汉制,大将军共五部,每部设校尉、军司马各一人,又有军假司马一人为副。

③伊吾:西域古国名,时依附于匈奴,故址在今新疆哈密市一带,汉朝取此以通西域。

④蒲类海:湖泊名,即今新疆巴里坤哈萨克自治县西北巴里坤湖。

⑤鄯善:西域古国名,西汉称之为"楼兰",汉昭帝元凤四年(前77年)改成鄯善。王居今新疆若羌县。

⑥北虏:指匈奴。

⑦掾：古代官府属员的通称，从事为将军、都尉掾属，故称郭恂为掾。

【译文】

东汉明帝永平十六年，窦固出击匈奴，他任命班超为假司马，另外率兵去攻打伊吾国，两军在蒲类海交战，班超的军队斩下了许多贼虏的首级后凯旋。窦固认为班超很有本事，派他和从事郭恂一起出使西域。班超到达鄯善国后，鄯善王广非常礼遇班超，敬重他，之后忽然变得疏懒懈怠。班超对他手下的属官们说："你们感觉到广对我们的礼遇之意变得淡薄了吗？这一定是匈奴派使者前来，他犹豫不决，不知道该依附哪一方的缘故。明智的人在事情尚未发生时，就能察觉其中端倪，何况现在情况已经如此明显了呢！"于是他招来服侍汉使的鄯善侍者，假意责问他："匈奴的使者来了好几天了，现在人在哪里呢？"鄯善侍者十分惊恐，将全部情况都招认出来。于是班超将鄯善侍者关押起来，又将手下三十六名官吏全部聚在一起，与他们一同饮酒。酒喝得正酣的时候，班超借机激怒他们说："你们这些人和我都身在西域，都想要立下大功从而谋求富贵。现在匈奴使者才刚到鄯善国几天，鄯善王广就停止了对我们的礼敬。如今要是鄯善王把我们这些人抓起来送给匈奴，我们的骸骨就要常年被豺狼啃食了！这该怎么办？"属吏们都说："现在身处于这种事关存亡的处境，不论生死，我们都愿意跟随司马您！"班超说："不敢进入老虎的洞穴，怎能捉到虎崽！从目前的处境打算，我们能做的只有趁夜色火攻匈奴人，对方不知道我们有多少人，必然十分震惊恐惧，我们就可以趁机将他们消灭殆尽。灭掉了这些匈奴人，鄯善王就会被吓破胆，这样事情就可以成功解决了！"属吏们说："这件事应该和从事商议一下。"班超生气地说：

"我们的福祸都取决于今日行动的成败，从事郭恂是个平庸的文官，听说这件事必然会惊恐，我们的谋划也会因此泄露，这样我们都会没有意义地死去，称不上壮士了！"属吏们说："好！"

天刚黑，班超就派官吏们向匈奴人的营帐奔袭。[边批：古今第一大胆。]正赶上大风天气，班超便让十个人拿着鼓，藏在匈奴人屋子后面，约定说："你们一看见火烧起来，就擂鼓呐喊。"其余的人都手持弓弩，在门的两旁埋伏。[边批：班超把三十六个人用出了千万人的气势。]于是班超顺着风向放火，前后的人又一起擂鼓呐喊。匈奴人都因惊恐而慌乱不已，班超亲手击杀了三个人，属吏们斩杀了匈奴的使者以及随从共计三十多人，其余的一百来人被烧死。第二天，班超才回去将事情的经过告知郭恂，郭恂果然十分惊讶，随即脸色也发生了变化。班超明白他的意思，举起手说："您虽然没和我们一起行动，但我哪里有独占功劳的私心呢？"郭恂才高兴起来。班超就把鄯善王广请来，将匈奴使者的首级展示给他看，鄯善国举国都感到惊恐。班超对鄯善王晓之以理，安抚宽慰了他一番，并将其子收为人质，便回去向窦固汇报。

固大喜，具上超功效，并求更选使使西域。帝壮超节，诏固曰："吏如班超，何故不遣而更选乎？今以超为军司马，令遂前功。"超复受使。[边批：明主。]因欲益其兵，超曰："愿将本所从三十余人足矣。如有不虞，多益为累。"是时于阗①王广德新攻破莎车②，遂雄张南道③，而匈奴遣使监护其国。超既西，先至于阗。广德礼意甚疏，且其俗信巫，巫言神怒："何故欲向汉？汉使有骓马④，急求取以祠我。"广德乃遣使就超请马。超密知其状，报许之，而令巫自来取马。有顷，巫至，超即

115

斩其首以送广德，因辞让之。广德素闻超在鄯善诛灭虏使，大惶恐，即攻杀匈奴使而降超。超重赐其王以下，因镇抚焉。

[冯述评] 必如班定远⑤，方是满腹皆兵，浑身是胆！赵子龙⑥、姜伯约⑦不足道也。○辽东管家庄，长男子不在舍，建州虏⑧至，驱其妻子去。三数日，壮者归，室皆空矣。无以为生，欲佣工于人，弗售。乃谋入虏地伺之，见其妻出汲，密约夜以薪积舍户外焚之，并积薪以焚其屋角。火发，贼惊觉，裸体起出户，壮者射之，贼皆死。挈其妻子，取贼所有归。是后他贼惮之，不敢过其庄云。此壮者胆勇，一时何减班定远？使室家无恙，或佣工而售，亦且安然不图矣。人急计生，信夫！

【注释】

①于阗（tián）：西域古国名，在鄯善国以西，即今新疆和田县一带。

②莎车：西域古国名，在于阗国西北，即今新疆莎车县一带。

③南道：据《汉书·西域传》载，西域南北有大山，中央有河。出玉门关向西，由鄯善傍南山沿河西行至莎车为南道，由车师前王庭随北山傍河西行至疏勒则为北道。

④骓（guā）马：黑嘴的黄马。

⑤班定远：班超，封定远侯。

⑥赵子龙：赵云，字子龙，汉末三国时期蜀汉名将。《三国志·蜀书·赵云传》裴松之注引《（赵）云别传》："先主明旦自来，至云营围视昨战处，曰：'子龙一身都是胆也。'"

⑦姜伯约：姜维，字伯约，汉末三国时期蜀汉名将。《三国志·蜀书·姜维传》裴松之注引《世语》："维死时见剖，胆大如斗。"

⑧建州虏：明朝永乐元年（1403年）置建州，为女真族聚居地，后逐渐分为建州卫、建州左卫、建州右卫。1616年，努尔哈赤统一三卫，登大汗位，建立清之前身后金。"建州虏"即聚居于建州的女真族人。

【译文】

窦固非常高兴，将班超的功劳全部上奏给汉明帝，并请求明帝另外挑选一位使者出使西域。明帝对班超的优秀品质大加赞赏，下诏对窦固说："有像班超这样的官吏在，为什么不派遣他前去，而要另选别人作为使者呢？现在可以任命班超为军中司马，让他继续完成之前的功绩。"班超因此再次被任命为使节。［边批：明主。］窦固便想增加班超手下的士兵数量，班超说："我率领原本跟随我的三十多人就足够了。如果发生了什么意料之外的事，兵多了反而会成为累赘。"当时于阗国的国王广德刚刚打败了莎车国，于是想继续往南道扩张自己的势力，与此同时，匈奴又派遣使者对其进行严密的监视和控制。班超到达西域后，先来到了于阗国。于阗王广德对他疏于礼数，并且于阗国有信奉巫师的习俗，巫师说天神十分生气地问："为什么要投靠汉朝？汉朝使者班超有一匹黑嘴的黄马，赶紧将那匹马取来祭祀我。"于是广德派遣使者来到班超的住所求马。班超秘密地知晓了其中的阴谋，就让人报告广德，说自己答应了，但要让巫师自己来取马。不一会儿，巫师就到了，班超当即斩下了他的首级送给广德，并就此事严词责备他。广德平素就听说班超在鄯善国诛灭匈奴使者的事情，非常惶恐，立即攻杀了匈奴的使者向班超投降。班超重重赏赐了于阗国王和他的臣下，于是于阗国就这样被安抚了。

［冯梦龙述评］唯有像班超这样的人，才称得上满腹皆兵，浑

117

身是胆！与他相比，赵子龙和姜伯约也不值一提了。辽东管家庄，成年男子都不在家中，正赶上建州的贼寇来到这里，将他们的妻子和孩子全部掳走。过了好几天，庄里的壮年人才回来，却发现自己的家都被劫掠一空。这些人没有用来维生的资财，想要去别人家做工，却没人雇用他们。他们便谋划潜入贼寇的地盘探察情况，有人看见自己的妻子出门打水，便与其秘密约好夜里将薪柴堆在贼人家门口点燃，并堆积薪柴焚烧他们的房屋角落。直到火烧起来，贼人才惊觉，纷纷光着身子起床跑出屋子，这时庄中的壮年人就用箭射他们，贼人们都被射死。庄中人便带着自己的妻子和孩子，拿走贼人的全部家当回到庄中。从此以后其他的贼人也都畏惧他们，不敢从他们的庄子经过。这些壮士的胆量和勇气，在那一时期难道比班超少吗？如果他们的家宅安宁，或者能靠做工挣钱，他们也就会安然度日，不另做图谋了！人在危急时刻就会想出好计策来，这种说法是可信的啊！

吕端①：
越大的事越不能糊涂，严格把关每一步

太宗大渐②，内侍王继恩③忌太子④英明，阴与参知政事李昌龄⑤等谋立楚王元佐。端问疾禁中，见太子不在旁，疑有变，乃以笏书"大渐"二字，令亲密吏趣太子入侍。太宗崩，李皇后命继恩召端。端知有变，即绐继恩，使人书阁检太宗先赐墨诏，遂锁之而入。皇后曰："宫车已晏驾⑥，立子以长，顺也。"

端曰："先帝立太子，正为今日。今始弃天下，岂可遽违命有异议耶？"乃奉太子。真宗既立，垂帘引见群臣。端平立殿下，不拜，请卷帘升殿审视，然后降阶，率群臣拜呼"万岁"。

[冯述评] 不糊涂，是识；必不肯糊涂过去，是断。

【注释】

①吕端：宋初宰相。为政识大体，以清简为务，宋太宗称其"小事糊涂，大事不糊涂"。

②大渐：谓病危。

③王继恩：北宋宦官。原名德钧，太祖召见，赐此名，拥立宋太宗赵光义即位有功，累为内侍行走。曾为剑南两川招安使，镇压李顺起义军。久握重兵，放纵部下剽掠男女及金帛。真宗时，泄露朝廷机密，又与参知政事李昌龄等人多有交往，图谋不轨，为真宗所恶，死于贬所。

④太子：宋太宗曾属意传位于长子（楚王赵元佐），但元佐因为申救叔父赵廷美不获而发狂，纵火焚烧宫室，被废为庶人。次子赵元僖也于淳化三年（992年）暴死，太宗遂立三子赵元侃为太子，改名赵恒。

⑤李昌龄：宋初大臣。太平兴国进士，累官御史中丞。至道二年（996年）进参知政事，无所建明。结交内侍王继恩，罢政，贬忠武军节度行军司马。

⑥宫车已晏驾：帝王死亡的讳辞。

【译文】

宋太宗病重，内侍王继恩忌惮太子英明，暗中和参知政事李昌龄等人图谋改立楚王赵元佐为新君。吕端到宫中探问太宗的病情，见太子不在太宗旁边，担心是出了什么变故，便在笏板上写下"大渐"二字，让亲信官吏带着笏板去请太子入宫侍疾。宋太宗驾崩后，李皇后命令王继恩召吕端前来。吕端知道皇位的事恐怕要出变故，便哄骗王继恩，让他进到书阁里去检查宋太宗留下的亲笔遗诏，而后便趁机将他锁在里面，自己才去面见李皇后。皇后说："皇帝已经驾崩了，立长子为新君，是符合规矩的。"吕端说："先帝之所以立太子，为的正是今天的局面。现在先帝才刚刚离世，哪有突然违背他的命令而另议新君的道理？"于是坚持尊奉太子赵恒为皇帝。宋真宗刚刚即位时，是垂下帘子接见群臣的。吕端端正地站立在宫殿之下，不向新君下拜，直到请人卷起帘子，他登殿看清楚确为赵恒无疑了，之后才走下台阶，率领群臣下拜高呼"万岁"。

[冯梦龙述评] 不糊涂，只是一种识虑的本事；必然要像吕端这样执意不肯糊涂过去，才称得上决断的气度。

颜真卿[①] 鲍叔：
让对手放松警惕才能抢占先机

真卿为平原太守。禄山逆节[②]颇著，真卿托以霖雨修城浚壕，阴料丁壮，实储廪，佯命文士饮酒赋诗。禄山密侦之，以为书生不足虞。未几禄山反，河朔尽陷，唯平原有备。

[冯述评] 小寇以声驱之，大寇以实备之。或无备而示之有备者，杜其谋也；或有备而示之无备者，消其忌也。必有深沉之思，然后有通变之略。微乎，微乎，岂易言哉！

①颜真卿：唐朝名臣，书法家。玄宗开元二十二年（734年）进士，累擢侍御史，遭杨国忠排挤，出为平原太守。安禄山叛，颜真卿约从兄常山太守颜杲卿等起兵抵抗，响应者众，共推为盟主，兵至二十万。唐代宗时，官至吏部尚书，封鲁郡公。敢于直言，执法不阿，多遭贬黜排挤。德宗时，卢杞恶之，会李希烈叛，命往劝谕，遂为希烈缢死，谥文忠。工书法，擅长行楷，创"颜体"，与柳公权并称"颜柳"。

②逆节：叛逆的念头或行为。

【译文】

唐玄宗时，颜真卿被任命为平原太守。当时安禄山叛乱的端倪已经显现出来了，颜真卿以雨季需要修筑城墙、疏浚河道为由，暗中招募成年男子，充实粮食储备，表面上却做出时常和文人们一起饮酒赋诗的样子。安禄山派人暗中监视颜真卿的行动，认为他不过是个书生，不值得忧虑。没过多久，安禄山起兵造反，河朔地区都沦陷了，只有平原郡有所防备。

[冯梦龙述评] 弱小的贼寇可以靠声势来驱赶，强大的贼寇则需要靠坚实的武力来防备。有些人没有防备，却展现出做好了防备的样子，是为了杜绝对方的阴谋；也有人做好了防备，却展现出丝毫没有防备的样子，目的是消除敌人的忌惮之心。必然是有了沉着深刻的思考后，才能想出变通自如的策略。多么微妙，多么微妙，这哪里是一两句话就能轻易说清的！

公子纠走鲁，公子小白奔莒①。既而国杀无知②，未有君。

公子纠与公子小白皆归，俱至，争先入。管仲扜弓射公子小白，中钩。鲍叔[3]御，公子小白僵。管仲以为小白死，告公子纠曰："安之，公子小白已死矣！"鲍叔因疾驱先入，故公子小白得以为君。鲍叔之智，应射而令公子僵也，其智若镞矢也！

[冯述评] 王守仁以疏救戴铣，廷杖，谪龙场驿[4]。守仁微服疾驱，过江，作《吊屈原文》见志，寻为投江绝命词，佯若已死者。词传至京师，时逆瑾怒犹未息，拟遣客间道往杀之，闻已死，乃止。智与鲍叔同。

【注释】

①公子纠走鲁，公子小白奔莒：《史记·齐太公世家》载：初，齐襄公杀诛不当，淫于妇人，数欺大臣，群弟恐祸及，故弟公子纠逃往鲁国，公子小白则逃往莒国。公子小白，即齐桓公，名小白。公子纠，齐桓公之兄，与桓公争夺君位。后齐鲁之战，鲁国战败，齐命鲁杀纠。

②既而国杀无知：齐襄公十二年（前686年），公孙无知弑襄公，自立为齐君。后无知又为人袭杀，齐国遂无君。

③鲍叔：鲍氏，名叔牙。春秋时齐国大夫。少与管仲友善，襄公无道，随公子小白奔莒，管仲则随公子纠奔鲁。襄公被杀后，小白与纠都回国争夺君位，小白先入即位，即齐桓公。桓公欲以为宰，推辞不就，力劝桓公释管仲之囚，荐举管仲执政，使齐国富强称霸。

④"王守仁以疏救戴铣"句：戴铣，明弘治九年（1496年）进士。武宗时，刘瑾专权擅政，南京给事中戴铣与给事中艾洪、御史薄彦徽等六人上书，反对将两位阁臣逐出内阁，遭到刘瑾报复。最

终戴铣被除去功名，廷杖致死。王守仁时为兵部尚书，上疏申救，也遭刘瑾陷害，遭到杖责，谪贵州龙场驿丞。

【译文】

　　齐襄公无道，国内局势动荡，公子纠逃到了鲁国，公子小白逃到了莒国。在那之后公孙无知弑齐襄公，又为人所杀，齐国没了国君。于是公子纠和公子小白都赶着回国，并且都进入了齐国境内，争着要先进都城。管仲拉弓射中了公子小白，箭矢射中了小白的衣带钩。当时鲍叔牙正在为公子小白驾车，公子小白便假装仰面倒下不动了。管仲以为小白已经死了，就告诉公子纠："放心吧，公子小白已经死了！"鲍叔牙便趁机加快了驾车的速度，先进入了都城，因此公子小白才顺利地成为齐国国君。鲍叔牙的智慧体现在管仲箭矢射过来的瞬间，就让公子小白装死，他应变的智慧像箭镞一样迅疾！

　　[冯梦龙述评] 正德年间，王守仁因上呈奏章搭救戴铣，触怒权宦刘瑾，被处以廷杖，贬谪为龙场驿丞。王守仁为了躲避刘瑾的追杀，穿着便装飞快渡过钱塘江，在过江前，他又故意写下一篇《吊屈原文》抒发心志，不久又写下一首投江绝命词，佯装自己已经投江而死了。这首词传到京城，当时刘瑾的怒气还没有平息，于是他又派人从偏僻小路前去杀害王守仁，听说王守仁已经死了才罢休。在这件事上，王守仁有与鲍叔牙相同的智慧。

谢安① 李郃：
面对变化，别急于动作

桓温②病笃，讽朝廷加己九锡③。谢安使袁宏④具草，安见之，辄使宏改，由是历旬不就。温薨，锡命遂寝。

[冯述评] 袁宏草成，以示王彪之⑤。彪之曰："卿文甚美，然此文何可示人！"安之频改，有以也。

【注释】

①谢安：东晋时期政治家、名士。谢尚从弟，少有重名，性沉敏，气条畅，善行书，官府累次征召不就，隐居东山，与王羲之等人每日书画悠游。年四十始出为桓温司马。尽忠晋室，力阻桓温加九锡。桓温死，为尚书仆射，领吏部，加后将军，居朝辅政。孝武帝太元八年（383年），为征讨大都督，率军对抗前秦，使弟谢石与侄谢玄加强防御，指挥作战，终获大胜。继又使谢石等北征，收复洛阳及青、兖等州，进都督扬、江、荆等十五州军事。时会稽王司马道子专权，受排挤，出镇广陵。旋疾卒，谥文靖。

②桓温：东晋时期权臣，桓彝子。豪爽有侠气，娶南康长公主，受驸马都尉。穆帝永和初任荆州刺史，都督荆、司等四州诸军事。三度出兵北伐，战功卓著，累迁大司马，册封南郡公。后专擅朝政，废海西公，立简文帝。宁康元年（373年），病重，屡次暗示朝廷加九锡，谢安等故意拖延，终未及加九锡而死。其子桓玄建立桓楚后，追尊"宣武皇帝"。

③九锡：本义是古代天子赐给诸侯、大臣的九种器物，是一种最高礼遇的表示。《春秋》："礼有九锡，一曰车马，二曰衣服，三

曰乐则，四曰朱户，五曰纳陛，六曰虎贲，七曰弓矢，八曰铁钺，九曰秬鬯，皆所以褒德赏功也。"魏晋六朝，掌政大臣夺取政权，建立新王朝，率皆袭王莽谋汉先邀九锡故事，后以九锡为权臣篡位先声。锡，义同"赐"。

④袁宏：东晋文学家、史学家。有逸才，文章绝美。原为谢尚参军，累迁大司马桓温府记室。《世说新语·文学》载其尝奉桓温命，倚马作文，手不辍笔，俄而得七纸，殊可观，后人因以"倚马千言"形容才思敏捷。著有《后汉纪》。

⑤王彪之：时为仆射，力阻桓温夺帝位。桓温死后迁尚书令，与谢安共掌朝政。

【译文】

桓温病重，暗示朝廷为自己加九锡。谢安让袁宏起草加封的诏书，每每袁宏写好并给谢安看过之后，谢安都让袁宏修改，因此过了几个月诏书也没有拟好。桓温死后，加九锡的诏令便不了了之了。

[冯梦龙述评] 袁宏起草完给桓温加九锡的诏书后，把它拿给王彪之看。王彪之说："你的文章非常优美，但这份文书怎么可以给人看呢！"谢安频频要求袁宏修改，是有原因的。

大将军窦宪①内妻②，郡国俱往贺。汉中太守亦欲遣使，户曹李郃③谏曰："窦氏恣横，危亡可立俟矣！愿明府④勿与通。"太守固遣。郃乃请自行，故所在迟留，以观其变。行至扶风，而宪已诛，诸交通者皆连坐，唯太守以不预得免。

[冯述评] 李郃字孟节，即知二使星来益部者⑤，其决窦氏

之败，或亦天文有征，然至理亦不过是。

【注释】

①窦宪：东汉权臣、外戚。章帝时其妹为皇后，遂拜为郎，累迁侍中、虎贲中郎将。和帝即位，太后临朝，宪内主机密，出宣诰命。后以罪自求击匈奴，拜车骑将军，大破北单于，登燕然山，刻石纪功而还，拜大将军，封武阳侯。与诸弟权震朝廷，骄纵肆虐。和帝永元四年（92年），帝乃收宪大将军印绶，更封冠军侯，遣就国，迫令自杀。

②内妻：娶妻。内，同"纳"。

③李郃（hé）：东汉大臣。通五经，善占星术。和帝时为汉中户曹史，后举孝廉，历官尚书令、太常、司空、司徒等，顺帝时卒，年八十余。

④明府：汉魏以来对郡守牧尹的尊称，又称明府君。

⑤知二使星来益部者：李郃为汉中南郑县幕门候吏的时候，曾靠观星预判朝廷派两位使者到来之事。范晔《后汉书》载："（和帝）分遣使者，皆微服单行，各至州县，观采风谣。使者二人当到益部，投郃候舍……郃因仰观，问曰：'二君发京师时，宁知朝廷遣二使邪？'……问何以知之。郃指星示云：'有二使星向益州分野，故知之耳。'"

【译文】

大将军窦宪娶妻，郡国的诸侯官员都前去祝贺。汉中太守也想派使者前去，户曹李郃劝谏他说："窦家人放纵专横，恐怕马上就要大祸临头了！希望您不要与他来往。"太守坚持要派遣使者。李郃便请求派自己前去，又故意在路上拖延滞留，来观察事态的变化。等他走到扶风的时候，窦宪已经被处死，和他来往的那些人都被牵连获罪，只有汉中太守因为没有参与其中而逃过一劫。

[冯梦龙述评] 李邰，字孟节，就是那个通过观星知道有两名使者到益州来的人，他断定窦氏必定会败亡，或许也是天象早已有了预兆，然而就常理来看，窦氏败亡也不过是理所当然的事。

管夷吾：
生死攸关，也要保持愉快唱歌的好心态

齐桓公因鲍叔之荐，使人请管仲于鲁。施伯①曰："是固将用之也！夷吾用于齐，则鲁危矣！不如杀而以尸授之！"［边批：智士。］鲁君欲杀仲。使人曰："寡君欲亲以为戮，如得尸，犹未得也！"［边批：亦会说。］乃束缚而槛之，使役人载而送之齐。管子恐鲁之追而杀之也，欲速至齐，因谓役人曰："我为汝唱，汝为我和。"其所唱适宜走，役人不倦，而取道甚速。

[冯述评] 吕不韦曰："役人得其所欲，管子亦得其所欲。"陈明卿②曰："使桓公亦得其所欲。"

【注释】

①施伯：鲁国大夫。

②陈明卿：陈仁锡，字明卿。

【译文】

齐桓公因为鲍叔牙的推荐,派人前往鲁国去请求鲁国国君将管仲交给齐国。施伯说:"他这是要重用管仲啊!一旦管仲被齐国任用,那么鲁国就危险了!不如杀掉他将尸体交给齐国!"[边批:聪明人。]鲁国国君想要杀掉管仲,使者说:"我国国君想要亲手杀死管仲,如果得到的只是一具尸体,那么就和没有得到是一样的!"[边批:也很会说。]于是他便将管仲捆起来关进了囚笼里,又派人用车载着他送往齐国。管仲担心鲁人追上来杀了自己,想要快点儿到齐国,因此对押送他的车夫说:"我为你唱歌,你来为我伴唱。"他唱的歌十分轻快,适合驾车快行,押送他的车夫一点儿都不觉得疲倦,因此行得格外快。

[冯梦龙述评]吕不韦说:"押送的车夫得到了他想要的,管仲也得到了他想要的。"陈明卿说:"而这一切让齐桓公也得到了他想要的。"

汉高帝:
形成应对危机的本能反应

楚、汉久相持未决。项羽谓汉王曰:"天下汹汹,徒以我两人。愿与王挑战决雌雄,毋徒罢①天下父子为也!"汉王笑谢曰:"吾宁斗智,不能斗力!"项王乃与汉王相与临广武②间而语。汉王数羽罪十,项王大怒,伏弩射中汉王。汉王伤胸,乃扪足曰:"虏中吾指!"汉王病创卧,张良强起行劳军,以安士卒，毋令楚乘胜于汉。汉王出行军，病甚，因驰入成皋③。

[**冯述评**] 小白不僵而僵，汉王伤而不伤，一时之计，俱造百世之业！

【注释】

①罢：同"疲"，累。

②广武：古城名。故址在今河南荥阳市东北广武山上。有东西二城，隔涧相对。楚汉相争时，项羽和刘邦各占一城而对峙。

③成皋：古城名，在今河南荥阳市西北汜水西，又名虎牢，距广武不足百里。

【译文】

楚、汉对峙了很长时间，也没能分出胜负。项羽对汉王刘邦说："天下动荡，都是因为我们二人，希望能和你一决雌雄，不要让天下人再疲于战乱之苦了！"汉王笑着拒绝："我宁愿与你比拼智力，也不愿与你比拼武力！"于是项羽便和汉王在广武这个地方相互喊话。汉王细数了项羽的十条罪状，项羽大怒，埋伏弓箭手射中了汉王。汉王胸口受伤，却按住自己的脚说："你射中了我的脚趾！"汉王因为箭伤卧床，张良请其强撑着起来去犒劳大军，安抚士卒，以防楚军乘胜击败汉军。汉王一离开军营，病情就加重了，于是立即快马赶回成皋。

[**冯梦龙述评**] 公子小白没有被箭射倒却假装倒下，汉王被箭射伤了却装作没有受伤，都是一瞬间的急智，却都造就了百代的功业！

陈平：
面对歹人，自保的关键是消除对方的贪念

陈平间行仗剑亡①，渡河。船人见其美丈夫独行，疑其亡将，腰中当有金宝，数目之。平恐，乃解衣，裸而佐刺船②。船人知其无有，乃止。

[冯述评] 平事汉，凡六出奇计：请捐金行反间③，一也；以恶草④具进楚使，离间亚父⑤，二也；夜出女子二千人，解荥阳围，三也；蹑足请封齐王信，四也；请伪游云梦缚信，五也；使画工图美女，间遣人遗阏氏⑥说之，解白登之围⑦，六也。六计中，唯蹑足封信最妙。若伪游云梦，大错！夫云梦可游，何必曰伪？且谓信必迎谒，因而擒之。既度其必迎谒矣，而犹谓之反乎？察之可，遽擒之则不可。擒一信而三大功臣⑧相继疑惧，骈首⑨灭族，平之贻祸烈甚矣！

有人舟行，出鍮石⑩杯饮酒，舟人疑为真金，频瞩之。此人乃就水洗杯，故堕之水中。舟人骇惜，因晓之曰："此鍮石杯，非真金，不足惜也！"又丘珑尝过丹阳，有附舟者，屡窥寝所，珑心知其盗也，佯落簪舟底，而尽出其衣箧，铺陈求之，又自解其衣以示无物。明日其人去，未几，劫人于城中，被缚，语人曰："吾几误杀丘公！"此二事与曲逆⑪解衣刺船之智相似。

【注释】

①陈平间行仗剑亡：陈平初仕项羽，后因惧诛，乃封其金与印，派人送还项羽，自己则带着剑从小路偷偷逃跑了。间行，从小路偷偷地走。

②刺船：撑船。

③请捐金行反间：陈平曾建议刘邦捐数万金来行反间计，离间项羽和楚将钟离眜等人，致使项羽集团内部争斗。

④恶草：粗劣的食物。

⑤亚父：范增，项羽的主要谋士，年七十，好奇计，说项梁，谋立楚怀王，后从项羽，羽尊之为亚父。项羽遣使者至汉军，汉营拿出三牲款待，见到使者后，佯惊愕曰："吾以为亚父使者，乃反项王使者。"于是将三牲拿走，改以恶食食项王使者。使者归报项羽，项羽乃疑范增与汉有私，稍夺其权。范增大怒，辞归，途中病死。

⑥阏氏：汉时匈奴单于之正妻的称号。

⑦白登之围：指汉高祖七年（前200年），高祖刘邦被匈奴围困于白登山之事。是年韩王信反，降匈奴，高祖亲征，反被围困，不得出。陈平乃使画工图美女，遣人送匈奴阏氏处，云："汉有美女如此，今皇帝被困，欲以此女献之。"阏氏恐美女夺其宠，因说单于，匈奴开围一角，高祖遂得脱。

⑧三大功臣：指韩信、彭越和黥布。

⑨骈首：头靠着头，指一并被杀。

⑩鍮石：天然的黄铜矿石，似金而非金。

⑪曲逆：陈平，封曲逆侯。

【译文】

陈平带着剑从小路逃跑，要坐船渡河。船家看他是位美男子，又独自出行，怀疑他是逃亡的将领，身上一定带着许多金银财宝，一路上看了陈平好多次。陈平心生恐惧，便脱下衣服赤裸上半身去帮船家撑船。船家知道他身上什么都没有，才打消了谋财害命的心思。

[**冯梦龙述评**] 陈平为汉王效力的时候，共为汉王献了六条妙计：一是请汉王捐出万金来行反间计，离间钟离昧等人；二是用粗劣的食物来招待楚王的使者，离间项羽和范增；三是在夜里放女子两千人出东门，解了汉王荥阳之围；四是踩汉王的脚，暗示他封韩信为齐王；五是在刘邦登基后，请他假意到云梦泽游玩，再趁机擒获韩信；六是派画工绘制美人图，再偷偷派人将美人图送给匈奴单于的妻子，从而说服她，解了白登之围。这六条计策中，只有踩汉王的脚暗示他封韩信为齐王这条最妙。而让刘邦假意去云梦泽游玩，是大错特错！皇帝本来就可以去云梦泽游玩，何必说成"假意"去？况且陈平说韩信必然会在郊外迎谒，可以趁机将他擒获。既然猜测他必然会到郊外去迎谒，为什么还说韩信要造反呢？可以借此机会观察韩信的情况，却不可以当场将韩信擒获。擒获一个韩信，却使得三位大功臣相继产生疑虑惧怕之心，以至于一并被灭族，陈平留下的祸患可谓惨烈啊！

有人乘船出行，途中拿出錀石做的杯子喝酒，撑船的人疑心他拿的是真金杯子，频频看向他。这个人便凑近水边洗杯子，故意将杯子掉入水中。撑船的人马上露出惊讶惋惜的神情，他这才告诉撑船人："这不过是只錀石的杯子，又不是真金的，不值得惋惜！"还有一次，明朝人丘琥曾途经丹阳，有一个向他请求搭船的人，多次偷看他睡觉的地方，丘琥心里知道这个人是强盗，便假意将簪子遗落在船上，再将装衣服的箱子全部翻开，铺陈开来寻找簪子，又解开自己的衣服来向贼人表示自己身上也没有什么财物。第二天那个人便离开了，没过多久他便因为在城中抢劫他人，被抓住了，他告诉别人："我差点儿误杀了丘公！"这两件事和曲逆侯陈平解开衣服帮忙撑船之事有异曲同工之妙。

沈括①:
先安抚情绪再追究责任

沈括知延州时，种谔②次五原，值大雪，粮饷不继。殿值③刘归仁率众南奔，士卒三万人皆溃入塞，居民怖骇。括出东郊钱河东归师，得奔者数千，问曰："副都总管遣汝归取粮，[边批：谬言以安其心。]主者为何人？"曰："在后。"即谕令各归屯。未旬日，溃卒尽还。括出按兵，归仁至，括曰："汝归取粮，何以不持兵符？"因斩以徇。[边批：众既安，则归仁一匹夫耳。]

[冯述评]括在镇，悉以别赐钱为酒，命廛市④良家子驰射角胜。有轶群之能者，自起酌酒劳之。边人欢激，执弓傅矢，皆恐不得进。越岁，得彻札⑤超乘⑥者千余。皆补中军义从，威声雄他府。真有用之才也！

【注释】

①沈括：北宋官员、科学家。嘉祐八年（1063年）进士，神宗时参与熙宁变法，受王安石器重，提举司天监，改制浑仪、景表、浮漏。元丰三年（1080年）出知延州，兼任鄜延路经略安抚使，驻守边境，抵御西夏。博学善文，熟知天文、地理、化学、生物、律历、音乐、医药、典制等，著有《梦溪笔谈》。

②种谔：北宋时期名将，种世衡之子，初知青涧城，屡击西夏有功。

③殿值：宋武散官名。

④廛（chán）市：市肆集中之处。

⑤彻札：亦作"彻扎"，意为兵器穿透铠甲，这里指用箭射穿

铠甲。

⑥超乘：原指跳上战车，引申指人勇武敏捷。

【译文】

沈括担任延州知州的时候，种谔驻扎在五原，当时正赶上大雪天气，粮饷难以为继。殿值刘归仁率领军队南逃，士卒三万人一股脑儿地涌进延州城，当地的居民都很恐惧。沈括到东郊迎接，为河东归来的逃军准备了食物、酒水，前来投奔的士兵有几千人，沈括便问他们："副都总管派你们前来取粮，[边批：用谎话来让他们安心。]领队的是谁？"那些士兵答道："在后面。"沈括便命令他们领了粮之后各自返回驻地。不到十天，那些溃逃的士兵就都回到了军营中。沈括出去巡察军队，刘归仁前去见他。沈括说："你的人回来取粮，为什么不拿兵符？"于是便用这个罪名斩了刘归仁。[边批：军队安抚好了，那么刘归仁不过是一介匹夫罢了。]

[冯梦龙述评]沈括镇守延州的时候，用皇帝赏赐他的钱置酒，命令集市中的青年骑马射箭来决胜负。有骑射技艺超群的能人，沈括便亲自为对方酌酒来犒劳他。边塞的百姓都十分欢欣激动，纷纷拿起弓携着箭，唯恐自己不能胜出。一年后，能用箭射穿铠甲的勇士超过一千人。沈括便将他们编为军队的志愿兵，延州的军力也因此比其他州府都要强盛。真是有用之才啊！

救积泽①火：
巧用赏罚应对紧急情况

    鲁人烧积泽，天北风，火南倚，恐烧国，哀公自将众趋救火者，左右无人，尽逐兽，而火不救。召问仲尼，仲尼曰："逐兽者乐而无罚，救火者苦而无赏，此火之所以无救也。"哀公曰："善。"仲尼曰："事急，不及以赏救火者。尽赏之，则国不足以赏于人。请徒行罚！"乃下令曰："不救火者，比降北②之罪；逐兽者，比入禁之罪！"令下未遍，而火已救矣。

    ［冯述评］贾似道为相。临安失火，贾时方在葛岭③，相距二十里。报者络绎，贾殊不顾，曰："至太庙则报。"俄而报者曰："火且至太庙！"贾从小肩舆，四力士以椎剑护，里许即易人，倏忽即至。下令肃然，不过曰："焚太庙者斩殿帅！"于是帅率勇士一时救熄。贾虽权奸，而威令必行，其才亦自有快人处。

【注释】

    ①积泽：草木丛生的沼泽。

    ②降北：指战场上投降和败逃。

    ③葛岭：位于今浙江杭州市西湖以北宝石山东南，相传东晋时著名道士葛洪曾于此结庐修道炼丹，因此得名。宋度宗赐贾似道府第于此。

【译文】

    鲁国人焚烧沼泽的时候，天刮北风，火向南蔓延，眼看大火就要烧到国都，鲁哀公亲自督促民众赶去救火，但没什么人愿意听他的，都跑去追捕野兽，却没人去救火。鲁哀公询问孔子，孔子说："追捕野兽的人感到快乐并且不会受到惩罚，救火的人辛苦却得不到奖赏，这就是没人救火的原因。"鲁哀公说："言之有理。"孔子说："事情紧急，来不及赏赐救火的人。再说，如果救火的人都要赏赐，那么将举国的钱财赏赐给他们都未必足够。请改用刑罚！"于是下令："不救火的人，与投降、败逃同罪；追捕野兽的人，和私自进入禁地同罪！"命令还没有传遍，大火已经被扑灭了。

[冯梦龙述评] 南宋时，贾似道担任宰相。临安失火，贾似道当时正在葛岭，与着火的地方相距二十里。前来报告失火的人络绎不绝，贾似道都不在意，说："等火烧到太庙的时候再来报。"不久，报告的人说："大火就要烧到太庙了！"贾似道乘着小轿，由四名大力士手持椎剑护卫，每隔一里地便换一批人抬着，不一会儿就来到了太庙前。他下令让众人恭敬肃立，就只说了一句："如果太庙被焚，就将殿帅处斩！"于是殿帅率领勇士救火，没一会儿就将大火熄灭了。贾似道虽然是个奸佞的权臣，但单从令出必行这点上来看，他也有让人称快的才智。

陶鲁[①]：
取信于人，事情就好办了

陶鲁字自立，郁林人，年二十，以父成死事[②]，录补广东新会县丞。都御史韩公雍下令索犒军牛百头，限二日俱。公令出如山，群僚皆不敢应。鲁逾列③任之。三司④及同官交责其妄。鲁曰："不以相累。"乃榜城门云："一牛酬五十金。"有人以一牛至，即与五十金。明日牛争集。鲁选取百头肥健者，平价与之，曰："此韩公命也。"如期而献。公大称赏，檄鲁麾下，任以兵政。其破藤峡⑤，多赖其力，累迁至方伯⑥。

[冯述评] 本商鞅徙木立信⑦之术，兼赵清献增价平籴⑧之智。

【注释】

①陶鲁：明朝官员。以荫任新会县丞，迁知县，随韩雍镇压大藤峡起事，擢广东按察金事。累官至湖广左布政使兼广东按察副使，领岭西道事，被时人称为"三广公"。

②以父成死事：陶鲁之父陶成任浙江按察副使时，御倭有功，后处州叶宗留等人起兵，成击斩数百人，战死。死事，因国事而死。

③逾列：越出自己的职责身份。

④三司：明代各省都指挥使司、布政使司、按察使司的合称。

⑤破藤峡：成化初，朝廷改韩雍为左金都御史，暂理军务，镇压大藤峡瑶、壮等族起事。

⑥方伯：明清布政使的别称。

⑦徙木立信：《史记·商君列传》："（商）鞅欲变法，恐天下议己……令既具，未布，恐民之不信，已乃立三丈之木于国都市南门，募民有能徙置北门者予十金。民怪之，莫敢徙。复曰：'能徙者予五十金。'有一人徙之，辄予五十金，以明不欺。卒下令。"

⑧赵清献增价平籴：赵清献，即赵抃，卒谥清献，时任越州知州。熙宁中，两浙旱蝗，米价踊贵，诸州官员皆榜衢路，禁人涨米价，独赵公张榜，令有米者增价卖粮。于是米商辐辏，米价顿贱。

【译文】

陶鲁字自立，郁林人，二十岁，因为父亲陶成为国战死之事，被朝廷补录为广东新会县县丞。都御史韩雍下令要求县里提供犒劳军队用的牛一百头，限两日内备好。韩公军令如山，官员们都不敢接受这项任务。陶鲁越职去做这件事。三司的长官和同级的官吏纷纷责怪他狂妄。陶鲁说："我不会连累你们的。"于是在城门张榜写道："能交一头牛的，县衙会付给他五十金的酬劳。"有人牵着一头牛来了，陶鲁便给了他五十金。第二天，人们争着带牛过来。陶鲁在里面挑选了一百头肥硕健壮的，按照平常的价格付给他们买牛钱，并说："这是韩公的命令。"于是他如期地献了一百头牛给韩公。韩公对他大为赞赏，递交文书将他收入麾下，把军政交给他处理。破藤峡的时候，多亏了他的协助，后来他多次升迁，做到了湖广左布政使。

[冯梦龙述评] 这本是商鞅徙木立信的手段，又兼用了赵抃增价平籴的谋略。

曹操：
望梅止渴的启示

魏武①尝行役②，失汲道③，军皆渴。乃令曰："前有大梅林，饶子④甘酸，可以解渴。"士卒闻之，口皆出水，乘此得及前源。

①魏武：曹丕代汉称帝后，追尊其父曹操为武皇帝，史称魏武帝。

②行役：因兵役而外出跋涉。

③汲道：取水的通道。

④饶子：结了许多果实。饶，富足，多。

【译文】

魏武帝有一次外出行军，途中军队失去了水源，士兵们都很口渴。于是曹操传令说："前方有一大片梅林，果实累累，甘美酸甜，可以解渴。"士卒听后，口中都不禁生出了口水，曹操便趁此率军找到了前面的水源。

孙权：
草船借箭的启示

濡须之战①，孙权与曹操相持月余。权尝乘大船来观公军。公军弓弩乱发，箭著船旁，船偏重。权乃令回船，更一面以受箭，箭均船平。

【注释】

①濡须之战：东汉末年至三国末期，吴魏之间前后四次在濡须发生战争。此次发生于汉建安十八年（213年），曹操亲征东吴，号

称大军四十万，进至濡须口，与吴军相持月余，不胜。同年四月，曹军撤军。

【译文】

濡须之战时，孙权和曹操相持了一个多月。孙权曾乘坐大船来观看曹操的大军。曹军士兵便用乱箭射向孙权，箭插在船边，船一面因此变得非常沉重。于是孙权下令将大船掉转方向，换用另外一面承受箭的攻击，因为两面插的箭重量平均了，大船恢复了平稳。

韩琦：
面对突发情况，更要管住嘴巴

英宗即位数日，挂服①柩前，哀未发而疾暴作，大呼，左右皆走，大臣骇愕痴立，莫知所措。琦投杖，直趋至前，抱入帘，以授内人②，曰："须用心照管。"仍戒当时见者曰："今日事唯众人见，外人未有知者。"复就位哭，处之若无事然。

【注释】

①挂服：戴孝。

②内人：宫中侍官。

【译文】

宋英宗即位数日后的某一天，他正在仁宗灵柩前戴孝，却没等大声哭出来就突然发病，大声呼喊起来，英宗的近侍都吓跑了，大臣们也惊愕得痴站在原地，不知所措。韩琦扔掉手杖，立即快步走上前，将英宗抱进帘子后，交给宫人，说："要用心照顾。"并告诫当时看见这一幕的人："今天的事只有你们这些人看见了，外面的人都不知道，出去不要乱说。"说完回到之前站的位置继续哀哭，表现得像什么都没有发生过似的。

文彦博 司马光：
跳出固有思维才能高效解除危机

彦博幼时，与群儿戏击球^①，球入柱穴中，不能取，公以水灌之，球浮出。

司马光幼与群儿戏。一儿误堕大水瓮中，已没，群儿惊走。公取石破瓮，遂得出。

[冯述评] 二公应变之才，济人之术，已露一斑。孰谓"小时了了者，大定不佳^②"耶？

【注释】

①球：古时用毛填充的皮球。

②小时了了者，大定不佳：语出《世说新语·言语第二》。孔融十岁时，跟随父亲去拜访司隶校尉李膺，孔融语出惊人，举座称奇。太中大夫陈韪却评价："小时了了，大未必佳。"孔融便应声道："想君小时，必当了了。"陈韪听后窘迫不安。

【译文】

文彦博年幼时，和一群小孩儿一起击球。球掉进了深洞里，拿不出来。文彦博便用水灌进洞里，球便浮上来了。

司马光幼时和一群小孩儿一起玩耍。一个小孩儿不小心掉进了大水瓮中，水已经没过了头顶，小孩儿们都被吓跑了。司马光取来石头将瓮砸破，那个小孩儿才得以从瓮中被救出。

［冯梦龙述评］这二位在应变方面的才能和帮助别人的智慧，在幼时便已初露端倪。谁说"小时候聪明，长大后定然就会不优秀"呢？

陆逊①:
情势越急，脾气越不能急

嘉禾②三年，孙权北征③，使陆逊与诸葛瑾攻襄阳。逊遣亲人④韩扁赍表奉报，还遇敌于沔中，钞逻⑤得扁。瑾闻之甚惧，书与逊云："大驾已旋，贼得韩扁，具知我阔狭⑥，且水干，宜当急去！"逊未答，方催人种葑豆⑦，与诸将弈棋射戏如常。瑾曰："伯言⑧多智略，其当有以。"自来见逊。逊曰："贼知大驾已旋，无所复惮⑨，得专力于吾，又已守要害之处，兵将已动，且当自定以安之，施设变术，然后出耳。今便示退，贼当谓吾怖，仍来相蹑，必败之势！"乃密与瑾立计，令瑾督舟船，逊悉上兵马，以向襄阳城。敌素惮逊，遽还赴城。瑾便引舟出，逊徐整部伍，张拓声势，走趋船。敌不敢干，全军而退。

①陆逊：三国时期吴国丞相、名将。出身江东大族，孙策婿。初仕孙权幕府，累迁偏将军、右都督。与吕蒙计克公安、南郡、擒杀关羽。孙权黄武初，任大都督，率军迎击刘备，用火攻，大破蜀军于夷陵。领荆州牧，后任丞相。因反对孙权废太子，受责，忧愤而卒。

②嘉禾：三国时期吴大帝孙权年号。

③孙权北征：嘉禾三年（234年），孙权入居巢湖口，攻魏合肥新城，号称率兵十万，又遣陆逊、诸葛瑾将万余人入江夏、沔口，向襄阳；将军孙韶、张承入淮，向广陵、淮阴。七月，魏明帝御龙舟亲征，时吴吏士多病，孙权遂退。

④亲人：亲信。

⑤钞逻：抄略搜寻。

⑥阔狭：这里指军情虚实。

⑦葑（fēng）豆：葑，菰根也，亦谓之蔓菁，生长于湖泽中，其根盘结，久之会腐化成葑泥，其深有没牛者。

⑧伯言：陆逊，字伯言。

⑨无所复蹙：没有什么需要再去担忧的了。蹙，《三国志》原文作"戚"，担忧。

【译文】

嘉禾三年，孙权率军北上攻魏，派陆逊和诸葛瑾攻打襄阳。陆逊派亲信韩扁带着奏表去向孙权报告军情，回来时在沔中遇到了敌军，敌军于巡逻搜查的时候抓到了韩扁。诸葛瑾听后非常恐惧，给陆逊写信："陛下已经率军返回，敌军抓到了韩扁，就能知道我军虚实，而且河水就快枯干了，我们应该赶快撤兵！"陆逊没有回答，只是催人种植蔓菁，和将领们照常下棋射箭。诸葛瑾说："陆逊足智多谋，他这么做一定是有原因的。"于是亲自去见陆逊。陆逊说："敌军知道陛下已经率军返回，他们已经没有后顾之忧了，现在就可以专心来对付我们，现在他们已经据守在要害之处，兵将也已调动，这时候我们更应该保持镇定，稳定军心，再根据情况实施灵变的策略，然后撤出。如果现在就表现出要退兵的样子，敌军必然会认为我们害怕了，对我们加紧进攻，到时候我们就必然会败！"他秘密地和诸葛瑾商量计策，让诸葛瑾督率船队，自己则带上全部兵马，向襄阳城发起进攻。魏军素来惧怕陆逊，连忙赶回了襄阳城。诸葛瑾便趁此时机带领船队撤出，陆逊从容地整顿军队，虚张声势，有序地上了船。魏军不敢进逼，于是陆逊和诸葛瑾带着全部士兵撤退了。

李广[①] 王越：
对手越强大，越不能心虚

广与百余骑独出，望匈奴数千骑。见广，以为诱骑，皆惊，上山陈。广之百骑皆大恐，欲驰还走。广曰："吾去大军数十里，今如此以百骑走，匈奴追射，我立尽。今我留，匈奴必以我为大军之诱，必不敢击。"乃令诸骑曰："前！"未到匈奴阵二里所，止，令曰："皆下马解鞍！"其骑曰："虏多且近，即有急，奈何？"广曰："彼虏以我为走，今皆解鞍以示不走。"于是胡骑遂不敢击。有白马将出护其兵，广上马，与十余骑奔射杀胡白马将，而复还至其骑中，解鞍，令士皆纵马卧。会暮，胡兵终怪之，不敢击。夜半，疑汉伏军欲夜取之，皆引去。平旦，广乃归大军。

威宁伯王越②与保国公朱永帅千人巡边。虏猝至，主客不当③。永欲走，越止之，为阵列自固。虏疑未敢前。薄暮，令骑皆下马衔枚，鱼贯行，毋反顾。自率骁勇殿，从山后走五十里，抵城，虏不觉。明日乃谓永曰："我一动，虏蹑击，无噍类④矣。结阵，示暇形⑤以惑之也，次第而行，且下马，无军声，故虏不觉也。"

【注释】

①李广：西汉名将。先人李信为秦将，世传其射法。文帝时，以善射，从击匈奴有功为郎。景帝时，任骁骑都尉从击吴楚，旋任上谷、上郡太守，数与匈奴战。后徙陇西、北地、雁门、云中太守。武帝即位后，任卫尉。后任右北平太守，以勇闻名，匈奴数岁不敢攻扰，称之为"飞将军"。元狩四年（前119年），随大将军卫青攻匈奴，在漠北迷失道路，被责自杀。为人质厚少言，爱士卒，得赏赐均分部下。

②王越：明朝官员。多力善射，有文武才，历官兵部尚书，封威宁伯，总制大同及延绥甘宁军务，身经十余战，收河套地。能用将士，但因结交宦官，为士论所轻。

③主客不当：在己方势力范围实施防御作战的为主军，深入敌方势力范围实施进攻的为客军。这里指主军和客军双方兵力悬殊。

④噍（jiào）类：活着或活下来的人。

⑤暇形：悠闲，不急迫。

【译文】

有一次，李广带领一百多名骑兵离军外出，远远看见了几千名匈奴骑兵。匈奴骑兵们看见李广，以为是汉军的诱敌之计，都十分惊讶，连忙上山去排兵布阵。李广手下的骑兵都很害怕，想要赶快骑马逃走。李广说："我们现在距离大军军营数十里远，又只有一百多名骑兵，如果就这样逃走，匈奴兵追击射杀我们，我们立即就会全军覆没。现在我们留在这里，匈奴兵必定会以为我们是大军派来行诱敌之计的，必然不敢追击我们。"于是他命令骑兵们："前进！"在距离匈奴军阵二里多的地方，李广才停下，命令手下的骑兵："都解下马鞍下马步行！"骑兵问："敌人人数众多，又离我们这么近，如果他们急攻我们，我们要怎么办呢？"李广说："敌人以为我们要逃走，现在我们都把马鞍解下来，以示我们不会逃走。"于是匈奴骑兵真的不敢前来攻击。有个骑白马的匈奴将军出阵前来监视李广的骑兵，李广上马，和十几名骑兵一起追击射杀了他，之后才又回到其余骑兵那里，解下马鞍，命令所有人都把马放开，随意躺下。此时天就要黑了，匈奴骑兵始终觉得他们非常奇怪，不敢发起进攻。到了半夜，匈奴骑兵更是疑心汉军设下了埋伏，要趁夜晚袭取他们，于是带兵撤离了。到了第二天早上，李广他们才回到了大军营中。

明朝时，威宁伯王越和保国公朱永率领千人巡视边境。敌军突然到来，双方实力悬殊。朱永想要逃走，王越制止了他，下令列阵防御。敌军对此感到惊疑，不敢进攻。天黑时分，王越命令手下的骑兵下马，马衔枚，一个接一个地按顺序悄悄撤离，不准回头看。王越则亲自率领骁勇精兵殿后。军队从山后走了五十里路后抵达了城中，敌军都没有察觉。第二天，王越才对朱永说："我军只要一动，敌军必然会立即追击，到时我们就会全军覆没。所以我才让士兵列阵，展现出从容不迫的样子来迷惑他们。之后再让士兵们有序撤离，并且下马保持安静，因此敌军才对此没有察觉。"

职场竞争篇

在职场，就避免不了竞争。经常有人说职场如战场，不断有人上位，也不断有人被淘汰。面对比自己能力强的对手，我们应该如何应对？面对比自己弱的对手，我们又该拥有怎样的心态？翻开本篇，从不落下风的说话逻辑到顺势而为的行事作风，从古人的实战经验中获得应对职场竞争的勇气和智慧，别把机会白白送给你的对手！

王守仁：
争夺话语权，从细节入手

阳明公既擒逆濠^①，江彬^②等始至，遂流言诬公，公绝不为意。初谒见，彬辈皆设席于旁，令公坐。公佯为不知，竟坐上席，而转旁席于下。彬辈遽出恶语，公以常行交际事体平气谕之，复有为公解者，乃止。公非争一坐也，恐一受节制，则事机皆将听彼而不可为矣。[边批：高见。]

【注释】

①逆濠：指朱宸濠。明武宗正德十四年（1519年）由宁王朱宸濠在南昌发动的叛乱，仅过四十三天即由右副都御史王守仁平定，史称"宸濠之乱"。

②江彬：明武宗宠臣，初为蔚州卫指挥佥事，善骑射，被武宗擢为都指挥佥事。正德十二年（1517年）封平虏伯，权势莫比，廷臣谏者皆得祸。武宗死后，与其四子同被处死。

【译文】

阳明公擒获朱宸濠后，江彬等人才到达，（这些人为谋夺他的功劳）便散布流言诬陷阳明公，阳明公完全不以为意。初次见面的时候，江彬等人都把席位设置在旁边，让王阳明坐。王阳明假装不知道，直接坐在上席，而让人移坐于下席其他位置。江彬等人立即口出恶言，王阳明都以正常的官场交际礼节平心静气地晓谕他们，又有人为王阳明解围，于是情势平息下来。王阳明并不是在争夺一个座席，而是怕一旦受到那些人的挟制，那么一切机要之事都要听从他们的意思，而不能有所作为了。［边批：高见。］

黄权等：
两强相峙必有一败，不如先发制人

初，刘璋遣人迎先主①，主簿黄权②怒而言曰："厝灰积薪③，其势必焚；及溺呼船，悔将无及！左将军④有骁名，今迎到，欲以部曲遇之，则不满其心；欲以宾客待之，则一国不容二君。若客有泰山之安，则主有累卵之危，可且闭关以待河清。"从事王累自倒悬于州门而谏⑤，曰："两高不可重，两大不可容，两贵不可双，两势不可同。重、容、双、同，必争其功！"皆弗听。从事郑度好奇计，从容说曰："左将军悬军袭我，兵不满万，士众未附，野谷是资，军无辎重。其计莫若尽驱巴西、梓潼民，内涪水以西，其仓廪野谷一皆烧除，高垒深沟，静以待之。彼至请战，勿许。久无所资，不过百日，必将自走。走而击之，此成擒耳。"先主闻而恶之，谓法正⑥曰："度计若行，吾事去矣！"正曰："终不能用，无可忧也。"卒如正料。璋谓其群下曰："吾闻驱敌以安民，未闻驱民以避敌也。"［边批：头巾话⑦。］于是黜度，不用其计。先主入成都⑧，召度谓曰：

"向用卿计，孤之首悬于蜀门矣！"引为宾客，曰："此吾广武君⑨也！"

【注释】

①刘璋遣人迎先主：建安十三年（208年），曹操自将征荆州，对刘璋多有封赏，璋乃遣别驾从事张松诣操，而操不相接礼。于是松怀恨而还，遂劝璋绝曹氏，而结好刘备。璋从之，遣法正结好刘备，又送兵数千助备。建安十六年（211年），璋闻操当遣兵向汉中讨张鲁，内怀恐惧，松复说璋迎刘备以拒操。璋即遣法正将兵迎备。

②黄权：三国时期蜀汉、曹魏将领。初为刘璋主簿，刘备取益州，闭城坚守，璋降乃降，为偏将军。杀夏侯渊、取汉中，皆出其谋。刘备将伐吴，为镇北将军，督师防魏，及备夷陵大败，道阻，不得还，乃降魏。

③厝（cuò）灰积薪：把火（灰）放在柴堆下面，比喻潜伏着很大的危险。

④左将军：刘备当时受汉封为左将军。

⑤王累自倒悬于州门而谏：《三国志·蜀书》载，王累为劝阻刘璋迎入刘备，倒吊于州门谏之，刘璋不纳。罗贯中《三国演义》描写王累随后当场"大叫一声，自割断其索，撞死于地"。而《华阳国志》则记载王累"自刎州门，以明不可"。

⑥法正：三国时期刘备帐下谋士。汉献帝建安初，入蜀依刘璋，不受重用，后奉命邀刘备入蜀，遂献策劝备乘机取蜀。备得益州，任为蜀郡太守、扬武将军。

⑦头巾话：酸儒迂腐之言。

⑧先主入成都：建安十七年（212年），曹操征孙权，孙权向

刘备请求救援。备遂向刘璋求万兵及资粮，欲以东行援权。璋但许兵四千，其余皆给半，刘备大怒。于是张松乘机写信给刘备及法正，云："今大事垂可立，如何释此去乎？"却被其兄张肃告发，于是璋收斩松，并敕令关戍勿复通。刘备大怒，调动兵力攻打成都，攻战三载，璋请降。备遂入成都。

⑨广武君：李左车，秦末谋士。初仕赵王歇，封广武君。楚汉间，韩信率兵击赵，左车说赵王深沟高垒，应勿与战而出奇兵绝其粮道，未被采纳。韩信击破赵兵后，优释左车，亲解其缚，师事之，问以用兵之计，最终用其策下燕诸城。

【译文】

当初，刘璋派遣法正等人迎刘备入川，主簿黄权愤怒地向刘璋进言："把火放在柴堆下面，火必然会焚烧柴堆；等到溺水了再叫船过来，只怕后悔也来不及了！刘备素有骁勇之名，现在将他迎入益州，如果您想把他当作部下对待，他心中自然会不满；或许您想把他当作宾客对待，可是一个国家是不能同时容纳两位君主的。倘若他这个客人在益州待得稳如泰山，您这个主人就极其危险了，您可以暂且封闭关口，静待时局稳定再说。"益州从事王累将自己倒吊在州门，劝谏刘璋："两座高山必定要分出高低，两个庞然大物必定要比出大小，两个身份高贵的人不能待在一处，两股强大的势力不能同处一地。如果非要并重、相容、成双、同处的话，必定会相互争功！"对于他们二人的谏言，刘璋一概不听。另一位益州从事郑度擅长出谋划策，他从容地劝说刘璋："假设刘备孤军袭击我们，那么目前他手下士兵的数量不足万员，且这些士卒尚未完全归附他，军队唯有靠田里未收的谷物作为给养才能维系下去，没有更多的军用物资。在这种情况下，要想降服他，最好的计策莫过于将巴地以西和梓潼地区的百姓都驱逐出去，安置在涪水以西，将这里的粮仓和那些未收的谷物一并烧毁，再修筑高高的壁垒，挖掘深深的壕沟，之后要做的就是静静等待。对方到了之后，如果请求开战，您也不要答应。他们一直没有粮草补给，过不了一百天，必然就会自己逃走。等他们逃走的时候，您再派兵去追击他们，就可以成功将刘备擒获！"刘备听说后，心中深感厌恶，对法正说："如果郑度的计策被实行，我们的大事就实现不了了！"法正说："刘璋到最后也不会采纳郑度的计策，没有什么需要忧虑的。"最终果然如法正所料。刘璋对他手下的官吏们说："我只听说过驱逐敌人来使百姓安居，从没听说过驱逐百姓来躲避敌人的。"［边批：迂腐之言。］于是将郑度免官，不采纳他的计策。刘备入主成都后，召见郑度，并对他说："先前刘璋如果用了您的计策，那我的首级早就悬挂在益州大门之上了！"于是将郑度引为宾客，并说："这是我的广武君啊！"

留侯①：
一个好帮手，胜过一帮"猪队友"

高帝欲废太子②，立戚夫人③子赵王如意④。大臣谏，不从。吕后使吕泽⑤劫留侯画计。留侯曰："此难以口舌争也。顾上有不能致者四人，四人者老矣，以上慢侮人故，逃匿山中，义不为汉臣。然上高此四人。诚能不爱金帛，令辩士持太子书，卑词固请，［边批：辩士说四皓出商山，必有一篇绝妙文章，惜不传。］

宜来，来以为客，时时从入朝，令上见之，则一助也。"吕后如其计。汉十二年，上疾甚，愈欲易太子。叔孙太傅⑥称说古令，以死争，［边批：言者以为至理，听者以为常识。］上佯许之，犹欲易之。及宴，置酒，太子侍，四人者从，年皆八十余，须眉皓然，衣冠甚伟。上怪而问之，四人前对，各言姓名，曰东园公、甪里先生、绮里季、夏黄公。上乃大惊曰："吾求公数载，［边批：谁谓高皇慢士？］公避逃我，今何自从吾儿游乎？"四人皆曰："陛下轻士善骂，臣等义不受辱。窃闻太子仁孝，恭敬爱士，天下莫不延颈⑦欲为太子死者，故臣等来耳。"上曰："烦公幸卒调护太子。"四人为寿已毕，趋去，上目送之，曰："羽翼已成，难摇动矣！"

【注释】

①留侯：张良，封留侯。

②太子：汉高祖刘邦嫡长子，母为汉高后吕雉，后为汉惠帝。

③戚夫人：汉高祖刘邦宠姬，生刘如意。高祖卒，吕后囚戚夫人，断其手足，去眼熏耳，饮以哑药，置于厕所，名曰人彘。

④赵王如意：赵隐王刘如意，因母有宠，高祖屡欲立为太子，以大臣与吕后反对而罢。高祖死，为吕后鸩杀。

⑤吕泽：吕后长兄，封周吕侯。《史记·留侯列传》载："吕后乃使建成侯吕泽劫良。"吕后次兄吕释之封建成侯，吕泽当为吕释之之误。

⑥叔孙太傅：叔孙通，高祖九年（前198年）为太子太傅。

⑦延颈：伸长脖子的样子，渴望貌。颈，脖颈。

【译文】

汉高祖想要废黜太子，改立戚夫人的儿子赵王刘如意。大臣劝谏，高祖也不听。吕后派吕泽强邀留侯张良为自己出谋划策。留侯说："这件事难以靠言语来争胜。我考虑到皇上有四个得不到的人才，这四个人年纪都很大了，因为皇上待人轻慢，他们逃到山中躲了起来，把不做汉臣作为自己的道德准则。然而皇上非常推崇这四个人。如果您能做到不吝惜金银财帛，让太子亲笔写下一封言辞谦恭的书信，再派舌辩之士拿着信去再三邀请，［边批：舌辩之士说服这四位老者出商山的经过，也必然有一篇绝妙文章记载，只可惜没有流传下来。］他们应该就会来，来了之后以宾客之礼款待他们，让他们时常陪太子入朝，再故意让皇上看见，就能对太子有所帮助。"吕后照张良的计策行事。汉高祖十二年，高祖的病越发严重，他改立太子的欲望更加强烈。太傅叔孙通引用古今事例，以死相争，［边批：说的人以为自己说的是真理，而听的人却不以为然。］汉高祖假意答应，却依然想要废黜太子。等到酒宴开始时，太子来侍宴，身边还跟着四个人，看样子都已经年过八十，须发雪白，气宇不凡。高祖觉得有些奇怪，便询问他们是谁，这四个人上前应答，各自说出自己的姓名，分别是东园公、甪里先生、绮里季和夏黄公。于是高祖非常惊讶地说："我邀请你们那么多年，［边批：谁说汉高祖待人才轻慢？］你们都躲避我，现在为什么又同我儿子交往？"那四个人都说："陛下对待人才轻慢，又喜欢骂人，我们这些人因此誓不受您侮辱。我们私下听说太子仁爱孝顺，恭敬待人，爱护人才，天下人没有不渴望为太子效死的，因此我们就来了。"高祖说："那就烦请诸公一直辅佐太子。"四个人为高祖奉酒祝寿后便离开了，高祖目送他们，说："太子已经长大成人，力量稳固，地位再难动摇了！"

[冯述评] 左执殇中，右执鬼方①，正以格称说古今之辈。夫英明莫过于高皇，何待称说古今而后知太子之不可易哉！称说古今，必曰某圣而治，某昏而乱。夫治乱未见征，而使人主去圣而居昏，谁能甘之？此叔孙太傅所以窘于儒术也。四老人为太子来，天下莫不为太子死，而治乱之征，已惕惕于高皇之心矣。为天下者不顾家，尚能惜赵王母子乎？

王弇州②犹疑此汉庭之四皓，非商山之四皓。毋论坐子房以欺君之罪，而高皇之目亦太眊矣！夫唯义能不为高皇臣者，义必能不辞太子之招。别传称：子房辟谷后，从四皓于商山，仙去。则四皓与子房自是一流人物，相契已久。使子房不出佐汉，则四皓中亦必有显者，固非藏拙山林，匏落樗杇③可方也！太子定，而后汉之宗社固，而后子房报汉之局终，而后商山偕隐之志可遂。则四皓不独为太子来，亦且为子房来矣。[边批：绝妙《四皓论》。] 呜呼！千古高人，岂书生可循规而度、操尺而量者哉！

【注释】

①左执殇中，右执鬼方：《国语·楚语上》作"左执鬼中，右执殇宫"。楚灵王暴虐，大臣谏，楚灵王拒谏曰："余左执鬼中，右执殇宫，凡百箴谏，吾尽闻之矣。"鬼中者，鬼身也；殇宫者，小儿魂也，都是巫术相关用语。楚灵王以为自己掌握着巫术，大臣们在背后的议论他全部清楚，不必再谏了。这里用来代指君王拒听儒者之谏。

②王弇（yǎn）州：王世贞，号弇州山人，明代文人。

③匏（páo）落樗（chū）杇：空空的匏瓜和腐朽的樗木，用以代指徒有虚名而无真才实学的人。

【译文】

[**冯梦龙述评**] 汉高祖已经摆出了拒谏的态度，叔孙太傅却还一本正经地引用古今之人的事例，企图劝说高祖。汉高祖是最英明不过的人，哪里还需要他引古论今，讲完大道理后才知道不可以变易太子呢！引用古人事例，必定要说某某君王如何圣明，国家因此太平安定；某某君王如何昏庸，国家因此陷入混乱。治理乱世的成效还未显现，却已经开始评判君主昏庸不圣明，听到这样的话谁能甘心？这也是叔孙太傅受困于那些儒家教条，无法劝谏成功的原因。四位老者专为太子而来，天下人也都愿意为太子赴死，这样，未来天下治乱的征兆，就已经清晰地在汉高祖的心中展现出来了。高祖是为了天下着想而不顾及家人死活的人，又岂会因为顾惜赵王母子而改变主意？

王世贞还怀疑出现在汉宫中的四位老者并不是真正的商山四皓。先暂且不论张良是否犯下欺君之罪，如果真是这样，那只能说汉高祖的眼神也太不好了。能因为自己的原则而坚决不做汉高祖臣子的人，必定也可以义不容辞地接受太子的招揽。还有传说记载：张良晚年为修炼不吃五谷杂粮后，跟随那四位老者一起在商山成仙而去。这说明商山四皓和张良一样，都是天下一流人物，相交已久。即使张良不去辅佐汉室，商山四皓中也必然会有人因为仕汉而扬名，不是那些靠隐居山林掩饰自身拙劣、徒有虚名却没有真才实学的人可以比拟的。太子之位定下了，后世汉家的宗嗣就稳固了，而后张良报效汉室的任务才能完结，然后他才能实现和商山四皓一同隐居的心愿。这样说来，商山四皓不单单是为了太子而来，也是为了张良而来。[边批：绝妙的《四皓论》。] 唉！这样的千古高人行事，又哪里是一介书生靠常理陈规就可以揣度的呢！

陈子昂①:
学会炒作自己, 才能脱颖而出

子昂初入京, 不为人知。有卖胡琴者, 价百万, 豪贵传视, 无辨者。子昂突出, 顾左右曰: "辇千缗市之!" 众惊问, 答曰: "余善此乐。" 皆曰: "可得闻乎?" 曰: "明日可集宜阳里。" 如期偕往, 则酒肴毕具, 置胡琴于前。食毕, 捧琴语曰: "蜀人陈子昂, 有文百轴, 驰走京毂②, 碌碌尘土, 不为人知! 此乐贱工之役, 岂宜留心!" 举而碎之, 以文轴遍赠会者, 一日之内, 声华溢都下。

[冯述评] 唐人重才, 虽一艺一能, 相与惊传赞叹, 故子昂借胡琴之价, 出奇以市名, 而名果成矣。若今日, 不唯文轴无用处, 虽求一听胡琴者亦不可得, 伤哉!

【注释】

①陈子昂: 唐代文学家。唐睿宗文明元年(684年)进士及第, 后任右拾遗, 世称"陈拾遗"。曾从军边塞。后解官回乡, 遭人诬陷, 死于狱中。提倡汉魏风骨, 反对齐梁以来绮丽诗风, 是唐诗革新的先驱。作《感遇》《登幽州台歌》等诗, 风格沉郁刚健。

②京毂: 通往京城的大道。

【译文】

陈子昂刚刚进京的时候, 还没有什么名气。当时有一个卖胡琴的人, 将自己的胡琴开到了百万之价, 引得京城的豪门贵人争相传看, 却没有人能分辨出这把胡琴实际的价值。就在此时, 陈子昂突然从人群中走出来，回头对自己的侍从说："去运一千缗钱过来，我要买下这把琴。"众人都大吃一惊，问他为什么要花这么大价钱买琴，陈子昂回答："我擅长这种乐器。"众人都问："可以让我们听听你的弹奏吗？"陈子昂说："明天你们可以在宜阳里集合，我会在那里演奏。"于是众人如期前去。陈子昂准备好了美酒佳肴，又将胡琴放置在身前。等吃过饭后，他捧起胡琴，对众人说："在下蜀中陈子昂，创作了上百轴文章，千里迢迢来到京城，却只能如同低贱的尘埃般，四处奔走，碌碌无为，得不到大家的赏识！演奏胡琴是贱籍乐工的技艺，哪里值得我花心思在上面！"说完就举起胡琴将它砸碎，而后又将自己的文轴全部赠送给在场众人，一天之内，陈子昂的声名传遍都城。

[冯梦龙述评] 唐朝人重视才华，即使是一种技艺或本领，人们也会惊讶地互相传扬赞叹，因此陈子昂才能假借胡琴的天价，想出这样的奇招来换取声名，之后他果然声名鹊起。要是放在今天，不光是写有文章的卷轴派不上用场，即便想要请人来听自己弹胡琴，也不一定有人会来了，多让人伤心啊！

司马懿① 等：
学会示弱，让对手卸下防备

曹爽②擅政，懿谋诛之，惧事泄，乃诈称疾笃。会河南尹李胜③将莅荆州，来候懿。懿使两婢侍持衣，指口言渴。婢进粥，粥皆流出沾胸。胜曰："外间谓公旧风发动耳，何意乃尔！"

懿微举声言：“君今屈并州，并州近胡，好为之备。吾死在旦夕，恐不复相见，以子师、昭④为托。”胜曰：“当忝本州，非并州。”懿故乱其词曰：“君方到并州？”胜复曰：“忝荆州。”懿曰：“年老意荒，不解君语。”胜退告爽曰：“司马公尸居余气，形神已离，不足复虑！”于是爽遂不设备。寻诛爽。

【注释】

①司马懿：三国时期曹魏权臣，西晋王朝奠基人之一。东汉末曹操为丞相，辟为文学掾，从讨张鲁、孙权，每与大谋，辄有奇策。曹丕为太子时，任太子中庶子，得信重。魏文帝时，加给事中、录尚书事，封乡侯。文帝死，受遗诏辅佐明帝，加大都督、假黄钺，领兵伐蜀，次年拒战诸葛亮。明帝死，与曹爽受命辅太子芳。嘉平元年（249年），在洛阳发动政变，尽杀曹爽及其党羽，独揽曹魏大权。其孙司马炎称帝，追尊宣皇帝，庙号高祖。

②曹爽：三国时期曹魏权臣，大司马曹真之子。魏明帝时袭封邵陵侯爵位，被拜为大将军，假节钺，与司马懿并为托孤大臣，辅佐少帝曹芳。专权擅政，与兄弟并掌禁兵，多树亲党，屡改制度，后被免职。以谋反罪为司马懿所诛，夷灭三族。

③李胜：三国时期曹魏大臣，曹爽心腹，高平陵之变后随曹爽一同被诛杀，夷三族。

④师、昭：司马师、司马昭。

【译文】

曹爽独揽朝政，司马懿蓄谋诛杀他，又害怕事情泄露，于是谎称自己病重。正赶上河南尹李胜即将到荆州去赴任，来问候司马懿。司马懿让两个婢女扶着自己出来，又拉扯婢女的衣角，指着嘴巴说自己口渴。待婢女给他喂粥时，粥都从他嘴里流了出来，沾在了胸前。李胜说："外面的人都说您不过是风疾的老毛病发作了，怎会如此严重！"司马懿微微提高声音说："你如今在并州做官，并州临近胡人的领地，你要做好防备。我就快死了，恐怕无法再和你相见，我把我的儿子司马师和司马昭托付给你。"李胜说："在下忝居荆州刺史之职，并不是并州。"司马懿故意胡言乱语："你才到并州？"李胜再次答道："是在荆州。"司马懿说："我年纪大了，精神恍惚，听不明白你的话了。"李胜回去后告知曹爽："司马懿已经如同风中残烛，神志飘忽，不值得再忧虑了！"于是曹爽便不再防备司马懿。没过多久，司马懿便成功诛杀了曹爽。

安仁义、朱延寿，皆吴王杨行密①将也。延寿又行密朱夫人之弟。淮徐已定，二人颇骄恣，且谋叛。行密思除之，乃阳为目疾。每接延寿使者，必错乱其所见以示之，行则故触柱而仆。朱夫人挟之，良久乃苏，泣曰："吾业成而丧明，此天废我也！诸儿皆不足任事，得延寿付之，吾无恨矣！"朱夫人喜，急召延寿。延寿至，行密迎之寝门，刺杀之。即出②朱夫人，而执斩仁义。

【注释】

①吴王杨行密：五代十国时期吴国政权奠基人，史称南吴太祖。唐昭宗时，拜为淮南节度使，经过两年混战，跨有江淮之地，封吴王。为人宽简有智略，善抚将士，颇得士心。其子称帝后，追谥为太祖武皇帝。

②出：休弃，男子强制休妻。

【译文】

安仁义、朱延寿，都是吴王杨行密的部将。朱延寿又是杨行密夫人朱氏的弟弟。淮安和徐州被平定后，这两人非常骄横放纵，并且意图叛乱。杨行密想要除掉他们，于是便假装自己患上了眼疾。每次接见朱延寿使者的时候，必然要做出视力有问题辨不清东西的样子，走路也故意撞到柱子摔倒。朱夫人将他扶起来，过了好久他才能醒过来，哭着说："我建立了功业却丧失了视力，这是上天要将我变成一个废人啊！我那些儿子都不足以担当大任，能将他们托付给朱延寿，我便没有什么遗憾了！"朱夫人听后非常高兴，赶紧招来朱延寿。朱延寿赶到时，杨行密早已等在寝殿门外，当场刺死了他。随后他又将朱夫人逐出宫中，抓捕安仁义后将其斩首。

孙坚举兵诛董卓，至南阳，众数万人，檄南阳太守张咨，请军粮。咨曰："坚，邻二千石耳，与我等，不应调发！"竟不与。坚欲见之，又不肯见。坚曰："吾方举兵而遂见阻，何以威后？"遂诈称急疾，举兵①震惶，迎呼巫医，祷祠山川，而遣所亲人说咨，言欲以兵付咨。咨心利其兵，即将步骑五百人，持牛酒诣坚营。坚卧见，亡何起，设酒饮咨。酒酣，长沙主簿入白："前移南阳，道路不治，军资不具，太守咨稽停义兵，使贼不时讨，请收按军法！"咨大惧，欲去，兵阵四围，不得出，遂缚于军门斩之。一郡震栗，无求不获，所过郡县皆陈糗粮以待坚军。君子谓："坚能用法矣！法者，国之植也，是以能开东国②。"

【注释】

①举兵：全军，整个军队。

②开东国：在东方建立国家。指后来的吴国。

【译文】

孙坚起兵讨伐董卓，大军行到南阳的时候，聚集的士兵数量有数万人，孙坚便给南阳太守张咨送了一封公文，请求调拨军粮。张咨说："孙坚是邻郡秩比两千石的太守，与我同级，不应调配军粮给他！"终究没有送粮给孙坚。孙坚想要见他，张咨又不肯见。孙坚说："我刚要起兵就遭到这样的阻挠，今后要怎么建立威信？"于是便谎称患上了急病，全军都为之震动惊惶，急忙叫来巫医，向山川祭祀祈福，孙坚又派亲信去告诉张咨，说要将自己的军队交付给张咨。张咨贪图孙坚的军队，当即便率领步兵五百人，拿着牛肉和美酒，前往孙坚的军营。孙坚躺着接见了张咨，不久又起身，摆酒款待他。酒喝得正尽兴，长沙主簿走进营帐内，说："之前我们发公文到南阳郡，说明了道路难行、军需物资不够的情况，太守张咨却有意拖延义兵的进程，致使义兵不能按时讨伐逆贼，请将张咨收押，按军法处置！"张咨十分惊恐，想要逃走，孙坚的军队却将四面团团围住，张咨出不去，于是被捆在军营门前斩首示众。这件事发生后，整个南阳郡都被震慑，之后对于孙坚的要求无不照办，孙坚大军经过的郡县也都早早地将干粮陈放好了，只等孙坚大军到来。君子说："孙坚是善于用法的人！法令，是国家的根本，因此孙坚才能创立东吴。"

正德五年，安化王寘镭反，游击仇钺①陷贼中。京师讹言钺从贼，兴武营守备保勋为之外应。李文正②曰："钺必不从贼！勋以贼姻家，遂疑不用，则诸与贼通者皆惧，不复归正矣！"乃举勋为参将，钺为副戎，责以讨贼。勋感激自奋。钺称病卧，阴约游兵壮士，候勋兵至河上，乃从中发为内应。俄得勋信，即嗾人谓贼党何锦："宜急出守渡口，防决河灌城；遏东岸兵，勿使渡河！"锦果出，而留贼周昂守城。钺又称病亟。昂来问病，钺犹坚卧呻吟，言旦夕且死；苍头卒起，捶杀昂，斩首。钺起披甲仗剑，跨马出门一呼，诸游兵将士皆集，遂夺城门，擒寘鐇。

【注释】

①仇钺：时为宁夏游击将军。朱寘鐇反，钺时驻城外玉泉营，闻变欲遁去，然顾念妻子在城中，恐为所屠灭，遂引兵入城，解甲觐寘鐇，归卧家称病，以所将兵分隶敌营，取得了朱寘鐇、何锦等人的信任。

②李文正：李东阳，明朝内阁首辅。八岁以神童入顺天府学，天顺八年（1464年）进士，后以礼部右侍郎入直文渊阁。武宗时，加封少傅兼太子太傅、左柱国。刘瑾用事时，常设法保全善类。卒赠太师，谥文正。

【译文】

正德五年（1510年），安化王朱寘鐇谋反，游击将军仇钺身陷叛军所据城中。京师有人造谣说仇钺已经降贼，兴武营守备保勋则是做了外应。李东阳说："仇钺必然不会投降贼军！如果因为保勋和朱寘鐇是儿女亲家，就怀疑保勋而不任用他，那么那些和朱寘鐇有往来的人，就都不会再归附我们了！"于是他举荐保勋为参将，仇钺为副总兵，将讨伐叛贼的任务交给他们。保勋因为感激而格外振奋，想要打败叛贼的意愿也越发强烈。仇钺则诈称自己卧病在床，暗中召集逃散的旧部勇士，在河边等待保勋军队到来，在敌人内部接应保勋。不久，仇钺得到了保勋的消息，便指使人对贼军将领何锦说："应该赶快出去守卫渡口，以防朝廷大军决堤淹没城池；再尽力阻止东岸的朝廷军队，不让他们渡河！"何锦果然亲自率军前往渡口防守，只留下贼将周昂守城。仇钺又谎称自己病重。周昂前来探病的时候，仇钺还躺在床上痛苦呻吟，说自己就快要死了；这时他的奴仆突然跳起来，用棍棒打死了周昂，并砍下了他的头。仇钺起身披上铠甲拿起剑，骑上马出门高呼一声，那些召集来的旧部将士就都聚集到了一起，一举夺取了城门，擒获了朱寘镭。

王戎：
警惕唾手可得的利益

王戎年七岁时，尝与诸小儿游。瞩见道旁李树，有子扳折，诸小儿竞走之，唯戎不动。人问之，答曰："树在道旁而多子，此必苦李。"试之果然。

[冯述评] 许衡①少时，尝暑中过河阳，其道有梨，众争取啖之，衡独危坐树下自若。或问之，曰："非其有而取之，不可。"曰："人亡世乱，此无主矣！"衡曰："梨无主，吾心独无主乎？"[边批：真道学。]合二事观，戎为智，衡为义，皆神童也。

【注释】

①许衡：金末元初理学家。气和志刚，博学多才，受元世祖忽

165

必烈重用，与徐世隆、刘秉忠等议定朝仪、官制，官拜集贤殿大学士兼国子监祭酒，擢中书左丞，与郭守敬等编定《授时历》。

【译文】

王戎七岁的时候，曾经和一群小孩儿一起游玩。他们看见路边有李子树，有孩子爬上去扳折李子，其他小孩儿也争着跑过去抢，只有王戎不动。有人问他为什么不去摘，王戎回答："树长在道路旁边，上面却还有这么多果子，这些李子必然是苦的。"试过之后，果然如此。

[冯梦龙述评] 许衡年少时，曾经在大热天途经河阳，路上有一棵梨树，众人都争着摘梨吃，只有许衡端坐在树下神情自若。有人问他为什么不去摘，许衡回答："这梨树不归我所有，却去摘梨，这样做是不对的。"那人又说："现在世道这么乱，百姓流亡，这些梨都是没有主人的！"许衡说："即便梨没有主人，我的心也没有主人吗？"[边批：真道学。] 将这两件事放在一起看，王戎聪明，许衡仁义，都是神童。

陈轸①：
对手给你挖坑，急于辩解不如顺势而为

陈轸去楚之秦②。张仪谓秦王曰："陈轸为王臣，常以国情输楚。仪不能与从事，愿王逐之，即复之楚，愿王杀之！"王曰："轸安敢之楚也！"王召陈轸告之曰："吾能听子，子欲何之？请为子约车。”对曰：“臣愿之楚。”王曰：“仪以子为之楚，吾又自知子之楚，子非楚，且安之也？”轸曰：“臣出，必故之楚，以顺王与仪之策，而明臣之楚与否也。楚人有两妻者，人诱其长者，长者詈之，诱其少者，少者许之。居无几何，有两妻者死。客谓诱者曰：‘汝取长者乎，少者乎？’‘取长者。’客曰：‘长者詈汝，少者和汝，汝何为取长者？’曰：‘居彼人之所，则欲其许我也。今为我妻，则欲其为詈人也。’今楚王明主也；而昭阳，贤相也。轸为人臣，而常以国情输楚，楚王必不留臣，昭阳将不与臣从事矣。以此明臣之楚与不！”

轸出，张仪入，问王曰：“陈轸果安之？”王曰：“夫轸，天下之辩士也，熟视寡人曰：‘轸必之楚。’寡人遂无奈何也。寡人因问曰：‘子必之楚也，则仪之言果信。’轸曰：‘非独仪之言，行道之人皆知之：昔者子胥③忠其君，天下皆欲以为臣；孝己④爱其亲，天下皆欲以为子。故卖仆妾不出里巷而取者，良仆妾也；出妇嫁于乡里者，善妇也。臣不忠于王，楚何以轸为忠？忠且见弃，轸不之楚而何之乎？’”王以为然，遂善待之。

【注释】

①陈轸：战国时楚国人，游说之士，与张仪俱事秦惠文王，后与张仪争宠失败奔楚。

②去楚之秦：陈轸原为楚人，此时已在秦国为官。

③子胥：伍子胥，春秋时期楚国人，吴国大夫，名员，字子胥。辅佐阖闾及其子夫差，多次力谏夫差，后夫差听信伯嚭谗言，赐剑令自尽。

④孝己：武丁长子，曾劝谏武丁节俭。母亲早死，受继母虐待诽谤，父亲武丁听信谗言，流放孝己，后饿死于野外。

【译文】

陈轸离开楚国到秦国为官。张仪对秦王说："陈轸作为大王您的臣子，常常将秦国的情报偷偷传递给楚国。张仪不能和他同朝共事，希望大王您将陈轸赶出朝堂，如果他想要回楚国，希望大王您能杀了他！"秦王说："陈轸怎敢去楚国呢！"秦王召见了陈轸，并告诉他："我愿意听从你的想法，你想去哪里？我会为你备好车马。"陈轸回答："我愿意去楚国。"秦王问："张仪就认为你会去楚国，我也知道你会去楚国，你除了楚国还能到哪里去呢？"陈轸说："臣离开秦国后，必然会故意到楚国去，这样既可以顺应大王您和张仪的判断，又可以证明臣并不曾传递情报给楚国。楚国有个人娶了两个妻子，有人调戏那个年纪大的，年纪大的那个便大骂回去，调戏那个年少的，年少的那个就欣然顺从了。没过多久，有两个妻子的人死了。有个客人问那个出言调戏的人说：'如果是你，会娶年长的还是年少的？''我会娶年长的。'客人问：'年长的那个骂你，年少的那个应允你，你为什么要娶那个年长的呢？'调戏的人回答：'当她们做别人妻子时，我自然喜欢接受我勾引的那个。但如果是为我自己挑妻子，那么我就希望娶骂人的那个。'如今的楚王是位贤明的君主，昭阳也是贤德的宰相，陈轸现为秦臣，如果经常将秦国的情报传递给楚国，那么楚王必然不会留下臣，昭阳也必然不会与我共事。这样就可以证明我没有做楚国的奸细！"

陈轸出官后，张仪进来问秦王："陈轸到底要去哪儿？"秦王说："陈轸是天下有名的辩才，他仔细地看了寡人一会儿，说：'我陈轸是一定要到楚国去的。'寡人便也无可奈何了。寡人于是问他：'如果你一定要去楚国，那么就正应了张仪的话了。'陈轸说：'不光是因为张仪的话，过路的人都知道：当年伍子胥对他的国君十分忠心，天下的国君都想要他来做臣子；孝己敬爱他的父亲，于是天下人都希望得到他来做儿子。因此卖仆妾没出里巷就被买走的，那一定是位好仆妾；被人遗弃的妇人还没有出乡里就又被娶走的，那一定是位好妇人。臣如果对大王不忠，楚王又凭什么相信陈轸的忠心呢？如果我一片忠心却还是被赶走，那陈轸除了去楚国还能去哪里呢？'"秦王认为陈轸说得很对，于是从此善待他。

孙膑①：
以虚应实、以实击虚的竞争法则

　　孙子同齐使之齐，客田忌②所。忌数与齐诸公子逐射③。孙子见其马足④不甚相远，马有上、中、下，乃谓忌曰："君第重射⑤，臣能令君胜。"忌然之，与王及诸公子逐射千金。及临质⑥，孙子曰："今以君之下驷与彼上驷，取君上驷与彼中驷，取君中驷与彼下驷。"既驰三辈毕，而田忌一不胜而再胜，卒得五千金。

　　[冯述评] 唐太宗尝言："自少经略四方，颇知用兵之要，每观敌阵，则知其强弱。常以吾弱当其强，强当其弱。彼乘吾弱，奔逐不过数百步。吾乘其弱，必出其阵后，反而击之，无不溃败。"盖用孙子之术也。○宋高宗问吴璘以胜敌之术，璘曰："弱者出战，强者继之。"高宗亦曰："此孙膑驷马之法。"

【注释】

　　①孙膑：战国时齐国军事家，孙武后裔。与庞涓同学兵法。涓为魏将，忌其才能，将他骗至魏国，处以膑刑，故称孙膑。后经

田忌推荐，被齐威王任为军师。先后两次设计大败魏军于桂陵和马陵，终使庞涓兵败自杀。著有《孙膑兵法》。

②田忌：战国时齐国公族，威王时为将。

③逐射：赌赛，赛马时下赌注。

④马足：马的足力。

⑤重射：下重金作为赌注。

⑥临质：临场比赛。

【译文】

孙膑和齐国使者一同来到齐国，客居在田忌家中。田忌多次和齐国的公子们赛马赌钱。孙膑见田忌和公子们的马脚力没有相差很大，而马的等级又分为上、中、下，于是他便对田忌说："您只管押上重金作为赌注，我能让您取胜。"田忌便照他说的做了，押了千金的赌注，和齐王及公子们赌赛马。等到临场比赛的时候，孙膑对田忌说："现在您只需要用您的下等马和对方的上等马比，用您的上等马和对方的中等马比，用您的中等马和对方的下等马比。"三场比赛下来，田忌一负两胜，最后赢得了五千金。

[冯梦龙述评] 唐太宗曾说："朕自少年时便经营四方，到处征战，非常了解用兵的要领，每每观看敌军的阵形，就能知道对方的实力强弱。朕经常会用我方的弱兵去对战敌人的强兵，用强兵去对战敌人的弱兵。敌人趁我军势弱，不过只能追击我军数百步。我趁敌军势弱，就一定要出现在他们的后方发起突袭，从相反方向攻击他们，敌人没有不溃败的。"唐太宗此法，也是运用了孙膑的策略。宋高宗询问吴璘克敌制胜的方法，吴璘说："先派弱兵出战，再派强军随后发起攻击。"宋高宗也说："这是孙膑赛马的方法。"

魏伐赵，赵急请救于齐①。齐威王欲将孙膑，膑以刑余②辞，乃将田忌，而孙子为师③，居辎车④中，坐为计谋。田忌欲引兵救赵，孙子曰："夫解纷者不控捲⑤，救斗⑥者不搏撠⑦。批亢捣虚⑧，形格势禁⑨，则自为解耳。今梁、赵相攻，轻兵锐卒必尽于外，老弱罢于内。君不若引兵疾走大梁，冲其方虚。［边批：致人。］彼必释赵而自救，是我一举解赵之困，而收敝于魏也。"忌从之，魏果去邯郸，与齐战于桂陵，［边批：致于人。］大破梁军。

【注释】

①魏伐赵，赵急请救于齐：公元前354年，魏军包围赵国都城邯郸，次年赵国遣使向齐国求救。

②刑余：遭受过肉刑，这里指孙膑曾被庞涓设计施以膑刑及黥刑。

③师：军师。

④辎车：古代有帷盖的车子。

⑤控捲：引拳出击，这里指乱扯乱砸。捲，同"拳"。

⑥救斗：拉架，劝解殴斗。

⑦搏撠（jǐ）：插手帮打。

⑧批亢捣虚：扼住敌人的要害乘虚而入。批，用手击；亢，比喻要害。

⑨形格势禁：受到形势的阻挡和限制，事情进行得不顺利。格，受阻碍。

【译文】

魏国攻打赵国，赵国紧急向齐国求救。齐威王想要命孙膑为将，孙膑以自己受过刑为由推辞，于是齐威王命田忌为将，让孙膑做他的军师，待在辎车里，坐着为他出谋划策。田忌想要带兵前去援救赵国，孙膑说："解乱丝乱麻时不能乱扯乱砸，劝解殴斗时不能插手帮助打架。扼住敌人的要害乘虚而入，敌军就会因为受到形势的阻碍而出师不顺，自行退兵。现在魏国和赵国互相攻伐，轻兵劲卒必定全部都被派到国外作战，只有老弱留在国内。您不如急速进兵魏国的都城大梁，直击他们最虚弱的地方。[边批：支配别人。]魏军必然会放弃攻打赵国，转而自救，这样不仅能一举解除赵国被围攻的困境，还能让魏国变得疲惫，我们坐收其利。"田忌采纳了孙膑的意见，魏军果然离开邯郸，和齐国在桂陵交战，[边批：被别人支配。]于是齐军大败魏军。

赵奢[①]：
麻痹对手，抢占先机

秦伐韩，军于阏与[②]。赵王问廉颇："韩可救否？"对曰："道远险狭，难救。"又问乐乘，如颇言。及问赵奢，奢对曰："道远险狭，譬之两鼠斗于穴中，将勇者胜。"乃遣奢将而往。去邯郸三十里，而令军中曰："有以军事谏者，死！"[边批：主意已定，不欲惑乱军心也。]秦军军武安[③]西，鼓噪勒兵，屋瓦皆振。军中候[④]有一人言急救武安，奢立斩之。坚壁[⑤]留二十八日，不行，复益增垒。[边批：坚秦人之心。]秦间来人，奢善食而遣之。间以报秦将，秦将大喜曰："夫去国三十里而军不行，乃增垒，阏与非赵地也！"奢既遣秦间，乃卷甲而趣之^⑥，一日一夜至。［边批：出其不意。］令善射者去阏与五十里而军。军垒成，秦人闻之，悉甲而至。军士许历请以军事谏，奢曰："内^⑦之。"许历曰："秦人不意赵师至，此其来气盛，将军必厚集其阵以待之，不然必败！"奢许诺。许历请就诛，奢曰："胥^⑧后令。"至欲战，历复请谏，曰："先据北山上者胜，后至者败。"奢许诺，即发万人趋之。秦兵后至，争山不得上。奢纵兵击之，大破秦军，遂解阏与之围。

［冯述评］孙子曰："反间者，因敌间而用之。"又曰："我得亦利，彼得亦利，为争地。"阏与之捷是也。许历智士，不闻复以战功显，何哉？于汉广武君亦然。

【注释】

①赵奢：初为田部吏，不畏权贵，治国赋，国库充实。后为赵将，善用兵，秦攻阏与，奉命往救，大胜，因功封马服君。

②阏与：地名。战国时韩邑，后属赵。在今山西和顺县一带。

③武安：地名。战国时赵邑，在今河北武安市一带。

④候：斥候，军中负责侦察之人。

⑤坚壁：加固城墙和堡垒。

⑥卷甲而趣之：卷起铠甲，轻便迅速地行进。趣，同"促"。

⑦内：同"纳"，接受，进入。

⑧胥：同"须"，等待。

【译文】

秦国攻打韩国，在阏与驻军。赵王问廉颇："可以去援救韩国吗？"廉颇说："前往阏与的道路遥远艰险且狭窄，很难援救。"

又问乐乘，乐乘也是和廉颇一样的说法。等赵王问到赵奢的时候，赵奢说："道路遥远艰险且狭窄，就像两只老鼠在洞穴里打架，将领勇敢的一方会获胜。"赵王便派遣赵奢前去救韩。赵奢离开邯郸三十里后，便在军中下令："有敢就军事上的事情向我进言的，死！"［边批：主意已定，不想有惑乱军心的事情发生。］秦军在武安以西屯兵，训练军队的鼓声震天，屋顶上的瓦片都为之震动。军中有个侦察兵向赵奢进言，提出应急速援救武安，赵奢立即将他处斩。赵奢下令坚守壁垒，停留了二十八天，都没有向前进发，还加固了防御壁垒。［边批：坚定秦人的想法。］秦国的间谍潜入赵军，赵奢好吃好喝款待他，之后将他送了回去。间谍将赵军的情况报告给秦国的将领，秦国将领非常高兴，说："赵奢离开国都三十里后就不敢进军了，还加固了防御，看来阏与不再是赵国的领地了！"赵奢一送走秦国的间谍，就命士兵们卷起铠甲迅速行军，一天一夜后便来到了阏与附近。［边批：出其不意。］他命令擅长射箭的士兵在离阏与五十里的地方驻军。军营扎好后，秦人才听说这件事，都披甲前来作战。军士许历请求就军事上的事情向赵奢谏言，赵奢说："让他进来吧。"许历说："秦人没有想到赵军这么快就来了，因此他们此来气势一定很盛，将军您一定要将士兵聚集起来，严阵以待，不然必败！"赵奢答应了。于是许历请求赵奢杀了自己，赵奢说："等之后再说。"等到开战前，许历又请求谏言，说："先占据北山之上的人才能获胜，后到的人就会失败。"赵奢答应了，立即派了一万士兵前去占领北山。秦军之后才赶到，想要和赵军争夺北山，但是已经上不去了。赵奢发兵攻打秦军，取得了大胜，于是解了阏与之围。

［冯梦龙述评］孙子说："所谓反间，就是利用敌人的间谍。"又说："我军得到了对我军有利，敌军得到了对敌军有利，这

就是所谓的必争之地。"阏与之战的胜利就是这样的例子。许历是个有智慧的人，却没听说他再立下什么战功扬名，这是为什么呢？汉时的广武君李左车也是这样。

李牧①：
对手强大，就要引而不发，等对方露出破绽

李牧，赵北边良将也。尝居雁门备匈奴，以便宜置吏，市租皆输入幕府，为士卒费。日击牛飨士，习骑射，谨烽火，多间谍，厚遇战士，为约曰："匈奴即入盗，急入收保②，有敢捕虏者，斩！"如此数岁，匈奴以牧为怯，虽赵边兵亦以为吾将怯。赵王③让李牧，牧如故。赵王怒，召之，使他人代将。岁余，匈奴每来，出战数不利，失亡多，边不得田畜，乃复请李牧。牧固称疾。赵王强起之。牧曰："必用臣，臣如前，乃可奉令。"王许之。李牧如故约，匈奴终岁无所得，然终以为怯。边士日得赏赐而不用，皆愿一战。于是乃具选车，得千三百乘，选骑得万三千匹，百金之士④五万人，彀者⑤十万人，悉勒习战。大纵畜牧，人民满野。匈奴小人，佯北，以数千人委之。单于闻之，大率众来人。牧多为奇阵，张左右翼击之，大破，杀匈奴十余万骑。单于奔走，其后十余岁，不敢近边。

[冯述评]厚其遇，故其报重；蓄其气，故气发猛。故名将用死士。兵之力，往往一试而不再，亦一试而不必再也。今之所谓兵者，除一二家丁外，率丐⑥而甲、尪⑦而立者耳。呜呼！

175

尪也，丐也，又多乎哉！

【注释】

①李牧：战国末年赵国名将。常居代、雁门，防守赵国北境，多次打败匈奴、东胡、林胡。后代廉颇为将，攻燕拔数城。公元前233年，秦击败赵，他率军反攻，大破秦军于宜安，以功封武安君。公元前229年，秦使王翦攻赵，与司马尚坚决抵御。后因赵王中秦反间计，受谗被杀。

②收保：古代边境上设置的兼有储藏物资和防卫作用的小城堡。保，同"堡"。

③赵王：指赵孝成王。

④百金之士：原指能为国擒将破敌的人可赏百金，后比喻勇士。

⑤彀（gòu）者：擅长射箭的好手。

⑥丐：像乞丐一样，形容待遇极其微薄。

⑦尪（wāng）：脊背弯曲，这里指孱弱衰病者。

【译文】

李牧，是战国时期赵国北境的良将。他曾经驻守雁门防御匈奴，有任命当地官吏的便宜之权，当时市场的租税也都归他的幕府所有，作为士兵的军费。李牧每天都杀牛慰劳将士们，让他们练习骑射，又命人留心烽火台，常向匈奴派出间谍，厚待士兵，与他们约定："匈奴人一进攻，你们就赶紧跑回收保中。有胆敢出去抓捕匈奴人的，斩！"这样过了好几年，匈奴人都以为李牧是胆怯了，就连赵国边境的士兵也认为自己的主帅胆小。赵王责备了李牧，但李牧依旧如此。赵王大怒，将他召回去，另派人代替李牧统领雁门军。李牧被召回这一年多以来，匈奴常常进攻，赵军多番前去迎战，失败次数较多，伤亡惨重，边境的百姓都无法种田放牧，只好又请李牧回去掌兵。李牧以自己生病为由一直推辞。赵王强行要起用他。李牧说："如果一定要起用臣的话，那就得允许臣还像之前那样行事，这样臣才能接受您的命令。"赵王答应了。李牧去后，仍遵循着过去的约定，整整一年过去了，匈奴人都再无所获，但他们还以为李牧是胆怯之人。边境的士兵每天都能得到赏赐，却没有用武之地，他们都愿意同匈奴一战。于是李牧才开始置办一千三百乘战车，挑选了一万三千匹战马，五万名骁勇善战的士兵，十万名弓箭手，让他们演习作战。又放任百姓畜牧，让百姓分散在草原上。匈奴人见状便派出少量士兵进攻，李牧佯装败兵，让他们掳走几千人。匈奴单于听说此事后，就率领大量部众前来进攻。李牧让士兵摆列成多种奇阵，又派左右两路兵马夹击匈奴大军，最终大败匈奴，击杀了匈奴十几万人马。匈奴单于落荒而逃，之后十多年，都不敢靠近赵国边境。

[**冯梦龙述评**] 李牧待将士十分优厚，因此将士也会加倍地回报他；李牧积蓄将士的士气，因此等到和匈奴开战的时候，将士的气势就会更加猛烈地爆发出来。因此名将一般都任用不怕死的勇士。士兵的力量，往往打一次仗就会衰竭，但真正的名将往往也不需要再打第二次。现在那些所谓的士兵，除了少数将领的亲信外，其余都待遇恶劣如乞丐，像是一群穿着铠甲的老弱病残。唉！像这样虚弱如病人、贫苦如乞丐的士兵，再多又有什么用呢！

周亚夫①:
胜利比的是谁的计策能超出对方的想象

　　吴、楚反②,景帝拜周亚夫太尉击之。既发,至霸上,赵涉遮说③之曰:"吴王怀辑死士久矣。此知将军且行,必置人于淆、渑④阨狭⑤之间。且兵事尚神密,将军何不从此右⑥去,走蓝田⑦,出武关⑧,抵洛阳,间不过差一二日,直入武库⑨,击鸣鼓。诸侯闻之,以为将军从天而下也。"太尉如其计,至洛阳,使搜淆、渑间,果得伏兵。

　　太尉会兵荥阳⑩,坚壁不出。吴方攻梁⑪急,梁请救。太尉守便宜,欲以梁委吴,不肯往。梁王上书自言。帝使使诏救梁。太尉亦不奉诏,而使轻骑兵绝吴、楚后。吴兵求战不得,饿而走。太尉出精兵击破之。

【注释】

　　①周亚夫:西汉名将。文帝时封条侯,匈奴入边,时任河内守的他作为将军驻守细柳,文帝视察,军容整肃,称赞为"真将军"。景帝时,任太尉,平定吴楚七国之乱,升为丞相。后因太子废立之事触犯景帝,又值其子为人告发盗买官器,受牵连由廷尉审理,不食呕血死。

　　②吴、楚反:景帝前元三年(前154年),吴王刘濞联络楚王戊、胶西王卬、胶东王雄渠、菑川王贤、济南王辟光、赵王遂,以诛晁错、清君侧为名,发动叛乱,史称"吴楚七国之乱"。

　　③遮说:拦路诉说。

　　④淆、渑:崤山、渑池一带。

⑤阨狭：狭窄险隘的山谷。

⑥右：自长安往洛阳，南方为右。

⑦蓝田：治所在今陕西蓝田县西三十里。

⑧武关：在今陕西商南县西南丹江上，为关中通往河南的咽喉，由此可至洛阳。

⑨武库：军械库，贮存武器及其他军事装备的地方。

⑩荥阳：古邑名，在今河南荥阳市东北。

⑪梁：指梁国，汉景帝同母弟刘武封地，刘武史称梁孝王。《汉书·梁孝王武传》："（梁国）居天下膏腴地，北界泰山，西至高阳，四十余城，多大县。"

【译文】

吴王、楚王谋反，汉景帝任命周亚夫为太尉，派他前去攻打叛军。周亚夫率军出发，抵达霸上时，赵涉拦路向周亚夫进言："吴王招纳聚敛死士已久。这次他知道将军您要去平叛，必定会在淆、渑一带的险隘山谷中埋伏。而且行军打仗最讲究出其不意，将军您何不从这里向南而去，经蓝田，出武关，抵达洛阳，也不过多花一两天的时间，就可以直接进入军械库，到那时您再击鼓开战。诸侯听见鼓声，都会以为您是从天而降。"周亚夫听从了他的计策，到洛阳之后，他派人到淆、渑一带去搜索，果然抓到了伏兵。

周亚夫当时驻兵荥阳，坚守不出。吴王叛军急攻梁国，梁王向周亚夫求救。周亚夫有便宜行事的权力，便想把梁国舍弃给吴国，不肯前往。梁王向景帝上书为自己求救，景帝便派使者拿着诏书让周亚夫出兵援救梁国。周亚夫也不接受诏令，而是派轻骑切断吴军和楚军的后路。吴军想要作战却没有打成，又遭受了饥饿，只好逃走。这时周亚夫才派出精兵击破了叛军。

[冯述评]吴王之初发也，其大将田禄伯曰："兵屯聚而西，无他奇道，难以立功。臣愿得五万人，别循江、淮而上，收淮南、长沙，入武关，与大王会，此亦一奇也。"[边批：魏延子午谷之计①相似。]吴太子谏曰："王以反为名，若借人兵，亦且反王。"[边批：何不谏他勿反。]于是吴王不许。少将桓将军说王曰："吴多步兵，利险；汉多车骑，利平地。愿大王所过城不下，直去，疾西据洛阳武库，食敖仓②粟，阻山河之险，以令诸侯，虽无人关，天下固已定矣！大王徐行，留下城邑，汉军车骑至，驰入梁、楚之郊，事败矣！"吴老将皆言："此少年摧锋③可耳，安知大虑！"吴王于是亦不许。假令二计得行，亚夫未遽得志也。

亚夫之功，涉与吴王分半，而后世第功④亚夫，竟无理田、桓二将军之言者，悲夫！〇李牧、周亚夫，皆不万全不战者，故一战而功成。赵括⑤以轻战而败，夫差以累战而败。君知不可战而不禁之，子玉⑥之败是也；将知不可战而迫使之，杨无敌⑦之败是也。

【注释】

①魏延子午谷之计：见本书第88～89页描述。

②敖仓：秦代所建大粮仓名，在河南荥阳敖山上。

③摧锋：挫败敌军的锐气，指冲锋陷阵。

④第功：评定功劳等次。

⑤赵括：赵奢之子。自小学兵法，只务空谈，实际不会指挥作战。公元前260年，赵孝成王中秦反间计，用他代廉颇为将，在长平与秦兵交战，被秦将白起包围，历时四十余日，后亲率锐卒突围，兵败，为秦军射死。

⑥子玉：芈姓，成氏，名得臣，字子玉，春秋时期楚国令尹。公元前632年，楚伐宋，晋救宋，他请求和晋交战，结果大败于城濮，惧被治罪，自杀。

⑦杨无敌：杨业，北宋名将，因屡立战功，所向克捷，国人号为"无敌"。雍熙三年（986年），为监军王侁所逼，在陈家谷口力战殉国。

【译文】

[**冯梦龙述评**] 吴王刚刚发兵的时候，他的大将田禄伯曾对他说："将军队集结在一起向西进发，而没有其他道路出奇兵，这样难以立功。臣愿借兵五万，另外沿着长江、淮河而上，收取淮南、长沙，进入武关，和大王会合，这也是一种出奇兵的方式。"[边批：这与魏延子午谷之计相似。] 吴王太子却谏言："大王您此次起兵便背负着反叛的罪名，如果把兵马借给别人，别人也会反叛您的。"[边批：为什么不谏言他不要造反呢？] 于是吴王没有答应田禄伯的请求。少将桓将军也曾劝说吴王："吴军多步兵，在险恶地形作战更有利；汉军多车兵、骑兵，在平地作战更有利。希望大王不要攻占沿路经过的城池，直接急速向西占据洛阳的军械库，这样吴军就可以吃敖仓的粮，并凭借山河天险阻断兵马，号令诸侯，虽然还没有入关，但已经可以掌控天下了！大王您如果慢慢行军，攻打沿路城邑，到时汉军的车兵和骑兵一到，驶入梁、楚的郊野，那您的大事就要失败了！"但吴国的老将们都说："这样的少年将军冲锋陷阵还行，哪里知晓军情大事呢！"于是吴王也没有采纳他的建议。如果这两条计策被施行了，那么周亚夫恐怕也不会这样顺利地取得成功。

周亚夫之所以能够成功，赵涉和吴王各占一半功劳。而后世只推崇周亚夫的功绩，却没有人理会田、桓两位将军的谏言，多可悲啊！李牧和周亚夫都是没有万全把握便不出战的将领，因此才能打一次仗就获得成功。赵括因为轻敌急战而兵败，夫差因为长期征战而兵败。君王明知不可以作战却不制止将帅作战，这是楚国令尹子玉兵败的原因；将帅明知道不可以作战却还是强迫军队出战，这是杨业兵败的原因。

唐太宗：
等待的智慧

唐兵围洛阳，夏主窦建德①悉众来援。诸将请避其锋，郭孝恪②曰："世充③穷蹙，垂将面缚。建德远来助之，此天意欲两亡之也！宜据武牢④之险以据之，伺间而动，破之必矣！"记室⑤薛收曰："世充府库充实，所将皆江淮精锐，但乏粮食，故为我持。建德自将远来，亦当挫其精锐。[边批：亦是朱序破苻秦之策。]若纵之至此，两寇合从，转河北之粟，以馈洛阳，则战争方始，混一无期。今宜分兵守洛阳，深沟高垒，勿与战。大王亲帅骁锐，先据成皋，以逸待劳，决可克也！建德既破，世充自下，不过二旬，两主就缚矣！"世民从之。由是夏主迫于武牢，不得行。

[冯述评]是时，凌敬言于建德曰："大王宜悉兵济河，攻取怀州、河阳，使重将守之。遂建旗鼓，逾太行，入上党，徇汾晋，趣薄津，蹈无人之境，拓地收兵，则关中震惧，而郑围自解

矣。"妻曹氏亦曰："祭酒之言是也。"夫此特孙子旧策，妇人犹知之，而建德不能用，以至败死，何哉？

【注释】

①夏主窦建德：隋末割据群雄之一。世代务农，曾任里长，少年任侠。后率部起事，投奔高鸡泊义军领袖高士达。士达死，继为领袖，称将军，拥众十余万。大业十三年（617年）称长乐王，次年称夏王，建都乐寿，改元五凤，国号夏。唐高祖武德三年（620年），李世民讨王世充，次年建德驰援世充，为李世民所败，被杀于长安。

②郭孝恪：唐朝初年名将。隋末率乡曲附李密，归唐拜宋州刺史，并从太宗征讨窦建德、王世充。后又历任贝、赵等四州刺史，均有治绩。贞观十六年（642年）为安西都护。后伐破焉者。不久，卒于攻讨龟兹的战事中。

③世充：王世充，隋末群雄之一。祖籍西域，性多诡诈，尤好兵法。炀帝初，为江都郡丞，颇得帝信任。帝幸江都官，世充阿谀承旨，雕饰池台以媚帝。又屡镇压民众起事，迁江都通守。及炀帝被杀，充拥立越王杨侗于东都。与李密战，破之。次年废杨侗自立，建国号曰郑，年号开明。后为秦王李世民所败，降唐，至长安为仇人独孤修德所杀。

④武牢：虎牢关简称。唐人为避讳唐高祖之祖李虎，改"虎"为"武"。

⑤记室：官名。亲王府属官，又称记室参军，掌书写笺奏。

【译文】

唐朝大军包围了洛阳，夏主窦建德发兵前来救援。将领们都请求先避开窦军的锋芒，只有郭孝恪说："王世充处境已经非常艰难了，就要被迫投降。窦建德远路前来援助他，这是天意要灭亡他们两人啊！我们应该占据武牢关的天险来抵御他们，伺机而动，必定能够打败他们！"记室薛收也说："王世充府库充实，率领的士兵都是江淮的精锐，但缺少粮食，因此才被我军压制。窦建德从远道而来，我们也应该先挫败他的精锐之师。［边批：这也是朱序助东晋打败苻秦的策略。］如果放纵他们到达此地，两股势力联合，再调河北的粮食来供给洛阳，那么距离战争的结束便遥遥无期了。现在我们应该分出一部分军队在洛阳坚守，修筑深沟高墙，不要和敌军作战。大王您再亲自率领骁勇的精锐之兵，先占据成皋，再以逸待劳，那么绝对可以打败他们！窦建德被攻破了，那么自然也能顺利地战胜王世充，二十天之内，两贼便都束手就擒了！"李世民听从了他的建议。于是窦建德被困在武牢关，无法前行。

［**冯梦龙述评**］当时，凌敬曾劝说窦建德："大王您应该带着全部兵力过河，攻取怀州、河阳，再派大将驻守。您则竖起战旗，鸣击战鼓，翻越太行山，进入上党，经由汾、晋，进逼薄津，如入无人之境，一路上开拓领地，收取兵马，到时关中都对您的到来感到震惊惧怕，洛阳之围自然不战而解。"窦建德的妻子曹氏也说："祭酒（凌敬官名）的话非常有道理。"凌敬的策略是孙膑围魏救赵的旧计，这一点连妇人都能知晓，窦建德却不能采纳，以致兵败身死，这能怪谁呢？

谍告："夏主伺唐牧马于河北，将袭武牢。"世民乃北济河，南临广武而还，故留马千余匹，牧于河渚以疑之。建德果悉众出牛口，置阵亘二十里，鼓行而进。诸将皆惧。世民升高望之，谓诸将曰："贼起山东，未尝见大敌，今度险而嚣，是无纪律；逼城而阵，有轻我心。我按兵不出，彼勇气自衰，阵久卒饥，势将自退，追而击之，无不克矣！"建德列阵，自辰至午，士卒饥倦，皆坐列，又争饮水。世民命宇文士及将三百骑，经建德阵西，驰而南上。建德阵动。世民曰："可击矣！"帅轻骑先进，大军继之，直薄其阵。方战，世民又率史大奈等卷旆而入^①，出于阵后，张唐旗帜。夏兵见之，惊溃。

【注释】

①卷旆（pèi）而入：卷起战旗冲入敌阵，可以分散敌军注意力。

【译文】

有间谍报告："窦建德趁唐军在黄河以北牧马的时候，将要偷袭武牢关。"于是李世民由北渡河，到南面的广武侦察军情后，返回武牢关，却故意留下了一千多匹马，在河边放牧，来扰乱敌军视听。窦建德果然率全部兵力由牛口出兵，士兵列阵绵延二十多里，击鼓行进。唐军将领都不禁心生畏惧。李世民登高观望，对诸将说："贼兵从山东起兵，从没有遇到过强敌，现在我观他们的军队，兵行险地，士兵喧哗，这都是缺少纪律的表现；逼近城池列阵，是对我们抱有轻视之心。我军按兵不出，敌军的勇气自然会衰竭，列阵时间长了，士兵就会感到饥饿，这样他们的气势就会减退，到时我们再追击他们，就可以攻无不克！"窦建德列阵，从辰时列到了午时，士兵又饿又累，都挨着坐了下来，又争着要喝水。李世民命令宇文士及率三百骑兵，经由窦建德军阵西边，策马南行。窦建德的军阵为之惊动。李世民说："可以攻击了！"于是亲自率轻骑先行，大军紧随其后，直冲敌阵。双方交战之际，李世民又率领史大奈等将卷着战旗冲入敌阵，等来到敌军阵后的时候，再张开唐军的旗帜。夏军看到后，都惊恐地溃散而逃。

　　秦王世民至高墌。薛仁杲①使宗罗睺②将兵拒之。世民坚壁不出，诸将请战，世民曰："我军新败③，士气沮丧。贼恃胜而骄，有轻我心，宜闭垒以待之。彼骄我奋，可一战而克也！"乃令军中曰："敢言战者，斩！"相持六十余日，仁杲粮尽，所部多降。世民乃命梁寔营于浅水原以诱之。罗睺大喜，尽锐攻之。数日，世民度其已疲，谓诸将曰："可以战矣！"使庞玉阵于原南，罗睺并兵击之，玉几不能支。世民乃引大军自原北出其不意，自帅骁骑陷阵。罗睺军溃。世民帅骑追之。窦轨④叩马⑤苦谏，世民曰："破竹之势，不可失也！"遂进围之。仁杲将士多叛，计穷出降，得其精兵万人。诸将皆贺，因问曰："大王一战而胜，遽舍步兵，又无攻具，直造城下，众皆以为不可，而卒取之，何也？"

　　世民曰："罗睺所将，皆陇外骁将悍卒，吾特出其不意破之，斩获不多。若缓之，则皆入城，仁杲抚而用之，未易克也。急之则散归陇外，折墌虚弱，仁杲破胆，不暇为谋，此吾所以克也。"众皆悦服。

【注释】

　　①薛仁杲（gǎo）：隋末陇西割据军阀，西秦霸王薛举之子。勇武善骑射，号万人敌，凶残好杀。薛举称帝后，册立为太子。举死即位，诸将猜惧，不得人心。

②宗罗睺：隋末唐初薛氏政权将领，兵败后与薛仁杲一同被押送长安斩首。

③我军新败：武德元年（618年）六月，唐军屯兵高墌，适逢李世民病，薛仁杲之父薛举数挑战，唐军皆坚守不出。后唐军行军长史刘文静及殷开山观兵于高墌，恃众不设备，举掩兵其后，遂大败，死者十六。

④窦轨：唐朝大臣。隋炀帝大业中为资阳郡东曹掾，去官归。李渊起兵后，聚众千余迎渊于长春宫，讨王世充有功。贞观时召授右卫大将军，出为洛州都督，有威信。卒官。

⑤叩马：勒住马。

【译文】

秦王李世民率军来到高墌。薛仁杲派宗罗睺领兵抵御。李世民坚守不出，将领们都请求出战，李世民说："我军刚刚兵败，士气沮丧。贼兵恃胜而骄，有轻敌之心，正应该坚守不出等待时机。敌军骄傲而我军奋进，就可以一战打败他们！"于是他在军中下令："敢提出战的，斩首！"两军相持了六十多天，薛仁杲的军粮耗尽，他的手下也多率部来降。于是李世民命令梁寔在浅水原扎营，以引诱敌军。罗睺非常欣喜，派所有的精锐士兵前去进攻。几天后，李世民估计敌军已经非常疲惫了，这才对将领们说："可以作战了！"他派庞玉在浅水原以南列阵。罗睺合兵对其发起攻击，庞玉几乎要抵挡不住。李世民便率领大军从浅水原以北出其不意地进攻，亲自率领骁勇骑兵冲锋陷阵。罗睺的军队溃败。李世民率领骑兵前去追杀。窦轨拉住李世民的马缰绳苦谏，李世民说："眼下正是破竹之势，机不可失！"于是进兵包围敌军。薛仁杲的将领和士兵多半都叛逃了，他无计可施，只能出城投降，于是李世民获得了他的万余精兵。将领们纷纷对李世民道贺，有人趁机问："大王您一战而胜，既不用步兵，又没有攻城器械，轻骑直逼城下，众人都认为这不可能获胜，但您最后却夺取了城池，这是为什么呢？"

李世民说："罗睺率领的都是陇外将士，这些人骁勇凶悍，我先前出其不意地攻击他们，斩获的士兵并不多。如果放慢进攻速度，那么这些人都会入城，到时薛仁杲对他们加以安抚重用，就不容易攻克了。如果我们急攻，他们就会逃散回陇外，这样高墌的势力就会发生分裂，薛仁杲被吓破了胆，就会无暇去思考对策，这就是我获胜的原因。"众人都心悦诚服。

李靖：
缓与急，存乎一心，形势一变，策略全变

萧铣①据江陵。诏李靖同河间王孝恭②安辑，阅兵夔州③。时秋潦④，涛濑涨恶，铣以靖未能下，不设备。诸将亦请江平乃进，靖曰："兵事以速为神。今士始集，铣不及知，若乘水傅垒，是震雷不及塞耳，仓卒召兵，无以御我，此必擒也。"孝恭从之，帅战舰二千余艘东下，拔其荆门、宜都二镇，进至夷陵。萧铣之罢兵营农⑤也，才留宿卫数千人，闻唐兵至，大惧。仓卒征兵，皆在江岭之外，道途阻远，不能遽集，乃悉见兵出拒战。孝恭将击之，李靖止之曰："彼救败之师，策非素立，势不能久，不若且驻南岸，缓之一日，彼必分其兵，或留拒我，或归自守。兵分势弱，我乘其懈而击之，蔑⑥不胜矣。今若急之，彼则

并力死战，楚兵剽锐，未易当也！"孝恭不从，留靖守营，自帅锐师出战。果败走，趣南岸。铣众委舟，收掠军资，人皆负重。靖见其众乱，纵兵奋击，大破之。乘胜直抵江陵，入其外郭，大获舟舰。李靖使孝恭尽散之江中。诸将皆曰："破敌所获，当借其用，奈何弃以资敌？"靖曰："萧铣之地，南出岭表⑦，东距洞庭。吾悬军深入，若攻城未拔，援兵四集，吾表里受敌，进退不获，虽有舟楫，将安用之？今弃舟舰，使塞江而下，援兵见之，必谓江陵已破，未敢轻进，往来窥伺，动淹旬月，吾取之必矣！"铣援兵见舟舰，果疑不进。

【注释】

①萧铣：梁宗室。隋末任罗川令。大业十三年（617年），岳州校尉董景珍等聚众反隋，他被推为主，以复梁室号召，五日内得数万人，乃自称梁王，年号凤鸣。次年称帝，迁都江陵。割据长江中游一带，兵至四十万。后兵败降唐，被杀于长安。

②河间王孝恭：唐宗室。高祖从父兄子，以功封河间郡王，迁礼部尚书。

③夔州：旧府名，唐武德二年（619年）改信州为夔州，故址在今重庆奉节县。

④秋潦：秋季因久雨而形成的大水。

⑤罢兵营农：萧铣性褊狭，多猜忌。诸将恃功恣横，好专诛杀，铣患之，乃宣言罢兵营农，实欲夺诸将之权。

⑥蔑：无，没有。

⑦岭表：唐时指今中国广东、广西、海南及越南北部地区。

【译文】

萧铣占据江陵，唐高祖诏令李靖和河间王李孝恭在夔州点数士兵车马装备后，前去平定萧铣。时逢秋季多雨，江水高涨，萧铣认为李靖无法顺江而下，便没有防备。将领们也向李靖请求等江面平静了再进发，李靖说："兵贵神速。现在我们才刚刚集结士兵，萧铣还来不及得知，如果我们能趁江水大涨直击敌军城寨，这就好比迅雷来时来不及掩住耳朵，到时他再仓促召集军队，也抵御不了我们了，便必然会为我们所擒。"李孝恭听从了李靖的策略，率领两千多艘战舰东下，果然攻占了荆门和宜都两镇，进兵夷陵。萧铣当时正在推行罢兵营农，只留了几千人值宿守卫，听说唐兵来了，他十分恐惧，仓促召集士兵，可士兵都在江岭之外，路途艰险遥远，不能马上聚集过来，他只好派出现有的所有兵力出战拒敌。李孝恭正要出兵迎击，李靖阻止他说："对方是为了挽救败局才派兵出战，并没有预先制定好战策，因此势必不能久战，我们不如暂且在南岸驻扎，缓他一天，敌军必然会分兵，有的留下来对抗我们，有的回去防守。兵力一分散，势力就会减弱，到时候我们再趁其懈怠的时候前去攻击，便没有不胜之理。现在如果急攻，对方必定合力死战，楚地的士兵剽悍精锐，不是那么容易抵挡的！"李孝恭不听，留下李靖守营，自己率领精锐之师出战。果然被打得大败而逃，撤回了南岸。萧铣的士兵纷纷舍弃战船，掠夺军需物资，每个人都背了很沉重的东西。李靖见敌军如此混乱，便派兵奋力攻打他们，大破敌军。唐军乘胜直达江陵，进入外城，获得了许多舟舰。李靖让李孝恭将这些军舰都散入江中。将领们都说："这是大败敌人获得的，应该拿来好好利用，为什么要将它们弃入江中，资助敌人呢？"李靖说："萧铣的领地南达岭外，东到洞庭湖。我们孤军深入，如果攻城没有成功，等到敌军的援兵从四面会集而来，我军内外受敌，进退两难，即便有舟楫，又有什么用呢？现在我们舍弃舟舰，让它们满江地顺流而下，援兵见了，必然会以为江陵已经被攻破，便不敢再轻易进军，只会派人来回窥探军情，动辄需要花费一月，在这期间我们必然能够攻下江陵城！"萧铣的援兵看见江上漂来的舟舰，果然心生疑虑，不敢进兵了。

孙膑　虞诩：
根据敌方的情况制定我方的策略

魏庞涓攻韩①。齐田忌救韩，直走大梁。涓闻之，去韩而归，齐军已过而西矣。孙子谓田忌曰："彼三晋之兵，素悍勇而轻齐。齐号为怯。善战者，因其势而利导之。兵法：'百里而趣利者，蹶上将；五十里而趣利者，军半至。'"使齐军入魏地，为十万灶。明日为五万灶。又明日为三万灶。涓行三日，大喜曰："吾固知齐军怯。入吾地三日，士卒亡者过半矣！"乃弃其步军，与其轻锐兼程逐之。孙子度其行，暮当至马陵。马陵道狭，而旁多阻隘，可伏兵。乃斫大树，白而书之，曰："庞涓死此树下。"［边批：奇计独造。］于是令齐军善射者万弩夹道而伏，期曰："暮见火举而俱发！"涓果夜至斫木下，见白书，乃钻火烛之。读未毕，齐军万弩俱发。魏军乱，大败，庞涓自刭。

［冯述评］李温陵②曰："世岂有十万之师，三日之内减至三万，而犹不知其计者乎？"

①魏庞涓攻韩：公元前342年，魏攻韩，韩氏请救于齐。次年，齐威王起兵，派田忌、田婴为将，孙膑为军师，救韩。

②李温陵：李贽，别号温陵居士。

【译文】

战国时期，魏国派大将庞涓攻打韩国。齐国派田忌前去援救韩国，直接前往魏国都城大梁。庞涓听说后，赶忙从韩国撤军返回魏国，这时齐军已经进入魏境向西进发。孙膑对田忌说："庞涓率领的三晋士兵向来强悍勇猛，且轻视齐军。齐军也以胆怯闻名。有人之所以善于作战，就在于能够顺着事情发展的形势，将事态向着有利于自己的方向引导。兵法上说：'奔袭百里去与敌人争利，会损失上将；奔袭五十里去与敌人争利，那么到头来只有一半的士兵能赶到。'"齐军进入魏国国境后，孙膑便让他们建起了十万个炉灶。第二天只让他们建起了五万个炉灶。到第三天时，只让他们建起三万个炉灶。庞涓跟随齐军行军三日后，十分高兴地说："我就知道齐军胆怯。进入我国国境三天，折损的士卒就已经过半了！"于是抛下步兵，带领魏军的轻骑精锐昼夜兼程追赶齐军。孙膑推测按照魏军的行军速度，天黑时分会到达马陵。马陵的道路狭窄，旁边又都是险要的山隘，可以埋下伏兵。孙膑便削下一棵大树的树皮，直到露出白底，并在上面写上几个大字："庞涓死此树下。"［边批：孙膑独创的妙计。］随后他便命令万名擅长射箭的齐军士兵埋伏在道路两侧，约定："天黑之后看见火光就一齐射箭！"果然庞涓在夜里来到了那棵被砍削的树下，见白底上有字，便点燃火烛前去照亮查看。还没有读完，齐军便万箭齐发。魏军阵脚大乱，溃败，庞涓自刎而死。

[冯梦龙述评] 李温陵说："这世上哪里看到有军队三天之内就从十万人减少到三万人，还不知道是圈套的人呢？"

羌寇武都①，迁虞诩②为武都太守。羌乃率众数千，遮诩于陈仓崤谷。诩军停车不进，而宣言"上书请兵，须到乃发"。羌闻之，乃分钞③旁县。诩因其兵散，日夜进道，兼行百余里，令军士各作两灶。日增倍之，羌不敢逼。或问曰："孙膑减灶，而君增之；兵法曰'行不过三十里'，而今且二百里，何也？"诩曰："虏众我寡，徐行则易为所及，速进则彼所不测。虏见吾灶日增，必谓郡兵来迎。众多行速，必惮追我。孙膑见弱，吾今示强，势不同也。"既到郡，兵不满三千，而羌众万余，攻围赤亭数十日。诩乃令军中使强弩勿发，而潜发小弩。羌以为矢力弱不能至，并兵急攻。诩于是使二十强弩共射一人，发无不中。羌大震退。诩因出城奋击，多所杀伤。明日悉阵其众，令从东郭门④出，北郭门入，贸易衣服，回转数周。羌不知其数，更相恐动。诩计贼当退，乃潜遣五百余人，浅水设伏，候其走路。虏果大奔，因掩击，大破之。

【注释】

①武都：武都郡，郡治在今甘肃成县西。

②虞诩：东汉时期名臣。羌人起兵，邓骘欲弃凉州，诩驳之，遂为骘所恶。出为朝歌长，有治绩。迁武都太守，以少胜多，大破羌人，招还流亡，赈济贫民，政绩斐然，累迁尚书令。好刺举，数忤权戚，屡遭刑罚，性终不屈。

③钞：掠取，抢掠。

④郭门：外城的门。

【译文】

　　东汉时，羌人进攻武都郡，朝廷任命虞诩为武都太守。于是羌人率领数千士兵，在陈仓的崤谷拦截虞诩。虞诩的军队停车不再前行，并宣称"已经上书请兵，需要等援兵到了再出发"。羌人听说后，便分兵去掠夺邻县。虞诩再趁他们兵力分散时，日夜兼程，前行了一百多里，并命令军士每个人都建起两个炉灶。之后每天将炉灶的数量增加一倍，羌人见状便不敢逼近。有人问虞诩："过去孙膑曾经靠减少炉灶数量的方式引诱庞涓，而您却增加炉灶的数量；兵法上说'行军不要超过三十里'，可现在我们行军已接近二百里，这是为什么？"虞诩回答："敌众我寡，如果慢慢行军则容易被他们追上，快速行军的话，他们就不能探知我军的实际情况。敌人看见我们的炉灶每天都在增多，必然会以为是郡内的军队出来接应我们了。在他们看来，我们的士兵数量多，行军速度又快，必然不敢来追。孙膑故意表现出兵弱的样子，现在我就故意表现出兵力强大的样子，这是因为形势的不同。"到达武都郡后，官军的数量依然不到三千，而羌人有一万多人，围攻赤亭数十日。虞诩命令军中不要使用强弩，而是暗中使用小射弩。羌人以为汉军的弓箭力量太弱，不能射到自己，便合兵发起猛烈攻击。虞诩这时再命令士兵每二十把强弩只射向一个敌人，射无不中。羌人十分震惊，仓促撤退。虞诩趁机出城奋战，杀敌众多。第二天虞诩又召集全部士兵，排兵布阵，让他们从东门出击，再从北门进入，其间更换衣服，在城内外往返数圈。羌人不知道官军的数量，更加惊恐。虞诩推测贼人就要撤退了，便暗中派遣五百多人，在浅水边设下埋伏，守在敌军逃跑的必经之路上。羌人果然大举奔逃，虞诩趁机发起突袭，最终大破羌军。

越勾践 柴绍：
故意创造破绽，然后攻其不备

吴阖闾伐越。越子勾践御之，陈于槜李①。勾践患吴之整也，使死士再禽②焉，不动。使罪人三行，属剑于颈，而辞曰："二君有治③。臣奸④旗鼓，不敏于君之行前，不敢逃刑，敢归死！"遂自刭也。吴师属目，越子因而伐之，大败之。

吐谷浑⑤寇洮、岷二州。遣柴绍⑥救之，为其所围。虏乘高射之，矢下如雨。绍遣人弹胡琵琶，二女子对舞。虏怪之，相与聚观。绍察其无备，潜遣精骑，出虏阵后，击之，虏众大溃。

[冯述评] 罪人胜如死士，女子胜如劲卒。是皆创奇设诱，得未曾有。

【注释】

①槜（zuì）李：古地名，在今浙江嘉兴市西南，以产槜李而得名。

②禽：冲阵。

③二君有治：两位国君统领大军前来会战。

④奸：干犯。

⑤吐谷浑：古鲜卑族的一支。本居辽东，西晋时在首领吐谷浑的率领下西徙至甘肃、青海间，至其孙叶延时，始号其国曰吐谷浑。唐时泛指骚扰边境的敌军酋领。

⑥柴绍：唐朝名将，凌烟阁二十四功臣之一，高祖平阳公主夫。累战有功，封霍国公。参与定襄会战，从灭东突厥，徙谯国公，卒谥襄。

【译文】

春秋时，吴王阖闾攻打越国。越王勾践率军抵御，两国在樵李陈兵对阵。勾践见吴军整肃，十分担忧，派死士多次冲锋，也撼动不了吴军。勾践便找来一些死囚，让他们排成三行，把剑横在脖子上，口中说着遗言："两国国君率军在此作战。我们违反了军令，在国君的仪仗前犯下了过错，不敢逃避刑罚，但敢于请死！"说着都挥剑自刎了。吴军都忍不住盯着看，越王便趁机发动攻击，大败吴军。

吐谷浑进攻洮、岷二州。唐高祖派遣柴绍前去救援，却被贼军包围。贼军借助较高的地势向唐军射箭，箭如雨下。柴绍便派人弹奏胡琵琶，让两名女子相对跳舞。贼军觉得很奇怪，都聚在一起观看。柴绍观察到他们没有防备，便趁机派精锐骑兵偷偷绕到贼军阵后发起攻击，贼军顿时大败。

[冯梦龙述评] 罪人在阵前自刎，达到的效果超过了冲锋的死士；女子在阵前对舞，达到的效果超过了强劲的士兵。这都是通过创设新奇的场面来引诱敌军，再趁其不备取胜，这样的方式都是前所未有的。

范雎策秦：
先消除身边的对手和隐患

范雎说秦王①曰："以秦国之大，士卒之勇，以治诸侯，譬走韩卢②而搏蹇兔也。而闭关十五年，不敢窥兵于山东者，是穰侯为秦不忠，而大王之计亦有所失也。"王跽^③曰："愿闻失计！"雎曰："夫穰侯越韩、魏而攻齐，非计也。今王不如远交而近攻^④，得寸则王之寸也，得尺则王之尺也。今夫韩、魏，中国^⑤之处，而天下之枢也。王必亲中国以为天下枢^⑥，以威楚、赵，楚、赵必皆附。楚、赵附，齐必惧矣。如是韩、魏因可虏也。"王曰："善！"

【注释】

①秦王：指秦昭襄王。

②韩卢：战国时韩国良犬，色墨。

③跽（jì）：双膝着地，上身挺直。

④远交而近攻：结交离得远的国家，而进攻邻近的国家。

⑤中国：指中原地区。

⑥亲中国以为天下枢：《史记·范雎蔡泽列传》记载，在范雎提出此策后，秦昭王曰："吾欲亲魏久矣，而魏多变之国也，寡人不能亲。请问亲魏奈何？"对曰："王卑词重币以事之；不可，则割地而赂之；不可，因举兵而伐之。"秦昭王遂派兵伐魏。

【译文】

范雎曾对秦昭襄王说："凭借秦国这样广大的国土，这样勇猛的士兵，想要统治各诸侯国，就像放良犬去捕猎跛脚的兔子一样容易。而秦国之所以紧闭函谷关十五年，都不敢派兵前去攻打山东诸国，都是因为穰侯对秦国不忠，而大王您的对外策略也有所偏失。"秦昭襄王挺直上身，跪坐着说："寡人愿意听听自己的策略错在哪里！"范雎说："穰侯越过韩国和魏国去攻打齐国，不是好办法。现在大王您不如采取远交近攻的策略，这样得到一寸土地，大王您就多了一寸土地；得到一尺土地，大王您就多了一尺土地。目前韩国和魏国都地处中原，是天下的中枢。大王您如果想称霸，就必须尽可能地接近中原国家，才能让自己掌控天下的中枢，以此来威服楚国和赵国，这样楚国和赵国必然会来亲附秦国，齐国也必定会感到畏惧。到时韩国和魏国也就可以顺势攻下来了！"秦昭襄王说："好！"

职场的说话艺术篇

工作中随时需要与人沟通，而且是和不同身份、不同职能的人沟通。这种时候万一说错话，合作可能达不成，领导可能不高兴，同事可能摆脸色。会沟通的人其实并不是都出口成章，而是用逻辑结构服务于沟通目标。一句好话在不合适的场合说也许就会坏事儿，一句不好听的话在合适的场合说也许就能入耳。本篇告诉你，只有掌握好说话的技巧、时机和场合，才能在沟通中充分展现个人魅力，快速达成目标。

姚崇①：
面对告状同事，用好话反击

魏知古②起诸吏，为姚崇所引用，及同升也，崇颇轻之。无何，知古拜吏部尚书，知东道选事。崇二子并分曹洛邑，会知古至，恃其蒙恩，颇顾请托。知古归，悉以闻。上召崇，从容谓曰："卿子才乎？皆何官也？又安在？"崇揣知上意，因奏曰："臣有三子，两人分司东都矣。其为人多欲而寡交，以是必干知古，然臣未及闻之耳。"上始以丞相子重言之，欲微动崇意，若崇私其子，或为之隐；及闻所奏，大喜，且曰："卿安从知之？"崇曰："知古微时，是臣荐以至荣达。臣子愚，谓知古见德，必容其非，故必干之。"上于是明崇不私其子之过，而薄知古之负崇也，欲斥之。崇为之请曰："臣有子无状，挠陛下法，陛下欲特原之，臣为幸大矣。而由臣逐知古，海内臣庶，必以陛下为私子臣矣，非所以裨玄化也。"上久之乃许。翌日，以知古为工部尚书，罢知政事。

【注释】

①姚崇：唐朝名相。武周时，累擢凤阁侍郎，知政事。张柬之等谋诛张易之，崇参计议。睿宗立，进中书令，因奏请太平公主出居东都而被贬为申州刺史。玄宗即位，拜兵部尚书、同中书门下三

品。为相不久，即引宋璟自代，二人并称"姚宋"。

②魏知古：唐朝宰相。性情直爽，早有才名，弱冠举进士，曾为相王府属官。唐睿宗时，魏知古极力劝谏，反对修建道观，迁户部尚书、同平章事。唐玄宗即位后，又擢拜为侍中，封梁国公，参知政事。

【译文】

魏知古为官是从小吏开始做起的，受到姚崇推荐任用后才得以升官，后来二人并列相位，姚崇对他颇为轻视。不久，魏知古摄任吏部尚书，前往东都洛阳负责铨选官员之事。姚崇的两个儿子都在洛阳做官，恰逢魏知古到来，便倚仗着他受过自己父亲的提拔之恩，多次想通过走后门儿的方式升官。魏知古回到长安后，将这些事全部告诉了唐玄宗。玄宗召见了姚崇，不慌不忙地问道："你的儿子们有才能吗？都在担任什么官职呢？现在又在哪里呢？"姚崇揣度出了玄宗的意思，于是奏报道："臣有三个儿子，两个儿子在东都洛阳任职。他们为人都很贪心却不擅交际，因此必定会向魏知古求取官职，但臣还没来得及听人说起此事。"玄宗一开始多次强调他们是宰相的儿子，想要稍微试探姚崇的心思，如果姚崇对自己的儿子们偏心维护，或许会替他们遮掩；等到听了他的如实奏禀，玄宗非常高兴，并问姚崇："你怎么知道这件事？"姚崇说："魏知古未显达的时候，是臣举荐他，他才有了今日的荣耀显达。臣的儿子们愚钝，以为魏知古感念臣的恩情，一定会纵容他们的错处，因此必会向他求取官职。"玄宗非常赞赏姚崇不偏私的行为，而轻视魏知古辜负姚崇恩情的做法，想要罢免魏知古。姚崇为他求情说："是臣的儿子们罪行大到不可言状，扰乱了陛下的用人之法，陛下能破例原谅他们，已经是臣的大幸了。如果因为臣罢免了魏知古，天下的臣民必定会以为陛下偏心臣，这不利于彰显陛下的盛德教化。"玄宗过了许久才答应他。第二天，玄宗将魏知古贬为工部尚书，罢去了他的宰相之职。

向敏中①使吏：
让对方放松警惕，才能说出真话

向敏中在西京②时，有僧暮过村求寄宿，主人不许，于是权寄宿主人外车厢。夜有盗自墙上扶一妇人囊衣而出，僧自念不为主人所纳，今主人家亡其妇人及财，明日必执我。因亡去，误堕眢井③，则妇人已为盗所杀，先在井中矣。明日，主人踪迹得之，执诣县，僧自诬服：诱与俱亡，惧追者，因杀之投井中，暮夜不觉失足，亦坠；赃在井旁，不知何人取去。狱成言府，府皆平允，独敏中以赃不获致疑，乃引僧固问，得其实对。敏中密使吏出访，吏食村店，店妪闻自府中来，问曰："僧之狱何如？"吏绐④之曰："昨已笞死矣。"妪曰："今获贼何如？"曰："已误决此狱，虽获贼亦不问也。"妪曰："言之无伤矣，妇人者，乃村中少年某甲所杀也！"指示其舍。就舍中掩捕获之。案问具服，并得其赃，僧乃得出。

[冯述评] 前代明察之官，其成事往往得吏力，吏出自公举，故多可用之才。今出钱纳吏，以吏为市耳，令访狱，便鬻狱矣；况官之心犹吏也，民安得不冤！

203

【注释】

①向敏中：北宋初年名臣。太宗太平兴国五年（980年）进士，明辨有才略，遇事敏素，曾两度拜相，卒谥文简。

②西京：北宋以河南府（今河南洛阳市）为西京。宋真宗时，向敏中任河南府知府兼西京留守。

③眢（yuān）井：枯井。

④绐（dài）：欺哄。

【译文】

向敏中在西京做官时，有一位僧人傍晚经过一个村庄请求借宿，主人家不答应，僧人便姑且寄宿在主人家的外车厢中。夜里，有一个盗贼翻墙扶着一个妇人出来，手上还拿着包袱，僧人想到自己没有被主人家收留，现在他家的妇人逃走了，还丢失了财物，明天必定会来抓自己。于是他便逃走了，却不小心掉进了一口枯井里，当时那个妇人已经被盗贼杀死，先被扔进井里了。第二天，主人家循着踪迹找到这里，将僧人抓起来到县衙去告官，僧人被诬陷只好认罪：自己引诱妇人一起逃走，害怕这家人追上来，就把妇人杀死投入井中，夜晚天黑不小心失足，也掉了进去；赃物放在了井旁边，不知道被什么人拿走了。判决书写好后被送到了河南府衙，府官都认为此案处理得当，没有什么问题，只有向敏中因为赃物还没有找到而产生了疑惑，便派人将僧人带来反复审问，僧人这才说出实情。于是向敏中秘密地派差役前去查访，差役在村中客店吃饭的时候，店里的老妇听说他是从官府来的，便问他："僧人的案子处理得怎么样了？"差役欺哄她说："昨天已经打死了！"老妇又问："如果现在抓到了那晚的盗贼会怎么处理？"差役说："已经定案了，即使抓到盗贼也不会再追究了。"老妇说："既然这样，那我告诉你也没什么了，那个妇人是被村子里的少年某甲杀死的！"说完便为差役指出那个某甲的家。于是差役前往某甲家中，趁其不备，将他抓获。审问过程中某甲招认了全部罪行，赃物也找回来了，于是僧人被无罪释放。

[冯梦龙述评] 以前朝代那些明察的官员，他们能够成功办案时常是因为得到了差役的帮助，当时的差役都是公众推举出来的，因此大部分都是可用之才。现在花钱就可以当上差役，将任用差役一事当成交易，让这些人查访案情，他们便也将案件当作买卖来做；何况官员的想法也和差役一样，百姓怎能不蒙冤！

周瑜①等：
从领导的利益出发，就能说服他

曹操既得荆州，顺流东下，遗孙权书，言"治水军八十万众，与将军会猎②于吴"。张昭③等曰："长江之险，已与敌共，且众寡不敌，不如迎之。"鲁肃独不然，劝权召周瑜于鄱阳。瑜至，谓权曰："操托名汉相，实汉贼也。将军割据江东，兵精粮足，当为汉家除残去秽，况操自送死而可迎之耶？请为将军筹之：今北土未平，马超、韩遂尚在关西，为操后患；而操舍鞍马，仗舟楫，与吴越争衡；又今盛寒，马无藁草；中国士众，远涉江湖之险，不习水土，必生疾病。此数者，用兵之患也。瑜请得精兵五万人，保为将军破之！"权曰："孤与老贼誓不两立！"因拔刀砍案曰："诸将敢复言迎操者，与此案同！"竟败操于赤壁。

【注释】

①周瑜：三国时期孙吴名将。字公瑾。少与孙策为友，从策征伐，为建威中郎将，助策在江东建立孙氏政权。策死，与张昭共辅孙权，任前部大都督。汉献帝建安十三年（208年），曹操大军南下，周瑜率军与刘备合力破曹军于赤壁，复乘胜进击曹仁。拜偏将军，领南郡太守。拟取蜀，病卒。

②会猎：本义是会合狩猎，这里指双方进行战争。

③张昭：三国时期孙吴谋士。字子布，少好学，博览群书，知名当地。东汉末避祸江东，孙策任其为长史、抚军中郎将，深受信任。策卒，辅立孙权，协助稳定内部，建立政权。赤壁之战前，因主张投降曹操，为孙权不满，官至辅吴将军。

【译文】

曹操占领荆州后，顺流而下；他给孙权写了一封信，在信中说"我操练了八十万水军，想与你在吴地会战"。张昭等人说："现在敌人已经和我们一样占据着长江天险，况且我们寡不敌众，不如迎曹操入吴并向他投降。"只有鲁肃不这么想，他劝说孙权将周瑜从鄱阳召回。周瑜回来后，对孙权说："曹操虽假借汉相的名义，实际上却是大汉的窃国之贼。将军您在江东割据，军队精壮，粮草充足，正应当为大汉扫除残渣，荡涤污秽，何况曹操自己来送死，怎么可以迎降他呢？我请求为您筹谋作战方略：首先，现在北方地区还没有完全平定，马超和韩遂还在关西地区割据，这是曹操的后患；其次，曹操舍弃陆路而选择水路，来和地处吴越的我们争斗；再次，现在正值严寒天气，战马没有草料；最后，曹军的士兵来自中原地区，虽然人多势众，但是经过长期艰难的水路跋涉，水土不服，必然会生出疫病。这几点，都是用兵的大忌。请您派给我精兵五万人，我保证为您打败曹军！"孙权说："我与曹操老贼誓不两立！"说完便拔刀斩下桌案一角说："诸位将领中如果有再敢提迎降曹操的，下场便如同这张桌案！"最后周瑜果然在赤壁打败了曹操。

契丹寇澶州①，边书告急，一夕五至，中外震骇。寇準不发，饮笑自如。真宗闻之，召準问计，準曰："陛下欲了此，不过五日。［边批：大言。］愿驾幸澶州。"帝难之，欲还内。準请毋还而行，乃召群臣议之。王钦若②，临江人，请幸金陵；陈尧叟③，阆州人，请幸成都。準曰："陛下神武，将臣协和，若大驾亲征，敌当自遁，奈何弃庙社远幸楚、蜀？所在人心崩溃，敌乘势深入，天下可复保耶？"帝乃决策幸澶州。準曰："陛下若入宫，臣不得到，又不得见，则大事去矣！请毋还内。"驾遂发，六军、有司追而及之。临河未渡。是夕内人相泣。上遣人瞷④準，方饮酒鼾睡。明日又有言金陵之谋者，上意动，準固请渡河，议数日不决。準出见高烈武王琼⑤，谓之曰："子为上将，视国危不一言耶？"琼谢之，乃复入，请召问从官，至皆嘿然。上欲南下，準曰："是弃中原也！"又欲断桥因河而守，準曰："是弃河北也！"上摇首曰："儒者不知兵！"準因请召诸将，琼至，曰："蜀远，钦若之议是也。上与后宫御楼船，浮汴而下，数日可至。"众皆以为然，準大惊，色脱。琼又徐进曰："臣言亦死，不言亦死，与其事至而死，不若言而死。今陛下去都城一步，则城中别有主矣。吏卒皆北人，家在都下，将归事其主，谁肯送陛下者？金陵亦不可到也！"準又喜过望，曰："琼知此，何不为上驾？"琼乃大呼"逍遥子⑥"，準掖上以升，遂渡河，幸澶渊之北门。远近望见黄盖⑦，诸军皆踊跃呼万岁，声闻数十里。契丹气夺，来薄城，射杀其帅顺国王挞览⑧。敌惧，遂请和。

[冯述评] 是役，準先奏请：乘契丹兵未逼镇、定⑨，先起定州军马三万南来镇州，又令河东⑩兵出土门路⑪会合，渐至邢、洺，使大名有恃，然后圣驾顺动。又遣将向东旁城塞牵拽，又募强壮入虏界，扰其乡村，俾虏有内顾之忧。又檄令州县坚壁，乡村入保，金币自随，谷不徙者，随在瘗藏。寇至勿战，故虏虽深入而无得。方破德清⑫一城，而得不补失，未战而困。若无许多经略，则渡河真孤注矣。

【注释】

①澶州：宋真宗景德元年（1004年）秋，辽萧太后与辽圣宗以收复瓦桥关为名，亲率大军南下攻宋，主力进至澶州（治所在今河南濮阳市）。

②王钦若：北宋宰相。太宗淳化三年（992年）进士，历知制诰、翰林学士，咸平四年（1001年）为参知政事。景德元年契丹进攻，密请真宗赴金陵，为寇準所阻。大中祥符中，承密旨造天书，争献符瑞，促成泰山封禅。智数过人，奸邪险伪，曾两度为相，与丁谓、林特、陈彭年、刘承规交结，时谓之"五鬼"。

③陈尧叟：北宋官员。端拱二年（989年）状元，授秘书丞，官至枢密使。澶渊之战前后，主张迁都益州，为寇準所斥。

④睨（jiàn）：窥看，偷看。

⑤高烈武王琼：高琼，北宋大将。历御龙直指挥使、保大军

节度使、检校太尉、忠武军节度使，屡立战功，卒谥烈武，后改谥武烈。

⑥逍遥子：逍遥辇，古代帝王坐轿名。

⑦黄盖：指皇帝的车驾。

⑧挞览：又作"萧挞凛"，辽朝名将，魏王萧思温族子，自幼敦厚，有才略，通天文。辽统和十九年（1001年），被调任为南京统军使，统兵攻宋。

⑨镇、定：指镇州和定州，皆在今河北省一带。

⑩河东：指河东路，宋代行政区划，包含今山西长城以南、闻喜县以北及陕西佳县以北之地。

⑪土门路：土门，河北井陉县的古称，为由河东入镇州的必经之路。

⑫德清：指德清军。"军"为宋代军事建制的一种，多设在延边地区，兼领县政，形同州级。五代后晋改顿丘镇为德清军，治所在今河南清丰县西南。

【译文】

契丹进攻澶州，边境发来兵书告急，契丹军在一天之内五次越过边境，宋内外都十分震惊。寇准却神色不变，从容地饮酒谈笑。宋真宗听说这件事后，招来寇准问他有什么退敌的策略。寇准说："陛下想要了结这桩战事，仅仅需要五天的时间。[边批：先把话说大。]希望您的御驾能够亲临澶州。"宋真宗非常为难，想要回宫。寇准请求真宗不要回宫，直接前往澶州，于是真宗召见大臣们商议这件事。临江人王钦若请求宋真宗前往金陵，阆州人陈尧叟请求真宗前往成都。寇准说："陛下您英明神武，加上朝中武将和文臣同心协力，如果您御驾亲征，敌人自然会逃远，又何必要舍弃宗庙社稷远逃到楚地或蜀地呢？如果您真的南逃，那么民心必然会崩溃，敌人再趁势深入，到时再想保住天下，还能做得到吗？"于是宋真宗决定御驾亲征澶州。寇準说："陛下您如果入宫，届时臣得不到您的消息，又见不到您，那么亡国之事就难以挽回了！请您不要回宫。"于是宋真宗的御驾直接出发，禁军和朝廷百官也随后追赶上去。大军来到黄河边，没有渡河。这天夜里，后妃哭成一片。宋真宗派人去窥看寇準，发现寇準刚刚饮过酒正在酣睡。第二天，又有人向真宗提起了前往金陵的事，真宗心动了，寇準则坚持请求真宗和大军渡河，君臣商议了好几天也没有做出决定。寇準出营与高琼见面，对他说："你是上将，看见国家处于危难，却不站出来说一句话吗？"高琼对此表示抱歉，于是又进入营中，请求招来皇帝的亲信官员，问他们的意见，所有人都沉默不语。宋真宗想要南下，寇準说："您这是要放弃中原啊！"真宗又想切断桥梁，让禁军据黄河而守，寇準说："您这是要放弃河北啊！"真宗摇头说："读书人不懂兵法！"于是寇準请求召见众位将领，高琼也来了，说："成都太远，王钦若的提议更好。陛下您和后宫妃嫔坐着战船，顺着汴河南下，几天就能到金陵了。"众人都同意高琼的说法，寇準十分惊讶，神情骤变。高琼又慢慢地继续进言："臣说也是死，不说也是死，与其等事情发生再死，不如说出来再死。现在陛下只要离开都城一步，都城就会立刻易主。官兵都是北方人，家都在都城附近，到时就都将回去侍奉新君，又有谁肯送陛下南去呢？就算是金陵这么近的地方，您也无法到达了！"寇準听后大喜过望，说："您既然明白这个道理，为什么还不为陛下准备御驾？"于是高琼高声大喊"逍遥辇"，寇準挽扶真宗上辇，又让人抬起逍遥辇，于是宋真宗渡过了黄河，驾临澶州治所北门。远远看见皇帝的车驾，守城的官兵都欢欣鼓舞地高呼"万岁"，声音直传到数十里外。契丹军闻此丧失了勇气，想要迫近城池，元帅顺国王挞览又被射杀。敌人十分畏惧，于是向宋朝求和。

[冯梦龙述评] 这场战争开始前，寇准先向宋真宗奏请：乘契丹军队还没有逼近镇州和定州的时候，先将定州的三万兵马调来镇州，再命令河东军从土门路出发，和镇、定大军会合，逐步向邢、洺进发，让大名府有所倚仗，御驾再顺势而动。而后派遣将领在东边的城塞进行牵制，再招募乡兵进入契丹的势力范围内，滋扰他们的乡村，使契丹军产生内部的忧患。最后，传令各州县加固城墙，乡村百姓也做好防护，将钱财随身携带，带不走的粮食就随地掩埋。契丹军攻进来也不要作战，这样契丹军就算深入宋境也什么都得不到。就算攻破了德清军的这一座城池，也得不偿失，还没等继续作战，军队就会疲乏不已。如果没有寇准这么多的策略，那么渡过黄河真就堪称孤注一掷了。

金主亮①南侵，王权②师溃昭关，帝命杨存中就陈康伯③议，欲航海避敌。康伯延之入，解衣置酒。帝闻之，已自宽。明日康伯入奏曰："闻有劝陛下幸海趋闽者，审尔，大事去矣！盍静以待之？"一日，帝忽降手诏曰："如敌未退，散百官。"康伯焚诏而后奏曰："百官散，主势孤矣！"帝意始坚，康伯乃劝帝亲征。

[冯述评] 迟魏之帝者，一周瑜也；保宋之帝者，一寇准也；延宋之帝者，一陈康伯也。

【注释】

①金主亮：指金废帝完颜亮，金太祖孙。皇统九年（1149年），

亮弑熙宗自立。正隆末，大举攻宋，败于采石，兵变被杀。世宗时，降为海陵郡王，谥号炀，后再降为海陵庶人。

②王权：宋朝将领，时任建康都统制。完颜亮渡淮，刘锜欲遣王权措置淮西，权不从，闻金兵至，即弃庐州，退屯昭关，兵皆溃。昭关，在今安徽含山县北。

③陈康伯：宋朝宰相。徽宗宣和三年（1121年）进士，高宗绍兴中，累除参知政事，拜右相，迁左相。金主完颜亮南下，力主抗金，高宗赞其"静重明敏，一语不妄发，真宰相也"。孝宗时二度拜相，封鲁国公。卒谥文恭，后改谥文正。

【译文】

完颜亮南下，都统制王权的军队溃退至昭关，宋高宗命令杨存中到陈康伯处商议对策，想要坐船入海躲避敌军。陈康伯请杨存中进入府内，让他脱下衣服，自己则摆上酒宴款待。高宗听说之后，就安心了一点儿。第二天陈康伯入朝奏事："听说有人劝陛下从海路逃往闽地，果然如此，这样的话亡国就成定局了！何不静观其变？"某天，宋高宗忽然降下亲笔诏书，表示："如果敌军没有被击退，百官就各自逃命去吧。"陈康伯焚烧掉亲笔诏书，而后向高宗上奏："如果百官逃命去了，那您就势单力薄了！"宋高宗这才坚定了心意，于是陈康伯劝高宗御驾亲征。

[冯梦龙述评] 推迟曹魏篡汉称帝进程，靠的是一个周瑜；保全宋朝帝王基业，靠的是一个寇準；延长了宋朝帝王基业，靠的是一个陈康伯。

王安石：
把话说绝，断掉别人的小心思

荆公裁损宗室恩。数宗子^①相率马首陈状，云："均是宗庙子孙，那得不看祖宗面？"荆公厉声曰："祖宗亲尽亦祧^②，何况贤辈！"［边批：没得说。］

［冯述评］荆公议论皆偏，只此一语，可定万世宗藩^③之案。

【注释】

①宗子：宗室嫡长子。

②亲尽亦祧（tiāo）：古人会把隔了几代的祖宗的神主迁入祭祀远祖的庙中。祧，古代称祭祀远祖的庙。

③宗藩：亦作"宗蕃"，指受天子分封的宗室诸侯，因其拱卫王室，犹如藩篱，故称。

【译文】

王荆公裁减宗室子弟蒙受的优待。多名宗室嫡长子结伙来到王荆公马前，找他说理："我们都是宗庙子孙，你哪能不看我们祖宗的面子？"王荆公厉声说："就算是祖宗，亲缘世次疏远了，神主也要被迁到祭祀远祖的庙中，何况是你们这些人！"［边批：没的说。］

［冯梦龙述评］王荆公对政事的意见一向十分偏激，只有这一席话，可以解决各个朝代关于宗室诸侯的难题。

东方朔^①：
有些话不方便直说，要学会打比方

武帝^②好方士，使求神仙、不死之药。东方朔乃进曰："陛下所使取者，皆天下之药，不能使人不死。唯天上药，能使人不死。"上曰："天何可上？"朔对曰："臣能上天。"上知其谩诧^③，欲极其语，即使朔上天取药。朔既辞去，出殿门，复还曰："今臣上天似谩诧者，愿得一人为信。"上即遣方士与俱，期三十日而返。朔既行，日过诸侯传饮，期且尽，无上天意。方士屡趋之，朔曰："神鬼之事难豫言，当有神来迎我。"于是方士昼寝，良久，朔觉之曰："呼君极久不应，我今者属从天上来。"方士大惊，具以闻，上以为面欺，诏下朔狱。朔啼曰："朔顷几死者再！"上曰："何也？"朔对曰："天帝问臣：'下方人何衣？'臣朔曰：'衣虫。''虫何若？'臣朔曰：'虫喙髯髯^④类马，色邠邠^⑤类虎。'天公大怒，以臣为谩言，使使下问。还报曰：'有之，厥^⑥名蚕。'天公乃出臣。今陛下苟以臣为诈，愿使人上天问之。"上大笑曰："善！齐人^⑦多诈，欲以喻我止方士也！"由是罢诸方士不用。

【注释】

①东方朔：西汉时期著名文学家。武帝时入长安，自荐，待诏金马门，后为常侍郎、太中大夫。滑稽有急智，善察言观色，直言切谏。曾以辞赋谏武帝戒奢侈，又陈农战强国之策。武帝视同俳优，以为弄臣终不见用。辞赋以《答客难》《非有先生论》为著。有《东方朔》二十篇，今佚。

②武帝：汉武帝刘彻，西汉皇帝，公元前141—前87年在位。在位期间加强中央集权，颁行"推恩令"，又设置十三部刺史以加强中央对地方的控制。曾接受董仲舒建议，"罢黜百家，尊崇儒术"。派张骞两次出使西域，开辟"丝绸之路"。曾命卫青、霍去病率军进击匈奴，获大胜。后期求神仙，行封禅，大兴土木，挥霍无度，致使农民起义频繁，宫中发生"巫蛊之祸"。

③谩诧：诳，欺骗。

④鬐鬐：长有许多胡须的样子。

⑤邠邠：缤纷的样子。

⑥厥：代词，它的。

⑦齐人：东方朔为平原郡厌次县人，古属齐地。

【译文】

汉武帝宠信方士，派这些人前去寻访神仙，求取能让人长生不死的药。于是东方朔进言："陛下派他们求取的，都是人间的药，不能让人不死。只有天上的药，才能让人不死。"武帝说："天怎么能上得去？"东方朔回答："我能上天。"武帝知道他向来喜欢骗人，想要让他无话可说，就派他上天取药。东方朔告辞后，出了殿门，又返回对武帝说："现在我上天这件事听起来像是在骗人，希望您能派一个人作证。"于是武帝便派一个方士和他一起去，并约定三十天返回。东方朔出发以后，每天都到京师贵族家中去串门儿喝酒，约定的日期马上就要到了，也没有要上天的意思。方士多次催促他，东方朔说："神鬼的事情难以预料，时候到了自然会有神仙迎接我上天。"于是方士就在白天睡觉，过了很久，东方朔叫醒他说："叫了你很久，你都没回应我。我现在已经从天上下来了。"方士非常惊讶，将这件事详细禀告给汉武帝，武帝以为东方朔当面欺君，下诏将东方朔抓捕入狱。东方朔哭着说："我刚才差点儿就死了！"武帝问："为什么？"东方朔回答："天帝问我：'下界的人都穿什么样的衣服？'我回答：'穿虫衣。''什么样的虫子？'我回答：'虫的嘴上长着许多胡须，像马；身上色彩斑斓，像老虎。'天帝非常生气，认为我在胡说八道，便派使者下界查问。使者回来报告天帝：'有这种东西，它名为蚕。'天帝才把我放出来。现在陛下如果认为臣在说谎，也大可以派人上天去问。"武帝大笑着说："好！齐地的人都擅长用言语骗人，你是想以此劝谏我不要再宠信方士吧！"从此以后武帝便不再任用那些方士。

子贡：
说服的本质是抓住对方的核心诉求

吴征会①于诸侯。卫侯后至，吴人藩②卫侯之舍。子贡说太宰嚭③曰："卫君之来，必谋于其众，其众或欲或否，是以缓来。其欲来者，子之党也；其不欲来者，子之仇也。若执卫侯，是堕党而崇仇也。"嚭说，乃舍卫君。

【注释】

①征会：召集诸侯会盟。鲁哀公十三年（前482年），吴王夫差于黄池（今河南封丘县西南）大会诸侯，与晋争夺霸主地位。

②藩：用篱笆围起来，这里引申为派兵包围。

③太宰嚭：伯嚭，吴王夫差宠臣，太宰是其官名。

【译文】

吴国邀请各诸侯国会盟。卫侯到得很迟，吴人派兵包围了卫侯的馆舍。子贡劝说太宰嚭："卫国国君这次来，必然要和卫国的众臣商量，卫国的大臣肯定有的想来会盟，有的不想，因此卫君才来迟了。想让卫君来的人，是愿意和吴国结盟的人；不想让卫君来的人，是与吴国有仇怨的人。如果您将卫侯抓起来，那就是打击了那些愿意和吴国结盟的卫人势力，却助长了那些仇视吴国的卫人势力。"太宰嚭听后十分高兴，于是释放了卫侯。

田常①欲作乱于齐，惮高、国、鲍、晏②，故移其兵，欲以伐鲁。孔子闻之，谓门弟子曰："夫鲁，坟墓所处③，二三子何为莫出？"子路请出，孔子止之。子张、子石④请行，孔子弗许。子贡请，孔子许之。

【注释】

①田常：田恒，田成子，为避讳汉文帝刘恒，改称"田常"，与监止分任齐国左右相，监止受宠，田成子深忌之。公元前481年，田成子起兵攻杀齐简公及监止，另立齐平公，自任齐相，尽诛鲍、晏等公族。自此，齐国之政尽归田氏。

②高、国、鲍、晏：皆为齐国握有实权的大族。

③坟墓所处：先人坟墓所在之地，意为故国。

④子张、子石：颛孙师，字子张；公孙龙，字子石。均为孔子门生。

【译文】

田常想在齐国作乱，又忌惮齐国高、国、鲍、晏四大家族的势力，因此想要将他们的军队调走，前去攻打鲁国，从而消耗四大家族的兵力。孔子听说这件事后，对自己的弟子们说："鲁国，是埋葬你们祖先的地方，诸君为什么不挺身而出呢？"子路向孔子请求离开鲁国到齐国去，孔子制止了他。子张、子石请求前去，孔子也不答应。子贡自请前去，孔子答应了。

遂行至齐，说田常曰："君之伐鲁，过矣！夫鲁，难伐之国：其城薄以卑，其地狭以泄①，其君愚而不仁，大臣伪而无用，其士民又恶甲兵之事——此不可与战。君不如伐吴。夫吴城高以厚，地广以深，甲坚以新，士选②以饱，重器精兵，尽在其中，又使明大夫守之——此易伐也。"

田常忿然作色，曰："子之所难，人之所易；子之所易，人之所难。而以教常，何也？"［边批：正是辞端。］

子贡曰："臣闻之：'忧在内者攻强，忧在外者攻弱。'今君破鲁以广齐，战胜以骄主，破国以尊臣，而君之功不与焉，则交日疏于王。是君上骄主心，下恣群臣，求以成大事，难矣。夫上骄则恣，臣骄则争，是君上与主有隙，下与大臣交争也，如此则君之立于齐，危矣！故曰不如伐吴。伐吴不胜，民人外死，大臣内空，是君上无强臣之敌，下无民人之过，孤主制齐者，唯君也！"田常曰："善！虽然，吾兵业已加鲁矣，去而之吴，大臣疑我，奈何？"

子贡曰："君按兵无伐，臣请往使吴王③，令之救鲁而伐齐，君因以兵迎之。"

【注释】

①其地狭以泄：护城河既窄又浅，此处"地"应作"池"，"泄"应作"浅"，与下文"广以深"相对。

②选：优秀，精练。

③吴王：指夫差。

【译文】

于是子贡来到了齐国，劝说田常："您攻打鲁国是错误的！鲁国，是难攻打的国家：鲁国的城墙又薄又矮，护城河又窄又浅，国君愚昧不仁，大臣虚伪无用，士兵和百姓又厌恶征战之事——这样的国家，不可以与之作战。您不如去攻打吴国。吴国的城墙又高又厚，护城河又宽又深，铠甲又新又坚固，士兵都精练壮硕，精兵利器，都在吴国，在此基础上，吴国又派贤明的大夫守城——这样的国家容易攻伐。"

田常气得变了脸色，说："你所说的困难，对于其他人而言十分容易；你所说的容易，对于其他人而言却十分困难。你如此难易不分，却来教训我，是为什么？"［边批：这正是言辞的发端。］

子贡说："臣听说：'内部有忧患的国家就会去攻伐强国，外部有忧患的国家就会去攻伐弱国。'现在您通过攻打鲁国的方式，扩大了齐国的疆域，打了胜仗后，齐国国君就会更加傲慢，鲁国灭亡后，齐国的大臣的地位也会更加尊崇，那么您不仅无法建功，与王的关系也会日渐疏远。向上而言，您会使国君变得更加傲慢，向下而言，您又会使大臣变得更加专横，到时您再想成大事，就难了。国君傲慢了就会变得无所顾忌，臣子傲慢了就要争权夺利，到那时，您不仅会和国君产生嫌隙，还得和大臣们相互争斗，这样您在齐国的处境，就十分危险了！所以我才说您不如去攻打吴国。假如攻打吴国没有成功，人民死在国境之外，国内大臣的势力就会变得空虚，如此，向上而言，再没有强势的大臣与您为敌，向下而言，您也没有犯下屠戮人民的罪过，到时能将国君孤立起来统治齐国的，就非您莫属了！"田常说："好！即便如此，我已经将军队派去攻打鲁国了，这时候再将其调走，转而伐吴，大臣疑心我，该怎么办呢？"

子贡说："您先将大军停驻，不要去攻打鲁国，我请求出使吴国面见吴王，让他前去救援鲁国，攻打齐国，届时您就带兵前去迎战。"

田常许之。使子贡南见吴王，说曰："臣闻之'王者不绝世，霸者无强敌'；'千钧之重，加铢而移①'。今以万乘②之齐，而私千乘之鲁，与吴争强，窃为王危之！且夫救鲁，显名也，伐齐，大利也，以扶泗上诸侯③，诛暴齐而服强晋，利莫大焉。名存亡鲁④，实困强齐，智者不疑也。"

吴王曰："善！虽然，吾尝与越战，栖之会稽⑤。越王⑥苦身养士，有报我心。子待我伐越而听子。"

子贡曰："越之劲不过鲁，强不过齐。王置齐而伐越，则齐已平鲁矣。且王方以存亡继绝⑦为名，夫伐小越而畏强齐，非勇也。夫勇者不避难，仁者不穷约，智者不失时。今存越示诸侯以仁，救鲁伐齐，威加晋国，诸侯必相率而朝，吴霸业成矣！且王必恶越，臣请东见越王，令出兵以从，此实空越，名从诸侯以伐也。"

【注释】

①千钧之重，加铢而移：在重千钧的物体上，只要再加一铢的分量，就有可能使它偏移，比喻重大局势会因为细枝末节而发生改变。钧，三十斤为一钧，千钧比喻极重。铢，一般将一两的二十四分之一称为一铢，比喻极轻。

②万乘：万辆兵车。战国时，诸侯国小的称"千乘"，大的称"万乘"。

③泗上诸侯：泗水之滨的诸侯国，指鲁、薛、郯、郳等国。

④名存亡鲁：名义上是保护濒于灭绝的鲁国。

⑤栖之会稽：退守会稽山上。吴王夫差败越王勾践于夫椒，勾践乃以余兵五千人退守会稽，夫差追而围之。

⑥越王：指勾践。

⑦存亡继绝：使将灭亡的国家得以保存，使将断绝的后嗣得以延续，齐桓公、晋文公皆以此为名号称霸诸侯。

【译文】

田常答应了。他派子贡到南方去出使，面见吴王，子贡劝说吴王："臣听说'主张施行王道的国君不会让弱小的诸侯国灭绝，主张以武力征伐天下的君主不会允许强敌出现'；'在重千钧的物体上，只要再加一铢的分量，就有可能使它偏移'。现在拥有万辆战车的强齐却想去吞并只有千乘战车的鲁国，和吴国争强，臣打从心里为大王您的安危感到担忧！况且援救鲁国不仅能显扬您的威名，攻打齐国这件事对您还确实非常有好处，您可以通过扶助泗水之滨的诸侯国、讨伐残暴的齐国来降服强大的晋国，好处大极了。您名义上是保护濒于灭亡的鲁国，实际上却是困住强大的齐国，如果您是聪明人，就不会怀疑我的话。"

吴王说："你说得好！虽然如此，但我曾经和越国作战，将越王逼困在会稽山上。越王自励自苦，优待士兵，有报复我的心思。你等我先攻打完越国，再按你的话去做吧。"

子贡说："越国的国力不会超过鲁国，论强大根本比不上齐国。大王您放着齐国不打而去攻打越国，到那时，齐国已经把鲁国打下来了。况且您刚刚打出'保全将亡之国，接续将绝之嗣'的名号，现在却畏惧强大的齐国，转而去攻打越国这样的小国，这并不是勇敢的表现。勇敢的人应当不逃避困难，仁义的人应当不至于让他国陷于困境，智慧的人应当不错过好的时机。现在您通过让越国存活的方式向各诸侯国彰显您的仁德，通过攻打齐国、援救鲁国的方式向晋国展现吴国的威严，到时诸侯必将一同前来朝见您，吴国的霸业就成就了！而且大王您必定厌恶越国，臣会向东去求见越王，命令他出兵与吴军一起去援救鲁国，这一举动实际上是为了使越国国内兵力空虚，只不过名义上是让越国与其他诸侯国一起攻打鲁国罢了。"

吴王大说，乃使子贡之越。越王除道郊迎①，身御至舍，而问曰："此蛮夷之国②，大夫何以惠然③辱而临之④？"子贡曰："今者吾说吴王以救鲁伐齐，其志欲之而畏越，曰'待我伐越乃可'，如此破越必矣！且夫无报人之志而令人疑之，拙也；有报人之意使人知之，殆也；事未发而先闻，危也。三者举事之大患！"

勾践顿首再拜，曰："孤尝不料力，乃与吴战，困于会稽。痛入于骨髓，日夜焦唇干舌⑤，徒欲与吴王接踵而死⑥，孤之愿也！"遂问子贡。

子贡曰："吴王为人猛暴，群臣不堪；国家敝以数战，士卒弗忍，百姓怨上；太宰嚭用事，顺君之过，以安其私，是残国之治也。今王诚发士卒佐之，以徼⑦其志，重宝以说其心，卑辞以尊其礼，其伐齐必也。彼战不胜，王之福矣。战胜，必以兵临晋。臣请北见晋君，令共攻之，弱吴必矣。其锐兵尽于齐，重甲困于晋，而王制其敝，此灭吴必矣。"越王大说，许诺，送子贡金百镒⑧、剑一、良矛二。

【注释】

①除道郊迎：清扫道路，派人到城外引路。

②蛮夷之国：古代泛指中原以外的地区。越国处地偏僻，文化相对落后，中原诸侯皆不与之会盟，越王因此自谦。

③惠然：《史记》原作"俨然"，矜持庄重的样子，表示子贡的到来是对自己的恩惠。

④辱而临之：一种谦辞，意为下临鄙国。

⑤焦唇干舌：忧心如焚，唇舌亦为之干枯。

⑥接踵而死：同归于尽，先后死去。接踵，后面人的脚尖接着前面人的脚跟，这里是相继、一同的意思。

⑦徼（jiào）：激发，激励。

⑧镒：古代重量单位，一镒为二十两或二十四两。

【译文】

吴王非常高兴，于是派子贡前去出使越国。越国国君派人为子贡清扫道路，又派人到郊外迎接他，又亲自驾车送他到馆舍，才询问："越国是蛮夷小国，大夫您为什么屈尊受辱光临鄙国？"子贡说："如今我正劝说吴王援救鲁国，攻打齐国，他想答应却害怕越国报复，说'等我攻打完越国就可以去了'，如此一来他必然会攻克越国！没有报复他人的意思，却让人心生怀疑，这是迟钝的表现；有报复他人的意思，却被对方知晓了，这就糟糕了；事情还没有发生就被人听说了，那就危险了。这三件事都是起事过程中最大的阻碍！"

勾践对着子贡叩首拜了两次，说："我曾不自量力和吴国作战，被困在会稽。战败的痛苦深入骨髓，每天从早到晚忧心不已，就连唇舌都为之干燥，我的毕生所愿，便只是和吴王同归于尽！"于是向子贡询问对策。

子贡说："吴王为人凶残暴戾，臣子都难以忍受他的秉性；国家多次发动战争，士兵忍无可忍，百姓都怨恨国君；他又任用太宰嚭执政，这个人一味地顺应国君的过错，以保全自己的地位，这都是残害国家的弊政。现在大王您不如真的发兵辅助吴王攻打齐国，从而激发他称霸中原的野心，再送去贵重的财宝来取悦吴王，用卑微的言辞礼节来抬高吴王的地位，这样吴王必定会攻打齐国。如果他无法战胜齐国，那便是大王您的福气了。如果他战胜了齐国，必定会向晋国进兵。臣会向北求见晋国国君，让他和您一起攻打吴国，吴国也必定会因此衰弱。等吴国的精锐士兵都在齐国耗尽了，重兵又被困在晋国，到时大王您抓住他的弱点，必然能灭掉吴国。"越王相当高兴，许诺会按子贡说的做，并且送给子贡黄金百镒，以及一把剑、两杆锋利的矛。

子贡不受，遂行，报吴王曰："臣敬以大王之言告越王，越王大恐，曰：'孤不幸，少失先人[1]，内不自量，抵罪[2]于吴，军败身辱，栖于会稽，国为虚莽。赖大王之赐，使得奉俎豆[3]而修祭祀，死不敢忘，何谋之敢虑！'"

后五日，越使大夫种^④顿首言于吴王曰："东海役臣^⑤孤勾践使者臣种，敢修下吏问于左右：今窃闻大王将兴大义，诛强救弱，困暴齐而抚周室，请悉起境内士卒三千人，孤请自被坚执锐，以先受矢石；因越贱臣种奉先人藏器，甲二十领、屈卢之矛、步光之剑^⑥，以贺军吏。"吴王大说，以告子贡曰："越王欲身从寡人伐齐，可乎？"子贡曰："不可。夫空人之国，悉人之众，又从其君，不义。君受其币，许其师，而辞其君。"吴王许诺，乃谢越王。于是吴王乃遂发九郡兵伐齐。

【注释】

①少失先人：少年丧父，意指缺少长辈教导。

②抵罪：冒犯，得罪。

③奉俎豆：供奉祭祀。俎、豆，二者都是祭祀用的礼器。

④大夫种：文种，楚人，和范蠡由楚入越，事越王勾践，为大夫。公元前494年，越国被吴王夫差击败，越王勾践困守会稽，文种至吴求和，伍子胥不许，复向勾践献计，贿赂吴太宰伯嚭向吴王乞和，使越免于亡国。勾践回国后，授以国政，上下刻苦图强，终于灭吴。后勾践听信谗言，赐剑令自杀。

⑤役臣：谓供使令之臣。

⑥屈卢之矛、步光之剑：传说中古之良匠铸造的矛和剑。

【译文】

子贡没有接受，随后返回了吴国，向吴王报告："臣恭敬地将大王您的话告诉了越王，越王十分惊恐，说：'我不幸在少年时候就失去了父亲，又自不量力，得罪了吴国，以致不仅兵败，自身也蒙受了侮辱，军队被困在会稽，国内沦为荒草丛生的废墟。多亏了大王您的恩赐，才让我能够继续供奉先祖，重修祭祀，这份厚恩死不敢忘，我哪还敢酝酿什么阴谋！'"

五天后，越国派大夫文种前来，对吴王叩拜着说："东海下臣勾践派使者文种斗胆与您的属下近臣修好，并通过他们向大王您致以问候：现在我私下听说大王您即将发动正义之战，讨伐强暴，扶助弱小，扼制残暴的齐国，从而安抚周王室，因此我请求将越国境内的三千名士兵全部派出来，此外我还想向您请求让我也披上铠甲，拿上武器，在前为您冲锋陷阵，先承受战场上的箭矢和垒石；越国卑贱的臣子文种在此奉上祖先珍藏的武器，包括二十领铠甲、屈卢造的矛、步光剑，用来作为送给贵国军吏的贺礼。"吴王非常高兴，去告诉子贡："越王想要亲自披甲上阵跟随寡人去攻打齐国，可以吗？"子贡说："不可以。使人家国内变得空虚，调动人家全部的兵马，再让人家的君王跟着上战场，这件事不符合义。您可以接受他们送来的财物，允许他们一同前去伐齐，但别让他们的国君也一起去。"吴王同意了，便辞谢了越王。于是吴王便征调了九个郡的兵力前去攻打齐国。

子贡因去之晋，谓晋君曰："臣闻之：'虑不先定，不可以应卒；兵不先辨，不可以胜敌。'今夫吴与齐将战，彼战而不胜，越乱之必矣。与齐战而胜，必以其兵临晋！"晋君大恐，曰："为之奈何？"子贡曰："修兵休卒以待之。"晋君许诺。子贡去而之鲁。

吴王果与齐人战于艾陵①，大破齐师，获七将军之兵而不归，果以兵临晋，与晋人相遇黄池之上。吴、晋争强，晋人击之，大败吴师。越王闻之，涉江袭吴，去城七里而军。吴王闻之，去晋而归，与越战于五湖。三战不胜，城门不守。越遂围王宫，杀夫差而戮其相。破吴三年，东向而霸。

故子贡一出，存鲁、乱齐、破吴，强晋而霸越，十年之中，五国各有变。

[冯述评] 直是纵横之祖，全不似圣贤门风②。

【注释】

①艾陵：故址在今山东济南市莱芜区东北，一说在今山东泰安市东南。

②"直是纵横之祖"句：此段记载均节选自《史记·仲尼弟子列传》。《史记会注考证》引苏辙句"……所记皆非，盖战国说客设为子贡之辞，以自托于孔氏，而太史公信之耳"。据苏辙考证比对，上述子贡前往各国游说的内容俱为战国时说客编造，只是托名于孔子门下弟子，并非史实，因司马迁误信而将其载入《史记》。

【译文】

子贡又离开了吴国，前往晋国，对晋国国君说："臣听说：'如果不提前考虑好对策，就难以应对突发事件；如果不提前辨明军机，就无法战胜敌人。'现在吴国和齐国即将开战，如果吴国败给了齐国，那么越国必然趁机搅乱吴国。如果吴国和齐国作战胜利了，那么吴国的大军必然会逼近晋国！"晋国国君非常惊恐，问："那该怎么办呢？"子贡说："整顿军备休养士卒，做好准备等待吴军的到来。"晋国国君接受了他的建议。于是子贡离开晋国，回到了鲁国。

吴王果然和齐国人在艾陵交战，大胜齐军，俘获了七位将军所率的士兵，之后便不肯班师回国了，又率军逼近晋国，和晋国人在黄池之上相遇。吴国和晋国争雄，晋国人攻击吴军，取得了大胜。越王听说了这件事后，便渡过江前去袭击吴国，在距离吴国都城七里的地方驻军。吴王听说了这个消息后，便离开晋国赶回自己的国家，并和越国在五湖交战。吴军多番战败，城门也守不住了。于是越国的士兵包围了吴国王官，杀掉了吴王夫差和他的国相。攻灭吴国三年之后，越国在东方称霸。

因此可以说子贡的这一轮出使，保全了鲁国，扰乱了齐国，灭掉了吴国，使晋国变得更加强大，还让越国实现了霸业，十年之内，五个国家都发生了剧变。

[冯梦龙述评] 子贡真可谓纵横之术的祖师爷，作风全然不像圣贤孔夫子门下弟子。

鲁仲连①：
激将法简单，但有用

秦围赵邯郸②，诸侯莫敢先救。魏王使客将军③辛垣衍④间入邯郸，欲与赵尊秦为帝。鲁仲连适在赵，闻之，见平原君胜。胜为介绍，而见之于辛垣衍。

【注释】

①鲁仲连：又作"鲁连"。战国时齐国人，高节不仕，常周游各国，为人排难解纷。

②秦围赵邯郸：《史记·鲁仲连邹阳列传》："赵孝成王时，

而秦王使白起破赵长平之军前后四十余万，秦兵遂东围邯郸。"邯郸，赵国首都，故址在今河北邯郸市。

③客将军：官名。战国魏置。对别国人在本国任将军职务者以客礼相待，故称。

④辛垣衍：战国时魏国将领。辛垣，姓，也作"新垣"；衍，名也。

【译文】

秦国围困了赵国的都城邯郸，却没有一个诸侯国敢先派兵援救。魏王派遣客将军辛垣衍从小路潜入邯郸，想要和赵国一起尊奉秦王为帝。鲁仲连刚好在赵国，听说这件事后，便去见平原君赵胜。赵胜为他引荐，并带他去见辛垣衍。

鲁连见辛垣衍而无言。辛垣衍曰："吾视居此围城之中者，皆有求于平原君者也。今观先生之玉貌，非有求于平原君者，曷为久居此围城之中而不去也？"鲁连曰："秦弃礼义、上首功①之国也。权使其士，虏使其民。彼肆然而为帝，则连有赴东海而死耳，不忍为之民也！所为见将军者，欲以助赵也。"辛垣衍曰："助之奈何？"鲁连曰："吾将使梁②及燕助之，齐、楚固助之矣。"辛垣衍曰："燕吾不知，若梁，则吾乃梁人也，先生恶能使梁助之耶？"鲁连曰："梁未睹秦称帝之害故也。使睹秦称帝之害，则必助赵矣。"

【注释】

①上首功：崇尚战功，以杀敌斩首计功劳。上，同"尚"。

②梁：梁即魏，魏迁都大梁（在今河南开封市）后也称梁。

【译文】

　　鲁连见到辛垣衍后却不说话。辛垣衍说："我看留在这座围城中的，都是对平原君有事求的人。可现在我观先生尊容，看起来并不像有求于平原君的样子，那为什么仍在这座围城中久住而不逃离呢？"鲁连说："秦国是一个抛弃了礼义、崇尚杀敌斩首并以此封功的国家。秦王用权术驾驭他的士人，奴役他的子民。这样的人如果都能够无所顾忌地称帝，那么我就算到东海赴死，也坚决不愿做他统治下的人民！我之所以来见将军您，是想要帮助赵国。"辛垣衍说："您想怎样帮助赵国呢？"鲁连回答："我会让魏国和燕国都来援助赵国，到时齐国和楚国自然也会来救。"辛垣衍说："燕国是什么情况我不知道，但魏国方面，我就是魏国来的人，先生又怎么能让魏国来援助赵国呢？"鲁连说："魏王想要拉上赵国一起尊奉秦王为帝，是还没有看清秦王称帝害处的缘故。如果让魏王看清秦王称帝的害处，那么他必定会来援救赵国。"

　　辛垣衍曰："秦称帝之害奈何？"鲁连曰："昔齐威王①尝为仁义矣，率天下诸侯而朝周。周贫且微，诸侯莫朝，而齐独朝之。居岁余，周烈王崩，诸侯皆到，齐后往，周怒，赴于齐曰：'天崩地坼②，天子下席③，东藩之臣田婴齐后至，则斩之！'威王勃然怒曰：'叱嗟！而母婢也④！'卒为天下笑⑤。故生则朝周，死则叱之，诚不忍其求也。彼天子固然，其无足怪。"

【注释】

①齐威王：田氏，名婴齐（又作"因齐"），公元前356—前320年在位。

②天崩地坼：天倾塌，地开裂。比喻异常灾祸，不测变故，这里比喻天子死。

③天子下席：新君离开原来的宫室，寝于草席上守丧，以示哀悼。

④而母婢也：骂人的话，意为辱骂周安王之母为婢。而，同"尔"。

⑤卒为天下笑：最终被天下人耻笑。此事疑不实。齐威王于公元前356年即位，周烈王崩于公元前369年，早其十余年，因此不可能发生齐威王在位时朝见周烈王之事，且史书无载。

【译文】

辛垣衍说："秦王称帝有什么害处呢？"鲁连回答："当年齐威王曾打着奉行仁义的旗号，想要率领天下的诸侯国朝拜周王室。周王室贫穷而势力衰微，诸侯国都不去朝见，只有齐国去了。过了一年多，周烈王驾崩，诸侯都去奔丧，齐王却迟到了，新即位的周安王非常生气，遣使者前去怒斥齐国：'先王崩逝，就连天子也亲往守丧，东方的藩臣田婴齐却敢迟到，应该斩首！'齐威王勃然大怒，破口大骂：'呸！你这个婢女养的！'此事让齐威王最终沦为天下人的笑柄。齐威王之所以在周烈王活着的时候前去朝拜，却在他死后对新天子破口大骂，是因为实在忍受不了周天子的苛求啊。做天子的本就是这样的，也没什么值得奇怪的。"

辛垣衍曰："先生独未见夫仆乎？十人而从一人者，宁力不胜，智不若耶？畏之也。"鲁连曰："梁之比于秦若仆耶？"［边批：激之。］辛垣衍曰："然。"鲁连曰："然则吾将使秦王烹醢^①梁王。"［边批：重激之。］辛垣衍怏然不悦，曰："嘻！亦太甚矣！先生又恶能使秦王烹醢梁王？"鲁连曰："固也。待吾言之。昔者鬼侯^②、鄂侯、文王，纣之三公也。鬼侯有子而好，故入之于纣。纣以为恶，醢鬼侯。鄂侯争之急，辩之疾，并脯鄂侯。文王闻而叹息，拘于羑里之库百日，而欲令之死。曷为与人俱称帝王，卒就脯醢之地也？齐湣王^③将之鲁，夷维子^④执策而从，谓鲁人曰：'子将何以待吾君？'鲁人曰：'吾将以十太牢^⑤待子之君。'夷维子曰：'吾君天子也。天子巡狩，诸侯避舍，纳管键^⑥，摄衽抱几^⑦，视膳^⑧于堂下，天子已食，退而听朝也！'鲁人投其钥，不果纳。将之薛^⑨，假途于邹^⑩。当是时，邹君死，湣王欲入吊，夷维子谓邹之孤^⑪曰：'天子吊，主人必将倍殡柩，设北面于南方，然后天子南面吊也。'邹之群臣曰：'必若此，吾将伏剑而死！'故不敢入于邹。邹、鲁之臣，生则不能事养，死则不得饭含^⑫，［边批：为齐强横故。］然且欲行天子之礼于邹、鲁之臣，不果纳。今秦万乘之国，梁亦万乘之国，交有称王之名，睹其一战而胜，欲从而帝之，是使三晋^⑬之大臣，未如邹、鲁之仆妾也！且秦无已而帝，则且变易诸侯之大臣，彼将夺其所谓不肖，而予其所谓贤，夺其所憎，而予其所爱；彼又将使其子女谗妾为诸侯妃姬，处梁之宫，梁王安得晏然而已乎？而将军又何以得故宠乎？"于是辛垣衍起，再拜谢曰："吾乃今知先生为天下之士也！吾请去，不敢复言帝秦矣！"秦将闻之，为却军五十里。

【注释】

①烹醢（hǎi）：烹，烹刑；醢，古代把人剁成肉酱的酷刑。

②鬼侯：亦称九侯，"九"与"鬼"声相近。

③齐湣（mǐn）王：战国时期田齐第六任君主，齐宣王之子。在位期间，兵力甚盛，乃与秦相约并称帝，齐王称东帝，秦昭王称西帝，欲并周室，自称天子。后又吞并宋国，引来五国伐齐。最终败走卫、鲁，皆不纳，走莒，为楚将淖齿所杀。

④夷维子：齐人，以邑为姓。夷维，地名，在今山东高密市。

⑤十太牢：古代祭祀，牛、羊、豕三牲具备谓之"太牢"；也有专指牛的。"十太牢"对诸侯国来说，已是极盛之礼。

⑥纳管键：交出城门的钥匙。

⑦摄衽抱几：庄重地整饬衣襟，恭敬地安排桌几。几，座旁的小桌子。

⑧视膳：古时臣下侍奉君主进餐的一种礼节。语本《礼记·文王世子》："食上，必在视寒暖之节；食下，问所膳。"

⑨薛：薛国，东方诸侯国，地处黄河下游，夏朝时便已有国。

⑩邹：邹国，又称邾国，周代东方方国之一。

⑪孤：死去的邹国国君之子，即邹国新君。

⑫生则不能事养，死则不得饭含：在其活着的时候不能好好侍奉，等到其死后，连丧仪都没有能力置办齐备，极言邹、鲁两国贫弱。饭含，古丧礼，以珠、玉、贝、米等物纳于死者之口。刘昭注引《礼稽命征》："天子饭以珠，唅以玉；诸侯饭以珠，唅以璧；卿大夫、士饭以珠，唅以贝。"

⑬三晋：战国时魏、赵、韩三国的合称。

【译文】

辛垣衍说："先生是没见过奴仆吗？十个奴仆听从一个主人的命令，是力气或智慧比不上那个做主人的吗？是畏惧主人罢了。"鲁连说："魏国在秦国面前，就像秦国的仆人吗？"［边批：激怒他。］辛垣衍说："是啊。"鲁连说："那么我就要让秦王将魏王做成肉酱！"［边批：用更重的话激怒他。］辛垣衍露出不满的神色，说："唉！您说得也太过了！您又怎能让秦王将魏王做成肉酱？"鲁连说："本就如此。你等我一一说来。当年商朝时的鬼侯、鄂侯和文王，乃是纣王朝中的三公。鬼侯有个女儿长得非常美，因此鬼侯将她献给了纣王。纣王却认为她长得丑陋，因此将鬼侯做成了肉酱。鄂侯因为为鬼侯争辩得太急切、太激烈，也被一并做成了肉脯。文王听说这件事后，只是因为发出了叹息，就被拘捕在羑里的监牢中足足百天，纣王还想杀死他。为什么都是称帝称王之人，最终却沦落到被做成肉脯肉酱的地步呢？有次齐湣王将要前往鲁国，夷维子跟他同去并为他驾车。他询问鲁国人：'你们将怎样款待我们的君主？'鲁国人回答：'我们将用十头牛来款待您的君主。'夷维子说：'我们的君主是天子。天子巡视各国，诸侯都应该退避，交出城门的钥匙，庄重地整饬衣襟，恭敬地安排桌几，站在堂下侍奉天子进餐，等天子用完膳后，再退回朝堂听政！'鲁国人听后便锁上了城门，不让齐湣王入境。齐湣王将要前往薛国，从邹国借道。当时，正赶上邹国国君死了，齐湣王想要去吊丧，夷维子对邹国的新任国君说：'天子前来吊丧，你作为丧礼的主人，必须将灵柩掉转方向，将原本安放在北面的棺椁移到南方，之后天子再朝南吊丧。'邹国的大臣都说：'如果一定要这样的话，我们宁可用剑自杀！'齐湣王因此也不敢进入邹国。邹国和鲁国的大臣，已经穷困到了在国君活着的时候不能好好侍奉，在其死后连丧仪都没有能力置办齐备的程度了，[边批：这是齐国强横的缘故。]即便如此，齐湣王想要在邹国和鲁国大臣面前行使天子之礼，他们也终究还是拒绝了。现在秦国是拥有万乘战车的大国，魏国也是拥有万乘战车的大国，明明都是有称王名分的大国，却只因为对方打了一次胜仗，就想要服从秦国并尊奉秦王为帝，这样看来，魏、赵、韩三国的大臣都比不上邹国和鲁国的奴婢侍妾！况且秦王如果因为贪心不足而真的称帝了，那么他必定会更换诸侯国的大臣，罢免那些他认为不贤能的，而提拔那些他认为贤能的，罢免他所憎恶的，而任命那些他所喜爱的；他又会让他的子女和喜欢谗害人的姬妾成为诸侯的妃姬，将她们安插进魏国的宫室中，这样魏王还能过上安生日子吗？而将军您又怎么能像原来那样得到宠信呢？"辛垣衍听后连忙起身，对着鲁连连拜了两次，向他赔礼："我现在才知道先生您是天下杰出的高士！我会离开赵国，不敢再替魏王提尊奉秦王为帝的事了！"秦国的将领听说这件事后，将军队后撤了五十里。

[冯述评]苏轼曰："仲连辩过仪、秦，气凌髡、衍[1]，排难解纷，功成而逃[2]，实战国一人而已！"穆文熙[3]曰："仲连挫帝秦之说，而秦将为之却军，此《淮南》之所谓'庙战[4]'也！"

【注释】

①髡（kūn）、衍：淳于髡和邹衍，都是战国时的雄辩之士，齐国客卿，邹衍则为阴阳家代表人物。

②功成而逃：赵国解围后，平原君欲封鲁连，鲁连辞让再三，平原君又在酒席上奉上千金，鲁连笑曰："所贵于天下之士者，为人排患释难解纷乱而无取也。即有取者，是商贾之事也，而连不忍

为也。"遂辞平原君而去，终身不复见。

③穆文熙：明朝嘉靖年间学者，著有《四史鸿裁》《七雄策篡》等书。

④庙战：指朝廷对于战事的筹划和决策。出自《淮南子·兵略训》："凡用兵者，必先自庙战，主孰贤，将孰能，民孰附，国孰治，蓄积孰多，士卒孰精，甲兵孰利，器备孰便，故运筹于庙堂之上，而决胜乎千里之外矣。"

【译文】

[冯梦龙述评] 苏轼说："鲁仲连的言辩之才超过了张仪和苏秦，气势更是凌驾于淳于髡和邹衍之上，在为赵国排忧解难后又可以功成身退，实属战国第一人！"穆文熙说："鲁仲连使秦王称帝进程受阻的一席话，让秦国的将领也为之撤军，这便是《淮南子》中所提到的'庙战'！"

左师触龙①：
善用类比法，说服你的领导

秦攻赵。赵王新立，太后用事②，求救于齐。齐人曰："必以长安君③为质。"太后不可。齐师不出。大臣强谏，太后怒甚，曰："有复言者，老妇必唾其面！"左师触龙请见，曰："贱息④舒祺最少，不肖，而臣衰，窃爱之，愿得补黑衣⑤之缺，以卫王宫。愿及臣未填沟壑⑥而托之！"太后曰："丈夫亦爱少子乎？"对曰："甚于妇人。"太后笑曰："妇人异甚！"对曰："老臣窃以为媪之爱燕后⑦，贤于长安君。"太后曰："君过矣！不如长安君之甚！"左师曰："父母爱其子，则为之计深远。媪之送燕后也，持其踵而哭，念其远也，亦哀之矣。已行，非不思也，祭祀则祝之曰：'必勿使反！'岂非为之计长久，愿子孙相继为王也哉？"太后曰："然。"左师曰："今三世以前，至于赵王之子孙为侯者，其继有在者乎？"曰："无有。"曰："此其近者祸及身，远者及其子孙。岂人主之子侯则不善！位尊而无功，奉厚而无劳，而挟重器多也！今媪尊长安之位，封以膏腴之地，多与之重器，而不及今令有功于赵，一旦山陵崩⑧，长安君何以自托于赵哉？"太后曰："诺。恣君之所使之。"于是为长安君约车百乘，质于齐。齐师乃出，秦师退。

【注释】

①触龙：赵国左师（赵国无实权的高官名）。《史记·赵世家》及长沙马王堆三号汉墓出土的帛书《战国策》作"触龙"，其他版本亦作"触詟"。

②赵王新立，太后用事：公元前266年，赵惠文王死，子孝成王立，年幼，所以由其母赵太后执政。用事，执政。

③长安君：赵太后最小的儿子的封号。

④贱息：对人谦称自己的儿子。息，子。

⑤黑衣：卫士的代称，因当时王宫的卫士都穿黑衣。

⑥填沟壑：死后没人埋葬，尸体被扔在沟壑里。这里是谦虚的说法，指死。

⑦燕后：赵太后女儿，嫁到燕国为后。

⑧山陵崩：君主死亡的委婉说法。这里指赵太后死去。

【译文】

战国时，秦国攻伐赵国。赵孝成王刚刚即位，太后执政，她向齐国求救。齐国人说："必须派长安君前来做质子。"太后不答应。于是齐国不将军队派出来。大臣们极力劝谏，太后大怒，说："有再提这件事的，老妇我必然朝他脸上吐口水！"左师触龙求见太后，说："我的儿子中舒祺年纪最小，也最不成才，但是我老了，心里面最喜欢他，希望能让他补缺到王宫卫队任职，守卫王宫。希望能趁着我还没死，将他托付给您！"太后问："你们男人也喜欢小儿子吗？"左师回答："比妇人爱得更甚。"太后笑着说："妇人对小儿子的爱与男人不同，而且是爱得更甚呢！"左师说："可老臣暗自觉得，您疼爱您的女儿胜过爱长安君。"太后说："你说的不对！我疼爱女儿远不如疼爱长安君！"左师说："父母如果爱孩子，就会为他们做长远打算。您将女儿嫁到燕国，握着她的脚跟哭泣，这是因为您想到她从此之后便嫁到远方去了，也为她感到伤心。等她出发之后，您也并非不思念她，但祭祀祝祷的时候您就会说：'请保佑她千万不要被逐回！'难道这不是在为她做长远打算，盼望她的子孙都相继当上君王吗？"太后说："的确如此。"左师说："从现在往前数，三代以前赵肃侯的子孙中承袭侯位的，现在还有后嗣在吗？"太后回答："没有了。"左师说："这些人中，祸患来得早的，就会降临到他们自己的身上，祸患来得晚的，就会降临到他们子孙的身上。难不成君主的儿子封侯就一定不好吗！那是因为他们地位尊贵却没有功劳，拿着丰厚的俸禄却没有付出劳动，占有的财富太多了呀！现在您一味提高长安君的地位，将肥沃的土地赐给他，将财富和权力送给他，都比不上现在让他去为赵国立下大功，否则一旦您逝世了，让长安君以什么身份在赵国自处呢？"太后说："好。任凭你怎样处置他吧。"于是赵国为长安君准备了百乘车驾，将他送到齐国去做质子。齐国这才出师，秦国的军队见齐赵联合，只好退兵了。

狄仁杰：
站在上级的位置思考问题，才能说服他

武承嗣[①]、三思[②]营求为太子，狄仁杰从容言于太后[③]曰："姑侄与子母孰亲？陛下立子，则千秋万岁后，配食太庙；若立侄，则未闻侄为天子，而祔[④]姑于庙者也。"太后乃寤。

[冯述评] 议论到十分醒快处，虽欲不从而不可得。庐陵反正[⑤]，虽因鹦鹉折翼[⑥]及双陆不胜[⑦]之梦，实姑侄子母之说有以动之。凡恋生前，未有不计死后者。〇时王方庆[⑧]居相位，以其子为眉州司士参军。天后[⑨]问曰："君在相位，子何远乎？"对曰："庐陵是陛下爱子，今犹在远，臣之子，安敢相近？"此亦可谓善讽矣。然慈主可以情动，明主当以理格。则天明而不慈，故梁公[⑩]辱昌宗[⑪]而不怒，进张柬之而不疑，皆因其明而用之。

【注释】

①武承嗣：武则天侄，嗣圣元年（684年）由礼部尚书迁为太常卿、同中书门下三品，参知国政，累官至文昌左相。承嗣讽则天尽诛皇室诸王及公卿中不附己者，又自以为当作皇储，使人上书陈请，则天不许，怏怏而卒，谥宣。

②三思：武则天侄。武后临朝，历任夏官、天官及春官尚书，

封梁王，参知政事。中宗复位，进拜司空、同中书门下三品。私通韦后，培植耳目，构陷大臣。神龙三年（707年）又谋废太子重俊，被杀。

③太后：神龙政变后，张柬之等人迫使武则天退位，唐中宗为其上尊号"则天大圣皇帝"，史书往往以"太后"代指。狄仁杰谏武则天事发生在神龙政变前，彼时武则天仍在位。

④祔：附祭死者于先祖之庙。

⑤庐陵反正：嗣圣元年，武则天废唐中宗李显为庐陵王。圣历元年（698年），武则天召还李显，复立为皇太子。神龙元年（705年），武则天病笃，张柬之等人迎太子李显即位，复唐国号。

⑥鹦鹉折翼：武则天曾梦到一只大鹦鹉两翼皆折，不解其意。狄仁杰对曰："武者，陛下之姓；两翼，陛下二子也。陛下起二子，则两翼振矣。"太后由是无立武承嗣、三思意。

⑦双陆不胜：武则天曾梦与人双陆，频不见胜，召问大臣。狄仁杰与王方庆俱在，曰："双陆不胜，无子也。天其意者以儆陛下乎！且太子，天下本，本一摇，天下危矣。"二人所言"无子"乃是双关之意。

⑧王方庆：武周时期宰相，时为鸾台侍郎同平章事。

⑨天后：唐高宗上元元年（674年），武则天始称"天后"，此后"天后"便作为武则天代称。

⑩梁公：狄仁杰追赠梁国公。

⑪昌宗：张昌宗，武则天宠臣，联合张易之把持朝政，败坏朝纲。

【译文】

武承嗣和武三思设计求武则天立自己为太子，狄仁杰从容地对武则天说："姑侄和母子哪边更亲？陛下如果立自己的儿子，那么千秋万岁后，仍能配享太庙；如果立您的侄子，则从未听说有侄子做天子，将姑母奉于祖庙祭祀的。"于是武则天想明白了。

[冯梦龙述评] 言论到了让人分外明悟的时候，即便想要不听从也是没法做到的。庐陵王被复立为太子，虽然表面上是因为武则天做了鹦鹉折翼和双陆不胜的梦，实际上却是因为狄仁杰关于姑侄和母子的言论打动了武则天。但凡眷恋生前的人，没有不在乎自己死后的。当时王方庆身居相位，将他的儿子任命为眉州司士参军。天后问他："你身居相位，为什么把儿子调到离自己那么远的地方呢？"王方庆回答："庐陵王是陛下的爱子，现在仍身处那么远的地方，臣又怎么敢让儿子在我身边呢？"这也可以被称为擅长讽谏。然而仁慈的君主可以用感情来打动，英明的君主就应当推究道理。武则天英明却不仁慈，因此狄仁杰羞辱张昌宗她也不生气，举荐张柬之她也不生疑，这些都是因为她足够英明，才能发挥效用。

富弼：
高明的谈判既要抢占上风，又要让人容易听进去

契丹乘朝廷有西夏之忧[1]，遣使来言关南之地[2]。[地是石晋[3]所割，后为周世宗[4]所取。] 富弼奉使，往见契丹主曰："两朝继好，垂四十年，一旦求割地，何也？"契丹主曰："南朝违

约，塞雁门，增塘水，治城隍，籍民兵，将以何为？群臣请举兵而南。吾谓不若遣使求地，求而不获，举兵未晚。"弼曰："北朝忘章圣皇帝⑤之大德乎？澶渊之役，苟从诸将言，北兵无得脱者。且北朝与中国通好，则人主专其利，而臣下无所获。若用兵，则利归臣下，而人主任其祸。故劝用兵者，皆为身谋耳。今中国提封⑥万里，精兵百万，北朝欲用兵，能保必胜乎？就使其胜，所亡士马，群臣当之与，抑人主当之与？若通好不绝，岁币⑦尽归人主，群臣何利焉？"契丹主大悟，首肯者久之。

弼又曰："雁门者，备元昊⑧也。塘水始于何承矩，事在通好前。城隍修旧，民兵亦补阙，非违约也。"契丹主曰："虽然，吾祖宗故地，当见还耳。"弼曰："晋以卢龙⑨赂契丹，周世宗复取关南地，皆异代事。若各求地，岂北朝之利哉？"既退，刘六符曰："吾主耻受金币，坚欲十县，何如？"［边批：占上风。］弼曰："本朝皇帝言：'为祖宗守国，岂敢妄以土地与人？北朝所欲，不过租赋耳。朕不忍多杀两朝赤子，故屈地增币以代之。'［边批：占上风。］若必欲得地，是志在败盟，假此为辞耳。"

【注释】

①西夏之忧：宋仁宗庆历二年（1042年），宋朝与西夏战事胶着，宋朝新败，此前西夏曾向契丹称臣，契丹责宋不事先告知，就兴兵伐西夏，并以此为由索要关南十县之地。

②关南之地：瓦桥关以南，故址在今河北雄县南。

③石晋：五代十国时期后晋高祖石敬瑭。本为后唐节度使，遭后唐末帝猜忌，名将讨之。敬瑭求救于契丹，与耶律德光约为父子。契丹助其灭后唐，册封为帝，建国号晋，史称后晋。乃割幽蓟

十六州予契丹，每年献帛三十万匹，自称"儿皇帝"。

④周世宗：柴荣，后周第二位皇帝。在位期间先后攻取后蜀四州和南唐江淮地区的十四州，并收复被契丹控制的莫、瀛、易三州，庙号世宗。

⑤章圣皇帝：宋真宗，累谥"膺符稽古神功让德文明武定章圣元孝皇帝"，简称章圣皇帝。

⑥提封：版图，疆域。

⑦岁币：此处指朝廷每年向契丹输送的财物。

⑧元昊：李元昊，西夏王朝开国皇帝。1038年称帝，国号"大夏"，称帝后与宋朝关系彻底破裂，屡屡举兵攻宋。

⑨卢龙：早在石敬瑭割让幽蓟十六州给契丹前，卢龙及雁门关以北地区已被割让。

【译文】

契丹趁北宋朝廷正因与西夏交战而备受困扰之际，派遣使者前来索要关南地区。[地是后晋石敬瑭割给契丹的，又被周世宗打了回来。] 富弼奉命出使契丹，前去面见契丹的统治者，说："宋朝和契丹交好已近四十年，现在您忽然要求我朝割地，是为什么呢？"契丹主说："是你们南朝先违背契约，先派兵严守雁门关，增辟陂塘，修筑城墙，征调民兵，你们是要做什么呢？我的臣子都请求举兵南下。我说不如派遣使者要求领土，若要求不能得到满足，兴兵也不迟。"富弼说："北朝难道忘记了章圣皇帝的大恩大德了吗？澶渊之战时，章圣皇帝如果听从将领们的意见，那么北朝的士兵没有能活命的。况且北朝和我朝互通盟好，那么君主可以得到所有的好处，大臣却得不到什么。一旦开战，如果胜利了，利益都归大臣所有，如果战败，君主反而要承担其中的祸端。因此劝说您开战的，都是在为他们自己谋利啊。现在我朝有疆域万里，精兵百万，北朝要是想和我们开战，能保证一定会胜利吗？就算你们胜利了，死去的士兵和战马，是由大臣来负担，还是由君主负担呢？如果两国继续修好，那么宋朝每年送来的银绢等物都归您所有，对群臣又有什么好处呢？"契丹主顿悟，连连肯定富弼的话。

富弼又说："我朝派兵防守雁门关，是为了防备西夏的元昊。修筑陂塘是从何承矩那时开始的，事情发生在两国修好之前。修筑城墙不过是翻新维护，而征调民兵也只是正常地递补军中的遗缺，并没有违背两国的和约。"契丹主说："即便如此，关南地区是我们祖宗的领地，也应该还给我们。"富弼说："后晋的石氏割让卢龙地区来贿赂契丹，以求契丹出兵相助，后来周世宗又将关南地区收取回来，这都是不同朝代的事了。况且如果真的要各自索要祖宗土地，对北朝又有什么好处呢？"富弼告辞退下后，刘六符找到富弼说："我主认为每年接受宋朝的钱财是一种耻辱，坚持要求宋朝割关南十县给契丹，你认为如何？"［边批：占了上风。］富弼说："本朝皇帝说过：'为祖宗守卫国土，哪里敢随便将土地割与他人？北朝想要的，不过是领土所产生的税收罢了。朕不忍心见两国年轻人因战争而丧命，因此才增加每年输纳的财物来代替割地。'［边批：占了上风。］如果北朝一定要割地，那就是想要毁坏两国盟约，只是以此为借口罢了。"

明日契丹主召弼同猎，引弼马自近，谓曰："得地则欢好可久。"弼曰："北朝既以得地为荣，南朝必以失地为辱。兄弟之国，岂可一荣一辱哉？"猎罢，六符曰："吾主闻公荣辱之言，意甚感悟，今唯结姻可议耳。"弼曰："婚姻易生嫌隙。本朝长公主出嫁，赍送不过十万缗，岂若岁币无穷之利哉？"

弼还报，帝许增币。契丹主曰："南朝既增我币，辞当曰'献①'。"弼曰："南朝为兄，岂有兄献于弟乎？"[边批：占上风。]契丹主曰："然则为'纳②'。"弼亦不可。契丹主曰："南朝既以厚币遗我，是惧我矣，于二字何有？若我拥兵而南，得无悔乎？"弼曰："本朝兼爱南北，[边批：占上风。]故不惮更成，何名为惧？或不得已而至于用兵，则当以曲直为胜负，非使臣之所知也！"契丹主曰："卿勿固执，古有之矣。"弼曰："自古唯唐高祖借兵突厥。当时赠遗，或称献纳。其后颉利为太宗所擒③，[边批：占上风。]岂复有此哉！"契丹主知不可夺，自遣人来议。帝用晏殊④议，竟以"纳"字与之。[边批：可恨！]

[冯述评]富郑公与契丹主往复再四，句句占上风，而语气又和婉，使人可听。此可与李邺侯参看，说辞之最善也。弼始受命往，闻一女卒；再往，闻一男生，皆不顾。得家书，未尝发，辄焚之，曰："徒乱人意！"有此一片精诚，自然不辱君命。

【注释】

①献：藩臣贡物，曰"献"，为附属国进贡之词。

②纳：义同贡献，也是附属国进贡之词。

③颉利为太宗所擒：唐初，突厥频繁骚扰唐境，倚仗兵强马壮傲慢无礼，索取无度，唐高祖为维护稳定，始终采取羁縻政策。唐太宗即位后，突厥内乱，太宗派李靖出兵击突厥，擒颉利可汗。

④晏殊：北宋仁宗时累迁集贤殿大学士、同中书门下平章事，兼枢密使。

【译文】

第二天，契丹主召富弼一同去狩猎，其间让富弼骑马靠近自己，说："如果让契丹得到土地，那么两国就可以长久修好了。"富弼说："北朝既然把得到土地看成一种荣耀，那么南朝也必定将失去土地看作一种耻辱。我们是兄弟之国，怎么可以让一方荣耀却让另一方蒙受耻辱呢？"狩猎完毕后，刘六符又说："我主听了您有关荣辱的言论，心中产生了许多感悟，现在只有联姻这一种手段可以商议了。"富弼说："婚姻容易产生嫌隙。我朝长公主出嫁，陪嫁的嫁妆也不过十万缗钱，哪里比得上每年获得财物这样无穷无尽地获利呢？"

富弼回朝后，将事情经过奏禀仁宗，仁宗答应了增加岁币的事情。契丹主又说："南朝既然增加了岁币的数量，盟约上的措辞也应当改为'献'。"富弼说："南朝是兄长，哪有兄长给弟弟东西称为'献'的道理？"［边批：占了上风。］契丹主又说："那就改为'纳'。"富弼也不答应。契丹主说："南朝既然送了这么多岁币给我朝，必然是因为惧怕我朝，改两个字又怎么了？如果我率军南下，到时你们不后悔吗？"富弼回答："我朝对南北两朝的百姓都怀有仁爱之心，［边批：占了上风。］因此不惮于增加岁币，重新议和，怎么能说惧怕呢？如果真的不得已到了要打仗这一步，就会根据是非曲直做出胜负决断，那就不是我一个使臣所能知道的了！"契丹主说："你不要再固执了，称'献'称'纳'之事古时就有过先例的。"富弼说："自古以来，就只有唐高祖李渊和突厥借过兵，当时为了酬谢突厥人的帮助，用过'献纳'这样的措辞。但后来颉利可汗也为唐太宗所擒，［边批：占了上风。］哪能再重复这样的情形呢！"契丹主知道自己再无法改变富弼的心意，便私下派遣人前来宋朝议和。然而宋仁宗采纳了晏殊的建议，最后还是在给契丹的盟书中用了"纳"字。[边批：可恨！]

[**冯梦龙述评**] 富郑公在和契丹主来往的四番对话中，句句占上风，但又语气和婉，让人容易听进去。这段话可以和李泌之言相提并论，是使臣发言中的最高境界。富弼接受命令出使契丹的时候，刚好听闻了自己女儿死去的消息；再去的时候，又得到了家里生了个男孩儿的消息，富弼都没有理会。收到家书后，也没等拆阅就烧掉，说："只会扰乱我的思绪！"有这样一片精诚在，富弼自然就能做到不辱没君王的命令了。

秦宓①：
胸中有墨水，谈吐自然高明

吴使张温②聘蜀，百官皆集，秦宓[字子敕。]独后至。温顾孔明曰："彼何人也？"曰："学士秦宓。"温因问曰："君学乎？"宓曰："蜀中五尺童子皆学，何必我！"温乃问曰："天有头乎？"曰："有之。"曰："在何方？"曰："在西方。《诗》云'乃眷西顾③'。"温又问："天有耳乎？"曰："有。天处高而听卑，《诗》云'鹤鸣九皋，声闻于天④'。"曰："天有足乎？"宓曰："有。《诗》云'天步艰难⑤'。非足何步？"曰："天有姓乎？"宓曰："有姓。"曰："何姓？"宓曰："姓刘。"曰："何以知之？"宓曰："以天子姓刘知之。"温曰："日生于东乎？"宓曰："虽生于东，实没于西。"时应答如响，一坐惊服。

[冯述评]其应如响，能占上风，故特录之。他止口给者，概无取。

【注释】

①秦宓：三国时期蜀汉大臣，学者，官至大司农。

②张温：三国时期吴国官吏，少修节操，容貌奇伟，颇有文才，尤擅应对。孙权拜其为议郎、选曹尚书，徙太子少傅。后因称美蜀政为孙权所衔恨，又嫌其声名太盛，恐不为己用，以结党为名罢其官。

③乃眷西顾：见《诗经·大雅·皇矣》，诗中写有"皇矣上帝，临下有赫。监观四方，求民之莫……乃眷西顾"等句。

④鹤鸣九皋，声闻于天：见《诗经·小雅·鹤鸣》，意为鹤在曲折深远的沼泽中鸣叫，声音能传到天上去（就连上天都听得到）。

⑤天步艰难：见《诗经·小雅·白华》，诗中有"天步艰难，之子不犹"句，意为国运艰难。此处和上述几处，秦宓都是引用《诗经》，化用了其字面意思。

【译文】

东吴使者张温访问蜀汉，蜀汉的百官几乎到齐了，只有秦宓[字子敕。]后到。张温看着诸葛孔明问："这是什么人？"孔明回答："是学士秦宓。"于是张温继续问秦宓："你研究学问吗？"秦宓回答："蜀中的五尺小童都学习，何况是我！"于是张温问他："天有头吗？"秦宓回答："有的。"张温追问："在哪个方位？"秦宓回答："在西方。《诗经》中说'乃眷西顾'。"张温又问："天有耳朵吗？"秦宓回答："有的。天身处高处却能听见下界的声音，《诗经》中说'鹤鸣于九皋，声闻于天'。"张温问："天有脚吗？"秦宓回答："有的。《诗经》中说'天步艰难'。如果没有脚，要怎么走呢？"张温问："天有姓吗？"秦宓回答："有姓。"张温追问："姓什么？"秦宓回答："姓刘。"张温问："你是怎么知道的？"秦宓回答："因为当今天子姓刘，所以我知天必然也姓刘。"张温问："太阳是在东边诞生吗？"秦宓回答："太阳虽然生在东边，最终却归于西边。"当时他的应答响亮，如有回声，在座众人都为之惊叹佩服。

[冯梦龙述评] 秦宓的应答响亮，如有回声，又能占据上风，因此我特别将这件事收录进来。其他只是逞口舌之快的故事，一律不收录。

晏子：
委婉说话的艺术

齐有得罪于景公者，公大怒，缚置殿下，召左右肢解①之："敢谏者诛！"晏子左手持头，右手磨刀，仰而问曰："古者明王圣主肢解人，不知从何处始？"公离席曰："纵之，罪在寡人。"

时景公烦于刑，有鬻踊②者。[踊，刖者所用。]公问晏子曰："子之居近市，知孰贵贱？"对曰："踊贵履贱。"公悟，为之省刑。

[冯述评] 晏子之谏，多讽③而少直，殆滑稽④之祖也。

其他使荆⑤、使吴、使楚事，亦皆以游戏胜之。觉他人讲道理者，方而难入。〇晏子将使荆。荆王与左右谋，欲以辱之。王与晏子立语，有缚一人过王而行。王曰："何为者？"对曰："齐人也。"王曰："何坐？"对曰："坐盗。"王曰："齐人故盗乎？"晏子曰："江南有橘，取而树之江北，乃为枳⑥。所以然者，其地使然。今齐人居齐不盗，来之荆而盗，荆地固若是乎？"王曰："圣人非所与戏也，只取辱焉！"

晏子使吴，王谓行人⑦曰："吾闻婴也，辩于辞，娴于礼。"命傧者⑧："客见则称天子。"明日，晏子有事，行人曰："天子请见。"晏子慨然者三，曰："臣受命敝邑之君，将使于吴王之所，不佞⑨而迷惑，入于天子之朝，敢问吴王乌乎存？"然后吴王曰："夫差请见。"见以诸侯之礼。

晏子使楚。晏子短，楚人为小门于大门之侧而延晏子。晏子不入，曰："使狗国者，从狗门入；臣使楚，不当从此门。"傧者更从大门入。见楚王，王曰："齐无人耶？"晏子对曰："齐之临淄三百闾⑩，张袂成帷，挥汗成雨，何为无人？"王曰："然则何为使子？"晏子对曰："齐命使，各有所主，其贤者使贤主，不肖者使不肖主。婴最不肖，故使楚耳。"

【注释】

①肢解：古代酷刑之一，割去人的四肢。

②踊：受刖刑之人所用的假肢。刖，古时一种酷刑，指将犯人的脚砍掉。

③讽：用含蓄的话暗示或劝告，这里无贬义。

④滑稽：指能言善辩、言辞流利之人。

⑤荆：楚国别称。《通志·氏族略》云："楚国旧号荆，此未

号楚之前受氏也。"楚国先祖熊氏被封在荆山一带，故称。

⑥枳：落叶灌木或小乔木，小枝多刺，果实黄绿色，类橘而小，味酸不可食。

⑦行人：春秋战国时官职名，掌管接待诸侯使者之礼仪。《周礼·秋官·讶士》："邦有宾客，则与行人送逆之。"

⑧傧者：辅助主人引导宾客者。

⑨不佞：自谦之辞，不才。

⑩闾：古代户籍编制单位，二十五家为一闾。

【译文】

齐国有人触怒了齐景公，齐景公非常生气，将那人捆在大殿之下，招来身边的侍从要将那人肢解，并且发话："要是有人胆敢劝谏，就一起处死！"晏子左手抓着那人的头，右手磨刀，仰头问齐景公："古代圣明的君主肢解人的时候，不知道是从哪一处开始的？"于是齐景公离开座席说："放了他吧，是寡人的错。"

当时齐景公用刑繁多，甚至有人专门贩卖"踊"。[踊，即受刖刑之人所用的假肢。]齐景公问晏子："你住的地方靠近市集，可知道现在市集之中什么东西昂贵，什么东西便宜？"晏子回答："假肢贵，鞋子便宜。"齐景公听后醒悟了，并为之减少了刑罚。

[冯梦龙述评]晏子劝谏，以含蓄劝谏为主，很少犯颜直谏，堪称滑稽一派的祖师爷了。他出使楚国和吴国时，也都是凭借玩笑一样的言谈取得了胜利。听了晏子的话，再听其他人讲大道理，就觉得难以接受了。晏子将要出使楚国。楚王和左右近臣商量，想要羞辱晏子。于是他们趁楚王和晏子站着说话的时候，故意押着一个捆起来的犯人从楚王面前经过。楚王问："这是什么人？"手下回答："是齐国人。"楚王又问："他犯了什么罪？"手下回答："盗

窃罪。"楚王问："齐国人都有偷窃的毛病吗？"晏子回答："江南之地有一种橘树，将这种树移植到江北，结出来的果子就变成了又酸又小的枳。会有这种变化，是它所处的地域环境导致的。现在齐国人住在齐国不偷窃，来到楚国后却开始偷窃了，难道荆楚这个地方的环境本来就是这样的吗？"楚王说："这样的圣人是不能戏弄的，戏弄他也不过是自取其辱罢了！"

晏子出使吴国，吴王对负责接待的礼官说："我听说晏婴能言善辩，又熟知礼仪。"于是他命令负责引导宾客的官员："见到客人后，便在他面前用'天子'尊称寡人。"第二天，晏子有事要见吴王，礼官说："天子请您入宫见面。"晏子长叹了好几声，说："臣受敝国国君的命令，到吴王的所在之地出使，想不到在下竟糊里糊涂地来到了周天子的宫廷，敢问吴王究竟在哪里呀？"之后吴王便命人改口说："夫差请您前去相见。"之后也是用诸侯之礼来与晏子见面。

晏子到楚国出使。由于晏子身材矮小，楚人便请他从大门旁边的小门进去。晏子不进，说："出使狗国的人，才从狗门进入；臣出使的是楚国，不应当从这个门进去。"引导宾客的官员这才改让他从大门进入。见了楚王后，楚王问晏子："齐国没人了吗？"晏子回应："齐国的都城临淄有三百间人家，人们的衣袖张开可以连成一片帷帐，人们挥洒的汗水落下来像下雨一样，怎么能说没人呢？"楚王问："那为什么派你这样的人前来出使？"晏子回答："齐国奉命出使的使者，都各有各的职责，贤能的使者就会被派到贤能的君主那里去出使，不贤能的使者就会被派到不贤能的君主那去出使。我最不像样，所以才被派来出使楚国了。"

马围　中牟令：
讽刺劝谏法

景公有马，其围人①杀之。公怒，援戈将自击之。晏子曰："此不知其罪而死，臣请为君数之。"公曰："诺。"晏子举戈临之曰："汝为我君养马而杀之，而罪当死！汝使吾君以马之故杀围人，而罪又当死！汝使吾君以马故杀围人，闻于四邻诸侯，而罪又当死！"公曰："夫子释之，勿伤吾仁也。"

后唐庄宗猎于中牟，践蹂民田，中牟令当马而谏。庄宗大怒，命叱去斩之。伶人敬新磨②率诸伶走追其令，擒至马前，数之曰："汝为县令，独不闻天子好田猎乎？奈何纵民稼穑，以供岁赋？何不饥饿汝民，空此田地，以待天子驰逐？汝罪当死！亟请行刑！"诸伶复唱和。于是庄宗大笑，赦之。

【注释】

①围（yǔ）人：官名，掌管养马放牧等事。
②敬新磨：五代后唐伶人，为人机敏，深受庄宗宠爱。

【译文】

齐景公有匹马，被掌管养马的官员杀死了。齐景公大怒，拿着戈想要亲手杀掉这个官员。晏子说："这个人还不知道自己是因为什么罪而死的，请让臣为国君您一一细数。"齐景公说："好吧。"晏子举着戈来到那人面前说："你为我国国君养马，却杀掉了马，按罪应当处死！你让我国国君因为一匹马杀掉了一名围人，按罪也应当处死！你让我国国君因为一匹马杀死了一名围人，又让这件事传到了四邻诸侯的耳朵里，按罪也应当处死！"齐景公说："您放了那人吧，不要损害了我的仁德之政！"

后唐的庄宗在中牟打猎，践踏了百姓的田地，中牟县的县令挡在马前谏阻。庄宗大怒，命人将他轰下去处斩。伶人敬新磨率领伶人们跑着追上了即将被处斩的中牟县县令，将他擒到了庄宗的马前，数落他："你作为县令，就没听说过天子喜好在田里打猎吗？为什么还要纵容百姓在田里种庄稼，来供应每年的赋税？为什么不让你的百姓饿着，将田地空出来，只等天子来策马奔驰？你按罪应当处死！请立即行刑吧！"伶人们也纷纷附和。于是庄宗大笑，赦免了中牟县县令。

简雍①：
学会用玩笑话达成自己的劝说目的

先主②时天旱，禁私酿。吏于人家索得酿具，欲论罚。简雍与先主游，见男女行道，谓先主曰："彼欲行淫，何以不缚？"先主曰："何以知之？"对曰："彼有其具！"先主大笑而止。

【注释】

①简雍：三国时期刘备帐下谋士。与刘备有旧交。备得荆州，为从事中郎，常奉命出使。后随备入蜀，曾入城说降刘璋，以功拜昭德将军。优游风议，滑稽多智。

②先主：指蜀汉先主昭烈帝刘备。

刘备统治时期，因为遇到天旱，粮食减产，所以严禁百姓私自酿酒。官吏在一户人家搜到了酿酒用的器具，刘备便要处罚这家人。这天简雍和刘备一同出游，看见有一对儿男女在路上走，简雍便对刘备说："这两个人要行淫乱之事，为什么不将他们抓起来？"刘备说："你是怎么知道的？"简雍回答："他们身上有淫乱用到的'器具'呀！"刘备听后大笑，于是便不再处罚持有酿酒器具的那家人了。

贾诩①：
举一个反面例子，胜于举十个正面例子

贾诩事操，时临淄侯植②才名方盛，操尝欲废丕立植。一日屏左右问诩，诩默不对。操曰："与卿言，不答，何也？"对曰："属有所思。"操曰："何思？"诩曰："思袁本初、刘景升父子③。"操大笑，丕位遂定。

［冯述评］卫瓘"此座可惜④"一语，不下于诩，晋武悟而不从，以致于败。

【注释】

①贾诩：三国时期谋士，曹魏开国功臣，以多谋善算著称。董卓时官至讨虏校尉。卓死，他劝卓部将西攻长安，导致了李傕、郭汜之乱。后投奔张绣，为谋主，劝绣归降曹操，曹操表为执金吾

从破袁绍、韩遂、马超等，屡为谋划。又曾助曹丕立为太子，魏文帝时官拜太尉。

②临淄侯植：曹植，封临淄侯。

③袁本初、刘景升父子：袁本初，名绍，东汉末年大军阀，偏爱其少子袁尚，致使审配等人假托其遗命，扶立袁尚为嗣，与长子袁谭相争，最终为曹操所灭。刘景升，名表，东汉末年宗室，曾任荆州刺史；在他病逝后，蔡瑁等人废长立幼，扶其少子刘琮继任，不久曹操大军南下，刘琮举州投降。

④此座可惜：晋武帝时，朝臣皆知太子司马衷（后为晋惠帝）心智痴蠢，不能亲理政事。卫瓘几次想要对武帝表奏废太子事而未敢发。后卫瓘在宴会时托醉，跪在武帝床前说："臣欲有所启。"武帝问："公所言何耶？"瓘欲言而止者三，因以手抚床曰："此座可惜！"武帝了悟了他的用意，却只说："公真大醉耶？"从此之后卫瓘便不再提及此事。但贾后因此十分怨恨卫瓘。后武帝崩，贾后执掌朝政，卫瓘父子皆因此遇害。

【译文】

贾诩担任曹操属臣的时候，临淄侯曹植的才名极盛，曹操曾想废掉曹丕的世子之位改立曹植为嗣。一天，他屏退左右近侍，就此事单独询问贾诩，贾诩沉默不回答。曹操问："我和你说话，你却不回答，是因为什么？"贾诩说："属下正在想事情。"曹操问："在想什么？"贾诩回答："在想袁绍父子和刘表父子的事。"曹操大笑，于是曹丕的世子之位确定了下来。

[冯梦龙述评] 西晋的卫瓘也曾说过"此座可惜"这样的话，他的见识和机智不比贾诩逊色，晋武帝了悟了他的意思却不采纳他的建议，这才导致了西晋的败亡。

职场禁忌篇

职场上什么事绝对不能干？很多人在和同事打交道时，公私不分，把公事公办变成私人恩怨；在和客户、领导打交道时，总把情绪写在脸上，生怕对方不懂自己的内心……这些都是职场大忌。你的细微表情、脱口而出的玩笑话，随时可能触碰到同事和领导的底线。翻开本篇，别再做给自己"挖坑"的傻事了。

光武帝：
公私不分是职场大忌

刘秀①为大司马②时，舍中儿③犯法，军市令④祭遵⑤格杀之。秀怒，命取遵。主簿⑥陈副谏曰："明公⑦常欲众军整齐。遵奉法不避，是教令所行，奈何罪之？"秀悦，乃以为刺奸将军，谓诸将曰："当避祭遵。吾舍中儿犯法尚杀之，必不私诸将也。"

[冯述评] 罚必则令行，令行则主尊。世祖所以能定四方之难也。

【注释】

①刘秀：东汉开国皇帝，中国古代杰出的政治家、军事家，谥号光武，庙号世祖。刘邦九世孙，南阳豪族，新朝末年起兵反王莽。公元25年登基称帝，改元建武，建立东汉王朝，后又镇压绿林、赤眉等农民起义军，削平隗嚣、公孙述等各地割据势力。在位时休养生息，发展经济，开创了"光武中兴"。

②大司马：汉末官名，三公之首，掌管军事。刘秀追随更始帝刘玄时，曾被封为大司马。

③舍中儿：家中亲近的年轻仆从。

④军市令：官名，汉军中贸易市场由军官掌管，此官称军市令。

⑤祭（zhài）遵：东汉名将，"云台二十八将"之一，曾担任军市令，因清廉奉公，执法如山，深受刘秀爱重。

⑥主簿：汉代官名，各级主官属下的佐吏，主管文书、簿籍及印鉴，上至三公，下至郡县长官皆有之，常参机要。

⑦明公：旧时对有名位者的尊称。

【译文】

刘秀担任大司马的时候，家中仆从犯法，军市令祭遵将其击杀。刘秀发怒，命人抓捕祭遵。主簿陈副进谏说："您常常希望众军整齐，军纪严明。祭遵尊奉律法，不避权贵，是推行军令的表现，为什么要治他的罪呢？"刘秀听后非常愉悦，于是任命祭遵为刺奸将军，并对诸位将领说："你们都要当心祭遵。我家中仆从犯法他都敢杀，必定不会对诸位将军徇私的。"

[冯梦龙述评]有罪必罚，军令才能畅行，军令畅行了，人主才能受到尊敬。这也是刘秀能平定各方割据势力的原因。

华歆①：
不可中途抛弃同伴

华歆、王朗②乘船避难，有一人欲附，歆难之。朗曰："幸尚宽，何为不可？"后贼追至，王欲舍所携人。歆曰："本所以疑，正为此耳！既已纳其自托，宁可以急相弃耶？"遂携拯如初。

【注释】

①华歆：东汉末名士，与管宁、邴原共称"一龙"，华歆为龙头。曹操执国政，表征之，拜议郎，参司空军事，代荀彧为尚书令。曹丕继王位，拜相国，封安乐乡侯，擢司徒。魏明帝即位，拜太尉，封博平侯。

②王朗：曹魏时期历官谏议大夫、大理、司空、司徒，为当时重臣。精通经学，著有《易传》《春秋传》等书。

【译文】

华歆、王朗乘船避难，有一个人想要依附他们同行，华歆感到很为难。王朗说："幸好船还很宽敞，为什么不能载他呢？"后来贼兵追上来了，王朗想要丢下搭船之人。华歆说："我之前之所以犹豫，就是因为这个啊！既然已经接受了他将身家性命托付给我们的请求，哪能再因为情势紧急而抛弃他呢？"于是仍像原先那样带着他。

程伯淳①：
远离怪力乱神

程颢为越州金判②，蔡卞为帅③，待公甚厚。初，卞尝为公语："张怀素④道术通神，虽飞禽走兽能呼遣之。至言孔子诛少正卯，彼尝谏以为太早，汉祖成皋相持⑤，彼屡登高观战。不知其岁数，殆非世间人也！"公每窃笑之。及将往四明，而怀素且来会稽。卜留少俟，公不为止，曰："'子不语怪、力、乱、神⑥。'以不可训也。斯近怪矣。州牧⑦既甚信重，士大夫又相诣合，下民从风而靡，使真有道者，固不愿此。不然，不识之未为不幸也。"后二十年，怀素败，多引名士。［边批：欲以自脱。］或欲因是染公，竟以寻求无迹而止。非公素论守正，则不免于罗织矣。

【注释】

①程伯淳：程颢，北宋理学家，世称"明道先生"。早年与其弟程颐同受业于周敦颐，世称"二程"，同为理学奠基人。提出"天理"之说，认为"天"即"理"即"心"，"天人本无二"。他和程颐的学说后来为朱熹所继承发展，世称程朱学派，著作收入《二程全书》。

②金判：签判，签书判官厅公事的简称。为宋朝各州幕职，协助州长官处理政务及文书案牍。

③蔡卞为帅：蔡卞，宋朝大臣，蔡京弟，王安石婿。累迁礼部侍郎，出使辽，辽朝闻其名，颇受礼遇。历知宣、扬、广、润、越诸州。素与妖人张怀素游，谓其道术通神。怀素事败，遂降职。帅，宋时知州兼管军政，故称。

④张怀素：本为舒州僧人，自称插花和尚，后蓄发，自称落拓道人、落魄野人。崇宁年间，以左道游公卿间，言金陵有王气，欲谋非常，遣其徒游说士大夫之有名望者。事泄，朝廷兴大狱，坐死者数十人。

⑤汉祖成皋相持：汉高祖刘邦曾与项羽在成皋对峙。成皋之战后，楚汉以鸿沟为界，中分天下，东属楚，西属汉。

⑥子不语怪、力、乱、神：出自《论语·述而》。孔子教导弟

子，不言怪异、恃力、弑逆、鬼神之事，"敬鬼神而远之"。

⑦州牧：一州的最高长官。

【译文】

　　程颢担任越州佥判的时候，适逢蔡卞为越州知州兼统帅，蔡卞对他十分恭敬。当初，蔡卞曾经对程颢说："张怀素的道术能通神灵，即使是飞禽走兽他也能召唤差遣。张怀素说，孔子诛杀少正卯的时候，他曾经劝谏孔子说时机尚早，汉高祖刘邦和楚霸王项羽在成皋对峙的时候，他曾经多次登高观战。不知道他现在有多大岁数了，恐怕他不是这世间的凡人啊！"程颢每每暗笑他。等到程颢将要去四明的时候，张怀素刚好来到了会稽。蔡卞就让程颢稍微多留一段时间，见见张怀素，但程颢并不愿为张而停留，说："'孔子不谈论怪异、恃力、弑逆、鬼神之事。'因为这些事是难以解释的。与怀素有关的事都近乎怪异。州牧既然相信并爱重他，士大夫又谄媚巴结他，百姓则是望风而靡，假使他真是有道之人，自然不愿意这样。否则的话，就算不认识这样的人，也未必不幸。"二十年后，张怀素作乱事败，牵连出许多名士。[边批：张怀素这样做是想替自己脱罪。]有人想要借此事诬陷程颢，最终却因为找不到张怀素与程颢交往的迹象而作罢。如果不是程颢平日里固守正道、言行正直，就不免要被虚构罪名而遭到陷害了。

　　[冯述评]张让①，众所弃也，而太丘②独不难一吊③。张怀素，众所奉也，而伯淳独不轻一见。明哲保身，岂有定局哉！具二公之识，并行不悖可矣。蔡邕④亡命江海积十二年矣，不能自晦以预免董卓之辟；逮既辟，称疾不就，犹可也，乃因卓之一

怒，惧祸而从，受其宠异，死犹叹息。初心谓何，介而不果⑤，涅而遂缁⑥，公论自违，犹望以续史幸免⑦，岂不愚乎？视太丘愧死矣！《容斋笔记》⑧云：会稽天宁观老何道士，居观之东廊，栽花酿酒，客至必延之。一日有道人貌甚伟，款门求见，善谈论，能作大字。何欣然款留，数日方去。未几，有妖人张怀素谋乱，即前日道人也。何亦坐系狱，良久得释。自是畏客如虎，杜门谢客。忽有一道人，亦美风仪，多技术，西廊道士张若水介之来谒。何大怒骂，合扉拒之。此道乃永嘉林灵噩⑨，旋得上幸，贵震一时，赐名灵素，平日一饭之恩无不厚报。若水乘驿赴阙，官至蕊珠殿校籍⑩，父母俱荣封。而老何以尝骂故，朝夕忧惧；若水以书慰之，始少安。此亦知其一不知其二之鉴也。

【注释】

①张让：东汉灵帝时宦官，为中常侍，封列侯，威势显赫。说灵帝令收天下田亩税十钱，大修宫室，致使民不聊生。大将军何进欲诛张让等，谋泄，反被杀。袁绍勒兵诛宦官，让劫少帝走河上，追急，投河死。

②太丘：陈寔，东汉名士，桓帝时出任太丘长，故称。修德清静，百姓以安。党锢祸起，人多逃避求免。陈寔自请囚禁，遇赦得出，居乡闾，累征不就。与其子陈纪、陈谌并号为"三君"。

③独不难一吊：东汉末年，中常侍张让权倾天下，让父死，归葬颍川，虽一郡毕至，而名士无往者，让甚耻之，寔独吊焉。后党锢之祸中，张让感念陈寔，故多所全宥。

④蔡邕：字伯喈，东汉时期名臣。少博学，好辞章、数术、天文，妙操音律。以上书论朝政阙失，屡遭宦官迫害，亡命江湖十余年。董卓专权，迫其淫威，召为祭酒，迁尚书，官至左中郎将。

⑤介而不果：耿介刚直却没有坚持到最后。

⑥涅而遂缁：遇到黑色染料就被染成黑色，比喻受到恶劣环境影响而改变原本高洁的品行，与之同流合污。涅，矿物名，古代用作黑色染料。缁，黑色。《论语》中有"涅而不缁"语。

⑦犹望以续史幸免：卓诛，蔡邕为尚书王允所捕，自请黥首刖足，续成汉史，不许，死狱中。

⑧《容斋笔记》：指《容斋随笔》，南宋洪迈所撰史料笔记，与沈括的《梦溪笔谈》、王应麟的《困学纪闻》并称为宋朝三大最有学术价值的笔记。

⑨林灵噩：林灵素，少学佛，后去为道士。宋徽宗访方士，被召见，赐号通真达灵先生。借天书、云篆，欺世惑众。徒众达二万人，立"道学"。在京四年，恣横不悛。后被贬为太虚大夫，斥归故里。

⑩蕊珠殿校籍：蕊珠宫，道观名。徽宗朝置葆光殿校籍、蕊珠殿校籍、凝神殿校籍等，系道职名，为道官贴职，拟文臣职名修撰。

【译文】

[冯梦龙述评] 张让，是天下人厌弃的人，唯有陈寔肯去吊唁他的父亲。张怀素，是众人所信奉的人，唯有程颢偏偏不肯与他见一次面。明哲保身的方法，哪里有定论呢！只要拥有了这二位的见识，并行不悖就可以了。蔡邕亡命江湖累计十二年，却不能收敛行迹，来预防被董卓征召；等到被征召后，倘若称病不去就任，也是可以做到的，可他因为董卓的一怒，畏惧家族遭祸而屈从，此后受到董卓的宠任，直到董卓死了还在为他叹息。蔡邕的初心到底是什么呢？他原本也是耿介刚直的，却没能坚持到最后，身处恶劣的环境便选择同流合污，让自己处于与公众议论相悖逆的境地，还盼

望着通过续写汉史的方式得到幸免，岂不愚蠢吗？再看看陈寔的行为，相较之下蔡邕简直要惭愧死了！《容斋笔记》中记载：会稽天宁观中有一位姓何的老道士，住在道观的东廊，平日栽花酿酒，每逢有客人到访必定要邀请、招待他们。一天，有一个相貌非常俊美的人敲门求见，这个人擅长谈天说地，写得一手漂亮的大字。何道长开心地将他留下来款待，过了好几日那人才离去。没过多久，有妖人张怀素图谋作乱，就是前几天来访的那个道人。何道长也受到牵连而入狱，过了好长时间才被释放。他从此便像畏惧猛虎那样惧怕客人，关起门来谢绝宾客到访。某天忽然有一位道人，也生得风仪俊美，擅长多种奇技方术，西廊道士张若水介绍他前来拜访。何道长大怒，将那道人骂了一顿，关上门拒绝了他。这个道人就是永嘉人林灵噩，此人不久便得到了宋徽宗的宠爱，煊赫一时，赐名灵素，林灵素对于平日里受到的一饭之恩也施以丰厚回报。张若水也因此得以坐上马车来到皇宫，做到了蕊珠殿校籍的高官，父母也受到了光荣的封赏。而何老道长因为曾经大骂林灵素，从早到晚都十分忧虑恐惧；张若水写信宽慰他，他才稍稍安心了。这件事也可以作为在明哲保身之道上只知其一不知其二的例子吧。

伐卫[①]　伐莒：
别把情绪放脸上

齐桓公朝而与管仲谋伐卫。退朝而入，卫姬[②]望见君，下堂再拜，请卫君之罪。公问故，对曰："妾望君之入也，足高气强，有伐国之志也。见妾而色动，伐卫也。"明日君朝，揖管仲而进之。管仲曰："君舍卫乎？"公曰："仲父安识之？"管仲曰："君之揖朝也恭，而言也徐，见臣而有惭色。臣是以知之。"

【注释】

①伐卫：《吕氏春秋》载，齐桓公合诸侯，卫人后至，桓公因而与管仲谋伐卫，后因卫姬之请而作罢。

②卫姬：卫侯之女，齐桓公宠姬，后立为夫人。

【译文】

齐桓公上朝时与管仲谋划征伐卫国之事。下朝后回到内宫，卫姬远远看见桓公，便立即走下堂对他拜而又拜，为卫国国君请罪。桓公询问卫姬这样做的缘故，卫姬说："我远远看见您走进来，一副意气风发的样子，是有征伐他国的心志。看见我后您脸色改变，说明要征伐的是卫国！"第二日桓公早朝，态度谦和地请管仲进入。管仲说："您放弃攻打卫国了吗？"桓公问："仲父是怎么知道的？"管仲说："您在上朝时态度谦和恭敬，说话语气轻缓，看见我以后面有愧色。我是因此知道的。"

齐桓公与管仲谋伐莒①，谋未发而闻于国。公怪之，以问管仲。仲曰："国必有圣人也。"桓公叹曰："嘻！日之役者，有执柘杵②而上视者，意③其是耶？"乃令复役，无得相代。少焉，东郭垂至。管仲曰："此必是也。"乃令傧者延而进之，分级而立。管仲曰："子言伐莒耶？"曰："然。"管仲曰："我不言伐莒，子何故曰伐莒？"对曰："君子善谋，小人善意。臣窃意之也。"管仲曰:"我不言伐莒,子何以意之?"对曰:"臣闻君子有三色:优然喜乐者,钟鼓之色;愀然清静者,缞绖④之色;勃然充满者,兵革之色。日者臣望君之在台上也,勃然充满,此兵革之色。君吁而不吟⑤,所言者伐莒也;君举臂而指,所当者莒也。臣窃意小诸侯之未服者唯莒,故言之。"

[冯述评]桓公一举一动,小臣妇女皆能窥之,殆天下之浅人⑥与?是故管子亦以浅辅之⑦。

【注释】

①莒(jǔ):东夷古国名,在今山东境内。齐桓公为公子时,曾奔莒国避难,其谋伐莒之事仅见《吕氏春秋》。

②柘杵:用柘制的杵,版筑城墙时用以夯土。

③意:揣测。

④缞绖(dié):丧带与丧服的合称,后引申出服丧之意。

⑤吁而不吟:这里指发"莒"的口型。

⑥浅人:言行浅薄的人。

⑦以浅辅之:指用与王道相比相对浅近的霸道来辅佐。

【译文】

齐桓公和管仲谋划征伐莒国,谋划尚未施行,这件事就已经在国内传开了。齐桓公觉得奇怪,就去问管仲。管仲说:"国中必定有睿智之人存在!"桓公叹道:"嘻!白天服劳役的人中,有个拿着柘杵向上看的人,想必就是这个人吧?"于是下令让那群人再来干活,并且不许找旁人替代。不久,东郭垂到了。管仲说:"必定就是这个人!"于是命令引导宾客的人将他请进来,二人按宾主位在台阶上站立。管仲问:"是你说我国将要征伐莒国吗?"东郭垂说:

"是的。"管仲说："我从没提过要征伐莒国，你为什么说我国要征伐莒国？"东郭垂说："君子善于谋略，小人善于揣度。我只是偷偷揣度出来了。"管仲说："我没提过征伐莒国，你是怎么揣度出来的？"东郭垂说："我听说君子有三种神情：悠然欢喜，是享受钟鼓之乐时的神色；严肃清静，是服丧时的神色；生机勃然，是征战时的神色。那天我望见国君站在高台之上，神情生机勃然，这是将要用兵的神色。国君的口型是在说'莒'，所说的应该是要征伐莒国；国君举起手臂指的方向，对着的正是莒国。我偷偷揣测，众多诸侯小国中尚未归服的只有莒国了，因此这样说。"

[**冯梦龙述评**] 桓公的一举一动，小臣和妇女都能窥探出背后的含意，大概是这天下的浅薄之人吧？因此管仲也用相对浅近的政治理念去辅佐他。

马援[①]：
高位之人，不可放纵

建武[②]中，诸王皆在京师，竞修名誉，招游士。马援谓吕种[③]曰："国家诸子并壮，而旧防[④]未立，若多通宾客，则大狱起矣。卿曹戒慎之！"后果有告诸王宾客生乱，帝诏捕宾客，更相牵引，死者以数千。种亦与祸，叹曰："马将军神人也！"

援又尝谓梁松[⑤]、窦固[⑥]曰："凡人为贵，当可使贱，如卿等当不可复贱。居高坚自持，勉思鄙言。"松后果以贵满致灾，固亦几不免。

①马援：东汉开国功臣。新莽末为新成大尹，莽败，避地凉州，依隗嚣，继归光武，从击破嚣。以功拜太中大夫、陇西太守，后为伏波将军，追谥忠成侯。

②建武：东汉光武帝刘秀年号。

③吕种：当时为马援的司马。

④旧防：旧时的禁例。自汉武帝以来，诸侯王子不得常住京师，不许交通宾客。

⑤梁松：少为郎，娶光武帝女舞阳公主，迁虎贲中郎将。光武卒，受遗诏辅政，明帝时官至太仆。后因私自请托郡县被免官，又因匿名信诽谤，下狱死。

⑥窦固：窦融从子，娶光武帝女涅阳公主，为黄门侍郎，袭父封显亲侯。明帝时以明习边事，拜奉车都尉，击匈奴，通西域，为羌胡信服。章帝时征还京师，历为大鸿胪、光禄勋、卫尉等职。明帝永平五年（62年），窦固因堂兄窦穆犯罪受牵连，废于家十余年。窦固"几不免"即指此。

【译文】

建武年间，光武帝的诸位皇子都在京师，他们争相游走于士大夫之间，为自己树立声誉，招揽四方游士，培植自己的势力。马援对吕种说："国家的诸位皇子都已成年，而不许常住京师、不许交通宾客等过去的禁例还没有被复立，倘若皇子们继续这样大肆交往宾客，那么很快就要兴起重大的案件了。你们这些人都要警惕谨慎呀！"之后果然有人告发诸位皇子豢养的宾客作乱，光武帝下诏抓捕这些宾客，又牵连出许多人，数千人因此而死。吕种也被牵连其中遭受了祸事，他感叹道："马将军真是神人啊！"

马援也曾对梁松、窦固说："一般人成为显贵后，也能够回归贫贱的生活，像你们这样的帝婿贵胄却不能再次适应贫贱的生活。身处高位的人更应该有坚定的意志，时刻做到自我克制和把持，请你们好好地思考我的话。"梁松后来果然因为自满而招致杀身之祸，而窦固也差点儿性命不保。

列御寇①：
无功不受禄，
否则就是还不清的人情、背不完的锅

子列子②穷，貌有饥色。客有言之于郑子阳③者，曰："列御寇，有道之士也。居君之国而穷，君毋乃不好士乎？"郑子阳令官遗之粟数十秉④。子列子出见使者，再拜而辞。使者去，子列子入。其妻望而拊心曰："闻为有道者，妻子皆得逸乐。今妻子有饥色矣，君过而遗先生食，先生又弗受也，岂非命哉？"子列子笑而谓之曰："君非自知我也，以人之言而遗我粟也。夫以人言而粟我，至其罪我也，亦且以人言，此吾所以不受也。"其后民果作难，杀子阳。受人之养而不死其难，不义；死其难，则死无道也；死无道，逆也。子列子除不义去逆也，岂不远哉！

[冯述评] 魏相公叔痤⑤病且死，谓惠王⑥曰："公孙鞅⑦年少有奇才，愿王举国而听之。即不听，必杀之，勿令出境。"[边批：言杀之者，所以果其用也。] 王许诺而去。公叔召鞅谢曰："吾先君而后臣，故先为君谋，后以告子，子必速行矣！"

鞅曰："君不能用子之言任臣，又安能用子之言杀臣乎？"卒不去。鞅语正堪与列子语对照。

【注释】

①列御寇：下文之"子列子"，战国时郑国人，道家代表人物之一，相传著有《列子》一书。一般认为《列子》原著在西汉之后便已散失，今之《列子》为魏晋时期之伪作。

②子列子："子"在姓氏之后，是古代对男子的尊称；"子"在姓氏之前，表示先生或老师。

③郑子阳：战国时期郑国郑缪公之相。子阳为政刚毅而好罚，执无所赦，引起国人不满，因而被杀。对于子阳死于谁手，说法不一。《史记·郑世家》："二十五年，郑君杀其相子阳。"言子阳为郑缪公所杀。而《淮南子》云，舍人有执弓者，畏罪恐诛，借猘狗之惊杀死了子阳。

④秉：古代容量单位。十六斛为一秉。《礼记·仪礼》："十斗曰斛，十六斗曰籔，十籔曰秉。"

⑤公叔痤：战国时魏国大臣，曾任魏将、魏相。事武侯、惠王。

⑥惠王：魏惠王，名罃，魏武侯子，公元前369—前319年在位。

⑦公孙鞅：商鞅，卫国公族后代，亦称卫鞅。少好刑名之学，初为魏相公叔痤家臣。后入秦以富国强兵之道说秦孝公，为左庶长，实行变法。变法十年，秦国国势渐强，因功封商、於十五邑，号商君。秦孝公死，商鞅被贵族诬害，死后被车裂。部分言论见《商君书》。

【译文】

列子先生生活贫穷，因为饥饿而面貌憔悴。有外来的客人对郑子阳说："列御寇是胸怀大道的人。住在您为政的国家却如此受穷，您难道不喜好有才之士吗？"于是郑子阳让官吏给列子送去了数十秉粟米。列子先生出来面见了使者，多次下拜推辞了郑子阳送来的粟米。使者离开后，列子先生回到家里，他的妻子看见后捂着心口说："听说作为有道的人，他的妻子和孩子都能生活安逸和快乐。现在你的妻子和孩子面有饥色，相国派人探访你并为你送来粮食，你却又不接受，难道这就是命吗？"列子先生笑着对她说："相国并不是靠自己了解了我，而是因为别人的言论给我送来粟米。他能因为别人的话为我送来粟米，也会因为别人的言论治罪于我。这是我不接受的原因。"之后国人果然作乱，杀死了子阳。接受人家的供养却不为了对方而殉难，是不义；为对方殉难，这样的死也是不符合道德的；为不符合道德的事去死，是叛逆的行为。列子先生既除去了不义也避免了叛逆，岂不是有远见！

[**冯梦龙述评**] 魏相公叔痤重病将死，他对魏惠王说："公孙鞅虽然年轻，却有奇才，希望大王将全部国事托付给他，听凭他治理。如果您不任用他，那一定要杀掉他，不要让他出国境。" [边批：**说要杀掉他的话，是为了任用他。**] 魏惠王答应后便离开了。公叔痤招来商鞅向他道歉："我需先君主后臣子，因此先为国君谋划，后来告诉你，你必须赶快离开！"公孙鞅说："如果国君不能听从您的话任用我，又岂能因为您的话杀掉我呢？"最后也没有离开。公孙鞅的话正好可以和列子的话作对照。

陆逊　孙登[①]：
自视过高、目中无人会成为别人的眼中钉

陆逊多沉虑，筹无不中，尝谓诸葛恪[②]曰："在吾前者，吾必奉之同升[③]；在吾下者，吾必扶持之。[边批：长者之言。]君今气陵其上，意蔑乎下，恐非安德之基也！"恪不听，卒见死。

嵇康[④]从孙登游三年，问终不答。康将别，曰："先生竟无言耶？"登乃曰："子识火乎？生而有光，而不用其光，果在于用光；人生有才，而不用其才，果在于用才。故用光在乎得薪，所以保其曜；用才在乎识物，所以全其年。今子才多识寡，难乎免于今之世矣！"康不能用，卒死吕安之难[⑤]。

【注释】

①孙登：魏晋时期隐士，博才多识，常年隐居苏门山，好读《易》，抚一弦琴，嵇康和阮籍都曾向他求教。

②诸葛恪：三国时期吴国名将、权臣，诸葛亮之侄，诸葛瑾之子。少知名，孙权时任抚越将军、丹阳太守。权死，辅佐孙亮，任大将军，专国政。发兵攻魏之合肥新城，不拔，士卒伤病，民怨沸腾，退兵。后为吴宗室孙峻所杀。

③同升：谓与己一同升迁。

④嵇康：三国时期曹魏名士。出身士族，仕魏为中散大夫，后隐居不仕。性恬淡寡欲，宽简有大量，善弹琴属文，好老庄之学，与阮籍等交游，为"竹林七贤"之一。与钟会有隙，遭其构陷，为司马昭所杀。

⑤吕安之难：嵇康与吕安为友，安兄巽淫安妻，反诬安不孝。钟会借机构陷安、康二人谋反，昭遂杀安及康。

【译文】

陆逊平日思虑深沉且周密，筹谋之事没有不应验的，他曾对诸葛恪说："对待比我地位高的人，我一定尊奉他，尽可能让他与我一同升迁；对待地位不如我的人，我也会尽力扶持他。[边批：这是智者才能说出的话呀。]你现在气焰凌驾于地位比你高的人，用轻蔑的态度对待地位不如你的人，恐怕这并不是巩固你德行的好办法啊！"诸葛恪不听，最终果然被杀。

嵇康跟随隐士孙登游学三年，对于嵇康的询问，孙登始终不回答。嵇康在临别前问孙登："先生到最后也没有什么话要教给我吗？"孙登才开口道："你知道火吗？火在产生时就伴随着光亮，可让它燃烧的并不是它的光亮，人们使用它的光不过是火燃烧的'果'罢了；人在出生时就被赋予才华，可让人存活在世间的并不是这才华，人们使用自己的才华也不过是存在于世间的'果'罢了。使用光的关键在于不断得到薪柴作为燃料，以保证火继续明亮地燃烧；使用才华的关键在于识别时势，只有这样才能保全自身，得以善终。现在你才华颇高，但对于时势的识别还远远不够，恐怕难以在这样的乱世中幸免！"嵇康不能听取他的建议，最终死在了吕安之难中。

吕陶^①：
只讲规矩，不讲人情，反而坏事

吕陶为铜梁令。邑民庞氏者，姊妹三人共隐幼弟田，弟壮，讼之官，不得直，贫甚，至为人佣奴。陶至，一讯而三人皆服罪吐田。弟泣拜，愿以田之半作佛事为报。陶晓之曰："三姊皆汝同气，方汝幼时，非若为汝主，不几为他人鱼肉乎？与其捐米供佛，孰若分遗三姊。"弟泣拜听命。

[冯述评] 分遗而姊弟之好不伤，可谓善于敦睦，若出自官断，便不妙矣。

【注释】

①吕陶：北宋时期大臣，仁宗皇祐间进士，因反对王安石变法，出通判蜀州。哲宗时劾新党蔡确、章惇等罪，迁左谏议大夫，进给事中。

【译文】

吕陶担任铜梁县令。城中有一户姓庞的人家，姊妹三人合伙侵吞了幼弟的田产，弟弟长大后，将这件事告到官府，却没有得到公正的判决，生活过于贫困，到了为人奴仆的程度。吕陶到任后，只经过一轮审讯，三个姊妹就都认罪了，将田产还给了弟弟。弟弟哭着跪拜吕陶，愿意将一半的田产拿出来做佛事以做报答。吕陶告诉他说："三个姐姐都是你的一母同胞，你小的时候，如果不是她们为你主持家事，你不就要任人宰割了吗？与其捐米供佛，不如将它分给你的三个姐姐。"弟弟哭拜着听从了吕陶的劝告。

[冯梦龙述评] 解决了分配遗产的事情，却没有让他们的姊弟之情受到损伤，可以称得上善于维系家族的亲厚和睦，如果只是依法处置，那就不妙了。

箕子：
千万别做与众不同的那个人

纣为长夜之饮而失日①，问其左右，尽不知也。使问箕子，箕子谓其徒曰："为天下主，而一国皆失日，天下其危矣！一国皆不知，而我独知之，吾其危矣！"辞以醉而不知。

[冯述评] 凡无道之世，名为天醉。夫天且醉矣，箕子何必独醒？观箕子之智，便觉屈原②之愚。

【注释】

①失日：忘记是什么日子了。

②屈原：战国时楚国著名诗人、政治家。芈姓，名平，字原，为楚国公族。初辅佐楚怀王，任左徒，后为三闾大夫。主张修明法令，选贤任能，东联齐国，西抗强秦。遭子兰、上官大夫等人嫉恨，遂受谗去职。顷襄王时被放逐，长期流浪于沅、湘一带。公元前278年，秦军攻破楚都郢，他看到楚国政治腐败，濒于危亡，自己又无力挽救，个人的政治理想已无法实现，遂投汨罗江而死。著有《离骚》《九章》《九歌》等，开楚辞之体。

【译文】

殷纣王整夜饮酒，以至于弄不清眼下是什么日子了，询问左右近侍，近侍们也都不知道。他便派人去问箕子，箕子对他的徒众说："纣王身为天下的主人，竟然辨不清日期，甚至让整个国家的人和他一同陷入昏乱，这预示着天下都要陷入危险中了！整个国家的人都辨不清日期，在这种情况下，若只有我一个人能辨清，那我就危险了！"于是他便以喝醉了为借口，也推脱不知。

[冯梦龙述评] 凡德政不兴的朝代，人们将其称为"天醉"。天都喝醉了，箕子又何必独独表现出自己是清醒的？了解过箕子的智慧后，便觉得屈原"众人皆醉我独醒"的言论实在有些愚昧。

晁错：
别拿自己的不足比他人的长处

匈奴数苦边。晁错上言兵事曰："臣闻用兵临战，合刃①之急有三：一曰得地形，二曰卒服习②，三曰器用利。故兵法：'器械不利，以其卒予敌也；卒不可用，以其将予敌也；将不知兵，以其主予敌也；君不择将，以其国予敌也。'四者兵之至要也。臣又闻以蛮夷攻蛮夷，中国之形也。今匈奴地形技艺与中国异。上下山阪，出入溪涧，中国之马弗与也；险道倾仄，且驰且射，中国之骑弗与也；风雨罢劳③，饥渴不困，中国之人弗与也。此匈奴之长技也。若夫平原易地，轻车突骑，则匈奴之众易挠乱也；劲弩长戟，射疏及远，长短相杂，游弩往来，什伍俱前，则匈奴之兵弗能当也；材官④骑发⑤，矢道同的⑥，则匈奴之革笥木荐⑦弗能支也；下马地斗，剑戟相接，去就相薄，则匈奴之足弗能给也。此中国之长技也。以此观之，匈奴之长技三，中国之长技四。帝王之道，出于万全。今降胡义渠⑧来归者数千，长技与匈奴同，可赐之坚甲利兵，益以边郡之良骑，平地通道，则以轻车材官制之，两军相为表里，此万全之术也。"

错又上言："胡貉⑨之人，其性耐寒；扬粤⑩之人，其性耐暑。秦之戍卒，不耐水土，见行如往弃市⑪。陈胜先倡，天下从之者，秦以威劫而行之敝也。不如选常居者为室庐、具田器，以便为城埶丘邑，募民免罪拜爵，复其家，予衣廪，胡人入驱而能止所驱者，以其半予之。如是则邑里相救助，赴胡不避死，非以德上也，欲生亲戚而利其财也。此与东方之戍卒⑫，不习地势而心畏胡者，功相万也。"上从其言，募民徙塞下。

［冯述评］万世制虏之策，无能出其范围。

【注释】

①合刃：交锋。

②服习：习熟武艺。服，便，习惯于。

③罢劳：疲劳。罢，同"疲"。

④材官：汉朝时的兵种名称，指选拔出来的勇猛士卒，不同于一般士兵。

⑤骑发：发射良箭。《汉书·晁错传》颜师古注："骑谓矢之善者也。"

⑥矢道同的：因弓箭手训练有素，加之箭矢制作精良，所有的箭都准确地射向同一目标。矢道，箭飞行的方向。

⑦革笥（sì）木荐：皮革制成的甲胄和木板制成的盾牌。

⑧义渠：古代民族名，西戎的一支，分布在今甘肃一带。地近秦国，与秦时战时和。公元前270年为秦所并，以其地置北地郡。这里的义渠指汉时的一支西戎部落。

⑨胡貉：战国时对北方各族的蔑称。

⑩扬粤：亦称"扬越"。战国至秦汉时对越人的一种泛称。

⑪弃市：本指受刑罚的人皆在街头示众，民众共同鄙弃之，后以"弃市"专指死刑。

⑫东方之戍卒：秦灭六国后，发关东六国百姓为戍卒远征。东方，指关东。

【译文】

汉景帝时期，匈奴时常骚扰边境，百姓深受其苦。晁错上书商讨作战之事："臣听说用兵对敌的时候，交锋最需要注意三点：一是要占得地形优势，二是要将士兵训练得熟于作战，三是要有精良的武器装备。因此兵法中才说：'兵器不精良，就相当于将士兵拱手送给敌人；士兵没有训练好，在战场上派不上用场，就相当于将主将拱手送给敌人；主将不通晓军事，就相当于将君主拱手送给敌人；君主不懂得挑选主将，就相当于将自己的国家拱手送给敌人。'这四点都是用兵作战的时候最关键的事情。臣又听说，依靠蛮夷的方略去攻打蛮夷，才是我们应采取的策略。现在匈奴的地形和作战技巧都和我们不同。在翻山越岭、渡水涉溪上，我们的马匹比不上匈奴的马匹；在凶险倾斜的道路上，一边骑马一边射箭，我们的骑兵也比不上匈奴的骑兵；在忍受风吹雨打和饥饿疲劳上，我们的士兵也比不上匈奴的士兵。这些都是匈奴人的长处。如果是在平原上，利用轻便的战车和精锐的冲锋兵作战，那么匈奴的兵众就容易被我们扰乱；如果我们使用强弩长戟，远距离向匈奴军队射去，再用长短兵器交替作战，弓箭手穿梭其间，士兵列阵一同向前，这样匈奴人就无法抵挡了；如果我们的士兵将锋利的箭矢同时射中同一目标，那么匈奴人的革甲木盾就不能支撑了；如果匈奴人下了马，与我们短兵相接，在地上你来我往地搏击，匈奴人的脚力就跟不上了。这都是我们的长处。由此看来，匈奴人的长处有三点，而我们的长处有四点。帝王之道，在于不到万无一失便不会出手。现在胡人部落义渠归降，他们的部族有数千人，长处与匈奴人相同，可以赐给他们坚固的铠甲和锋利的兵器，再让他们骑上边郡的好马，来增加他们的战力，在平原地区，地势相对通畅的地方，就用轻便的战车和步兵来对付匈奴人，让这两支军队相互配合，互为表里，这才是作战的万全之策。"

晁错又上书说："生活在北地的胡貉族人体质耐寒；生活在南方的扬粤族人体质耐热。秦朝的戍卒适应不了这两地的水土，因此将前往两地戍边看作被判了死刑。陈胜首倡义军，天下人都跟随他起义，这是秦国靠武力威胁士兵出征的恶果。不如挑选久居边地的人，让他们修建好房屋，打造好农具，并按照地形特点修筑城墙，深挖护城河，再以免罪封爵为条件，招募百姓前来定居，赐给他们衣服和粮食，遇到胡人进攻能够阻止其掳掠的，就将胡人掳走财物的一半分给他，再由官府为之补上。这样边塞城邑的百姓就会相互救助，遇到胡人进攻也能不怕死地与之搏斗，他们这样做并不是为了报答陛下的恩德，只是想让自己的亲戚活下去，并且增加自己的财产。这与那些不能适应地势而对胡人心怀畏惧的秦国戍卒相比，功效要强上万倍。"于是汉景帝采纳了晁错的建议，招募百姓迁徙到边塞地区。

[冯梦龙述评] 后世抵御胡人的策略，没有能逾越这个范围的。

符坚妻：
一意孤行是大忌

坚妻张氏[①]，明辨，有才识。坚将寇晋，群臣切谏不从，张氏进曰："妾闻圣王御天下，莫不因其性而罔之，汤、武灭夏、商，因民欲也，是以有因成，无因败。今朝臣上下，皆言不可，陛下复何所因乎？术士有言：'鸡夜鸣者，不利行师；犬群嗥者，宅室必空；兵动马惊，军败不归。'秋冬以来，每夜犬嗥鸡鸣，又闻厩马惊逸，武库兵器，无故作声。即天道崇远，非妾所知，遽斯人事，未见其可。愿陛下熟思之。"坚曰："军旅之事，岂妇人所知？"遂兴兵。张氏请从。坚败，张氏即自杀。

【注释】

①坚妻张氏：符坚宠妃，生一子符诜，二女符宝、符锦。

【译文】

符坚的宠妃张氏不仅明辨是非，而且很有才识。符坚打算发兵攻晋，大臣都直言极谏，但符坚一概不听，张氏也向符坚进言："妾听说古时的圣明君王统治天下，都是根据人之本性因势利导，商汤灭夏，周武灭商，都是顺应当时的民心，才取得成功，因此能顺应民心者就会成功，不能顺应民心者就会失败。现在朝中群臣都说南下攻晋这件事不可行，陛下您又该顺应什么情由来发兵呢？术士曾说：'鸡在夜里啼叫，预示着行军不利；狗成群地嗥叫，预示着将会有丧事发生；兵器凭空晃动，马匹受惊，预示着大军将要兵败，无法归来。'秋冬以来，每天夜里都能听见犬吠鸡鸣，又能听见厩中战马受到惊吓想要逃跑的声音，兵器库中的兵器也经常无缘无故发出响声。即便天道高远，不是妾所能探知的，但就算以人世间的常理来推断，现在也未必是出兵的好时机。希望陛下您能深思熟虑后，再下决定。"苻坚说："行军打仗之事，哪里是你一个妇人能明白的？"于是执意兴兵攻晋。张氏请求随军同行。后来苻坚兵败，张氏也随之自杀。

职场驭下篇

什么样的下属能用？什么样的下属要防？不管小领导还是大领导，遇到不服管的手下都是一个头两个大。除了坚守原则、公平公正，还有什么特点是一个好领导所具备的？韩愈认为做领导就要光明磊落，要想属下开诚布公，自己先得以身作则；孔子则强调驭下成功的基础是严格维护制度的运行。本篇就告诉你我国各路人物千年来总结出的驭下之术之精妙，让你轻松上手，快速套用！

诸葛亮^①：
严酷胜于宽纵

  有言诸葛丞相惜赦者。亮答曰："治世以大德，不以小惠。故匡衡、吴汉^②不愿为赦。先帝亦言：'吾周旋陈元方、郑康成^③间，每见启告，治乱之道悉矣，曾不及赦也。'若刘景升父子^④，岁岁赦宥，何益于治乎？"及费祎^⑤为政，始事姑息，蜀遂以削。

  [冯述评]子产^⑥谓子太叔^⑦曰："惟有德者，能以宽服民。其次莫如猛。夫火烈，民望而畏之，故鲜死焉。水懦弱，民狎而玩之，则多死焉。故宽难。"太叔为政，不忍猛而宽。于是郑国多盗，太叔悔之。仲尼^⑧曰："政宽则民慢，慢则纠之以猛。猛则民残，残则施之以宽。宽以济猛，猛以济宽，政是以和。"商君刑及弃灰^⑨，过于猛者也。梁武^⑩见死刑辄涕泣而纵之，过于宽者也。《论语》"赦小过"，《春秋》讥"肆大眚^⑪"。合之，得政之和矣。

【注释】

  ①诸葛亮：三国时期蜀汉丞相，曾辅佐汉昭烈帝刘备，制定"隆中对"，又在刘备临终前接下托孤遗命，继续辅佐后主刘禅。为政勤勉，事必躬亲，鞠躬尽瘁，死后被追封为忠武侯。

②匡衡、吴汉：匡衡，西汉经学家，官至丞相。曾在汉元帝欲大赦天下时上书劝谏，他在《上疏言政治得失》中写道："臣窃见大赦之后，奸邪不为衰止。今日大赦，明日犯法，相随入狱……不改其原，虽岁赦之，刑犹难使错而不用也。"吴汉，东汉开国名将，"云台二十八将"第二位，官至大司马，谥号忠侯。吴汉也反对轻易大赦，据《后汉书·吴汉传》记载，吴汉在临终前曾对光武帝刘秀说："臣愚无所知识，唯愿陛下慎无赦而已。"

③陈元方、郑康成：陈纪，字元方，东汉末年人，名士陈寔长子，与其父及其弟陈谌在当时并称为"三君"。郑玄，字康成，东汉末年大儒、经学家，他曾对《毛诗》《周易》《论语》等儒学经典进行注疏，囊括大典，网罗众家，刊改漏失，遍著群经，世称"郑学"。这二人都是当时受人敬仰的名士。

④刘景升父子：见本书第256页。

⑤费祎：三国时期蜀汉名臣，为人谦逊俭朴，深得诸葛亮器重。诸葛亮去世后，费祎被任命为后军师，后来又取代蒋琬担任尚书令，官至大将军。

⑥子产：公孙侨，字子产，春秋时期著名政治家，郑国贵族，郑穆公之孙，曾先后辅佐郑简公、郑定公。执政期间，他推行改革，铸刑于鼎，推贤举能，惩恶扬善，因而深得民心。

⑦子太叔：游吉，春秋时期郑国正卿，子产的继任者。

⑧仲尼：孔子之字。

⑨商君刑及弃灰：商君，即公孙鞅。商君主张"有罪必罚"，为政严苛，即使在道路上弃灰也要受到严厉的刑罚。汉代桓宽在《盐铁论》中写道："千仞之高，人不轻凌；千钧之重，人不轻举。商君刑弃灰于道，而秦民治。"与上文子产所说的"夫火烈，民望而畏之，故鲜死焉。水懦弱，民狎而玩之，则多死焉"是相似的

道理。

⑩梁武：南朝梁开国皇帝萧衍，崇信佛教，不辨是非，一味追求宽仁，最终在"侯景之乱"中被囚死于台城，谥号"武"，史称梁武帝。

⑪肆大眚（shěng）：意为宽赦罪人。《春秋·庄公二十二年》记载"肆大眚"，杜预为此作注："赦有罪也。"肆，减免，赦免；眚，过错。

【译文】

有传言称诸葛丞相轻易不颁布赦令。诸葛亮回答道："治理天下靠的是高尚的道德，而不是小恩小惠，因此匡衡、吴汉才不赞同大赦。先帝也说：'我曾与陈元方、郑康成等人打交道，经常受到指教，详尽地知晓了治乱安邦的道理，可这些道理中不曾涉及赦免之事。'像刘景升父子那样，每年都宽宥并赦免罪犯，对于治理天下又有什么好处呢？"到了费祎执政的时候，他自上任起就采用姑息宽宥的方略，于是蜀国变得衰弱了。

[冯梦龙述评]子产对子太叔说："唯具有高尚德行的人，才能用宽仁的政策使百姓服从。其次莫过于使用严苛的治理方式。火势猛烈，老百姓看到就会畏惧它，所以少有人因触火而丧命。水看起来柔弱而没有攻击性，老百姓便忽视轻慢它，溺死的人也就多了。因此用宽仁的方式治理国家才更有难度。"太叔当政的时候，不忍心行政过于严苛，便选择用宽仁的方式。结果郑国的盗贼变多了，太叔对此非常后悔。孔子说："政令一旦过于宽松，百姓就会态度轻慢，对法令掉以轻心。意识到百姓的轻慢，统治者就会使用严苛的政令来纠正，而纠正后的政令往往过于严苛，这样百姓就会受到伤害，如此再施行宽仁的政令。用宽仁来调和严苛，用严苛

来调和宽仁，政事因此得以和谐。"商鞅的法令严格到弃灰于道也要受刑，这种做法就过于严苛了。梁武帝看到有人将被执行死刑，便要痛哭流涕并释放犯人，这就宽松得过分了。孔子在《论语》中提到，为政时可以"赦免小过错"，又在《春秋》中讽刺"缓纵大过，赦免重罪之人"的行为。为政者如果能做到宽严相济，政事就和谐了。

燕昭王：
立标杆的重要性

燕昭王①问为国。郭隗②曰："帝者之臣，师也；王者之臣，友也；伯者③之臣，宾也；危国之臣，帅也。唯王所择。"燕王曰："寡人愿学而无师。"郭隗曰："王诚欲兴道，隗请为天下士开路。"于是燕王为隗改筑宫，北面事之④。不三年，苏子⑤自周往，邹衍自齐往，乐毅⑥自赵往，屈景⑦自楚归。

[冯述评] 郭隗明于致士之术，便有休休⑧大臣气象，不愧为人主师。

汉高封雍齿而功臣息喙⑨，先主礼许靖而蜀士归心⑩。皆予之以名，收之以实。

【注释】

①燕昭王：战国时期燕国国君，早年流亡韩国，即位后采纳郭隗建议，向四方招贤纳士，任用了苏秦、乐毅等杰出人才，使燕国

发展到鼎盛时期，跻身战国七雄行列。

②郭隗：燕国大臣。

③伯者：成就王霸之业者。伯，同"霸"。

④北面事之：北面，指面向北边。古时以居北为尊，因此臣子面向北方朝见君主，弟子朝北行敬师之礼，燕昭王对郭隗北面事之，以表自己对老师的敬重。

⑤苏子：指苏秦。

⑥乐毅：战国时期杰出的军事家，曾辅佐燕昭王以少胜多，连下齐国七十余城。燕昭王死后，受到燕惠王猜忌，不得已投奔赵国。

⑦屈景：战国时期燕国大夫，楚屈氏之后。

⑧休休：形容宽容，气魄大。出自《诗经·唐风·蟋蟀》："好乐无荒，良士休休。"

⑨汉高封雍齿而功臣息喙：《史记·留侯世家》中记载，汉高祖登基之初，封大功臣二十余人，其余还没有封功的诸将日夜争功不绝，议论纷纷。刘邦担忧这些人生怨谋反，张良便建议先给数次羞辱过刘邦的雍齿封侯。群臣看到后，都欢喜地说："雍齿尚为侯，我属无患矣。"于是安定下来。

⑩先主礼许靖而蜀士归心：《三国志·蜀书》中记载，刘备曾因许靖背主而不肯重用他，法正却说："许靖虽然是个有名无实的人，但主公现在刚开始创立大业，虽有招贤纳士之心，只恐天下人不知。许靖的浮名播流四海，如果您不礼遇他，恐怕会落下看不起贤士的话柄，不如对他更加敬重，让天下人都知道您的爱才之心，恰如燕昭王对待郭隗那样。"于是刘备厚待许靖。

【译文】

燕昭王询问治国之道。郭隗说："上古帝王会将臣子当作老师；德行高尚的君王会将臣子当作朋友；成就王霸之业者会把臣子当作自己的宾客；而危亡衰落之国的国君，却只将臣子当作听从自己差遣、上阵打仗的将帅鹰犬。要做哪一种，听凭大王您选择。"燕王说："寡人愿意学习却苦于没有老师。"郭隗说："如果您确实想要振兴王道，就请让我郭隗来为天下士人开路吧。"于是燕王为郭隗修筑扩建居所，用侍奉老师的礼节来对待他。短短数年，苏秦便从洛阳而来，邹衍也从齐国而来，乐毅自赵国而来，屈景也从楚国归服。

［冯梦龙述评］郭隗很明白招引贤士的方法，有着宽容大度的大臣气魄，不愧为君主的老师。

汉高祖封雍齿为侯，功臣们便停止了抱怨，刘备礼遇许靖，蜀国的人才便都心悦诚服地前来归附。这些统治者给出去的，都只是一些虚名，却能收获到实实在在的好处。

孔子：
别让你的善心干扰制度的运行

鲁国之法：鲁人为人臣妾于诸侯^①，有能赎之者，取金于府。子贡赎鲁人于诸侯而让其金。孔子曰："赐失之矣。夫圣人之举事，可以移风易俗，而教导可施于百姓，非独适己之行也。今鲁国富者寡而贫者多。取其金则无损于行，不取其金，则不复赎人矣！"子路②拯溺者，其人拜之以牛，子路受之。孔子喜曰："鲁人必多拯溺者矣！"

[冯述评]袁了凡③曰："自俗眼观之，子贡之不受金似优于子路之受牛。孔子则取由而黜赐，乃知人之为善，不论现行论流弊，不论一时论永久，不论一身论天下。"

【注释】

①为人臣妾于诸侯：成为其他诸侯国的奴隶。臣妾，男奴为臣，女奴为妾。

②子路：仲由，字子路，又字季路，孔子弟子，"孔门十哲"之一，为人勇武爽直。

③袁了凡：袁黄，号了凡，明朝思想家。曾任兵部职方主事，率军抗击倭寇。博学多才，涉猎百家，一生著作颇丰。

【译文】

鲁国的法律规定：鲁国人成了其他诸侯国的奴隶，有能将他们赎回的，可以到官府去领取赏金。子贡从其他诸侯国赎回了鲁国人，却辞让了应得的赏金。孔子说："端木赐这样做是错误的啊。圣人制定政策法令，是以移风易俗为目的，让他们的教导可以为百姓所接受，并不只是让其适用于某个人的道德准则。现今鲁国富人少而穷人多，领取赏金不会减损你的品行，但如果你不领取赏金，大家就都不好意思去领，长此以往，大家就都不再去赎人了！"子路救了溺水的人，那个人送牛感谢他，子路接受了。孔子高兴地说："以后必定会有更多鲁国人去拯救溺水者！"

[冯梦龙述评]袁了凡说："按照俗人的眼光去看，子贡不接受赏金的行为似乎比子路接受赠牛更高尚。孔子却认为子路的行

为可取，而子贡的行为不可取，这是因为他知道人做善事，不应论眼下的行为本身，而该着眼于长久的影响；不应论一时的好坏，而该着眼于长久的得失；不应论己身的荣辱，而该着眼于天下人的利害。"

汉光武：
不翻旧账，才能让手下归心

光武诛王郎[①]，收文书，得吏人与郎交关谤毁[②]者数千章。光武不省[③]，会诸将烧之，曰："令反侧子[④]自安！"

[冯述评]宋桂阳王休范[⑤]举兵浔阳，萧道成[⑥]击斩之。而众贼不知，尚破台军[⑦]而进。宫中传言休范已在新亭[⑧]，士庶惶惑，诣垒投名[⑨]者以千数。及至，乃道成也。道成随得辄烧之，登城谓曰："刘休范父子已戮死，尸在南冈下。我是萧平南[⑩]，汝等名字，皆已焚烧，勿惧也！"亦是祖光武之智。

【注释】

①王郎：本为卜相工，王莽末年，诈称成帝之子子舆，西汉宗室刘林与赵国大豪李育等拥立其为天子，都邯郸。未几，刘秀攻破邯郸，郎夜亡走，被斩。

②交关谤毁：互相串通、毁谤刘秀的信件。

③不省：不理会。

④反侧子：指怀有二心的人。

⑤宋桂阳王休范：刘休范，南朝宋文帝刘义隆第十八子，初封顺阳王，后改封桂阳王。明帝时为江州刺史，自谓宗戚之首，然不得居宰辅之位，不满，招聚勇士，缮制器械。元徽二年（474年）举兵反，仅数日便攻至都城建康，后在新亭被萧道成等人以诈降之计杀死。

⑥萧道成：南朝齐开国君主。本为南朝宋武将，官至散骑常侍、太子左卫率。后废帝元徽二年，桂阳王刘休范反，自请屯兵新亭，以当其锋。平叛有功，进爵为公。趁南朝宋皇室自相残杀之际，独掌军政大权，杀后废帝，立顺帝，后又废顺帝，代宋自立，改国号齐。在位四年，谥号高，史称齐高帝。

⑦台军：南朝时对官军的称谓。

⑧新亭：位于南朝宋都城建康南十余里，在今江苏南京市。

⑨诣垒投名：去叛军军营报名投降。投名，投递名帖。

⑩萧平南：萧道成当时驻守新亭，封平南将军。

【译文】

光武帝诛杀王郎后，收集王郎军中的文书，获得了几千份手下官民与王郎串通毁谤他的书信。光武帝不理会这些书信，他让手下将领集合起来，当着他们的面将这些信烧掉了，说："让那些怀有二心的人安心！"

[冯梦龙述评]南朝宋时期，桂阳王刘休范举兵造反，大军攻至浔阳，被萧道成击破，刘休范被斩杀。然而刘休范的兵众尚不知道这件事，依旧在向官军进攻，并不断乘胜挺进。宫中有传言称，刘休范已经抵达新亭，官员和百姓都十分惶恐惊惧，去叛军军营报名投降的有几千人。等到大军到来，他们才知道是萧道成来了。萧道成得到投降名册后，就将它们烧掉了，登上城楼说："刘休范父

子已经被杀死，尸体在南冈下。我是平南将军萧道成，你们这些投降之人的名字都已经被焚毁了，不用害怕！"这也是在效法光武帝的智计。

诸葛孔明：
做事妥当最难得

丞相既平南中^①，皆即其渠率^②而用之。或谏曰："公天威所加，南人率服。然夷情叵测，今日服，明日复叛，宜乘其来降，立汉官分统其众，使归约束，渐染政教。十年之内，辫首^③可化为编氓^④，此上计也！"公曰："若立汉官，则当留兵；兵留则口无所食，一不易也。夷新伤破，父兄死丧，立汉官而无兵者，必成祸患，二不易也。又夷累有废杀之罪，自嫌衅重，若立汉官，终不相信，三不易也。今吾不留兵，不运粮，纲纪粗定，夷汉相安。"

[冯述评] 晋史：桓温^⑤伐蜀，诸葛孔明小史^⑥犹存，时年一百七十岁。温问曰："诸葛公有何过人？"史对曰："亦未有过人处。"温便有自矜之色。史良久曰："但自诸葛公之后，更未见有妥当如公者。"温乃惭服。凡事只难得"妥当"，此二字，是孔明知己。

【注释】

①南中：古地区名，在今云南、贵州和四川一带。三国时期

蜀汉在巴、蜀地区，其地在巴蜀之南，故名。蜀汉建兴元年（223年），南中诸郡并皆叛乱。蜀汉建兴三年（225年），亮率众南征，于其年秋季平定叛军。

②渠率：首领，部落酋长。率，同"帅"。

③辫首：古时未汉化的少数民族多结发为辫，故以此代称。古代汉人将辫首、左衽视为夷狄的标志。

④编氓：编入政府户籍的平民。

⑤桓温：东晋权臣，穆帝永和初任荆州刺史。永和三年（347年），率众伐蜀。

⑥小史：古小官名，汉代以后，成为对一般小吏的通称。

【译文】

诸葛丞相平定南中叛乱后，把当地的部落酋长都找过来并任用他们为官吏。有人劝谏他说："您天威加身，南中的蛮夷都已经臣服。然而蛮夷的民情难以预料，今日臣服，明日又反叛，应当趁他们来投降的时机，设立汉人官吏来统率他们，让他们归附于汉人礼法的约束，渐渐受到政令教化的熏陶。在十年之内，这些蛮夷就可以转化为齐民，这是上好的计策！"诸葛亮说："如果设立汉人官吏，就要在当地留驻军队；军队留驻却没有食物，这是困难之一。蛮夷最近才被打败，伤亡惨重，他们的父兄或死或伤，设立汉人官吏却不留驻军队镇守，必然会成为祸患，这是困难之二。而且蛮夷经常出现废掉或杀死部落酋长的事，内部嫌隙仇恨颇多，如果再设立汉人官吏，终究难使蛮夷信服，这是第三件不易的事。现在我不留驻士兵，不往这里运粮，只粗略地定下纲纪，这样夷人和汉人就能够相安无事。"

[冯梦龙述评]《晋史》记载：桓温征伐蜀地的时候，诸葛孔

明手下的小吏还活着，时年一百七十岁。桓温问他："诸葛公有什么过人之处？"小吏答道："也没有什么过人之处。"桓温便流露出自负的神色。过了很久，小吏又说："但自从诸葛公去世，我再也没有见过像他那般做事妥当的人了。"于是桓温惭愧而心服。凡事只难得"妥当"，能说出这两个字，可说此小吏是诸葛孔明的知己。

文彦博①：
手下当面顶撞怎么办？冷处理

文潞公知成都，尝于大雪会客，夜久不罢。从卒有诟语②，共拆井亭③烧以御寒，军校④白之，座客股栗。公徐曰："天实寒，可拆与之。"［边批：落得做人情。］神色自若，饮宴如故。卒气沮，无以为变。明日乃究问先拆者，杖而遣之。

［冯述评］气犹火也，挑之则发，去其薪则自熄，可以弭乱，可以息争。

苏轼⑤通判密郡。有盗发而未获，安抚使⑥遣三班使臣⑦领悍卒数十人入境捕之。卒凶暴恣行，以禁物诬民，强入其家，争斗至杀人，畏罪惊散。民诉于轼，轼投其书不视，曰："必不至此。"悍卒闻之，颇用自安，轼徐使人招出戮之。遇事须有此镇定力量，然识不到，则力不足。

【注释】

①文彦博：北宋宰相。仁宗时曾以龙图阁、枢密直学士知益

州，成都在益州治下。

②詈语：叫骂，牢骚话。

③井亭：遮蔽水井的亭子。

④军校：任辅助之职的军官。

⑤苏轼：字子瞻，号东坡居士，宋朝著名文学家。仁宗嘉祐二年（1057年）进士，神宗熙宁中，上书论王安石变法之不便，出为杭州通判，徙知密、徐、湖三州。

⑥安抚使：宋朝掌管一方军民两政之官，常由知府、知州兼任。

⑦三班使臣：宋朝低级别供奉武职的泛称，武散官号。

【译文】

文潞公在成都担任知州时，曾在大雪天招待宾客，直到深夜也没有散席。跟从的士卒生气地发起牢骚，共同拆毁并烧掉了井亭来御寒，军校将这件事报告给文潞公，在座的客人听后吓得两股战战，唯恐士卒哗变。文潞公慢慢说道："天气确实寒冷，可以将井亭拆掉给他们烧火取暖。"［边批：乐得做人情。］说完神色自若，还像之前那样继续饮酒吃饭。士卒气馁了，也没有了发动变乱的借口。到了第二天，文潞公才追究责问是谁先动手拆井亭的，将这人处以杖刑后赶了出去。

［冯梦龙述评］人的怒气就像火焰一样，越是去挑拨，它就越会爆发，但如果抽去其中的薪柴，火自然就会熄灭，用同样的道理，也可以平息变乱，可以停止争端。

苏轼在密郡做通判的时候，有大盗在境内作乱，并且未被擒获，安抚使便派遣三班使臣带领数十个凶悍的兵卒入境抓捕。兵卒凶暴横行，用赃物禁品诬赖百姓，强行闯入百姓家中，并于争斗

299

中杀了人，这些兵卒十分惊恐，当即畏罪逃散。百姓向苏轼状告此事，苏轼扔掉他们的诉状不看，说："必然没到这种地步！"凶悍的兵卒听说了苏轼的话后，自以为非常安全，就放松了警惕，苏轼再慢慢命人将他们引出来，处死了他们。遇到事情需要有这样的镇定力量，然而倘若没有足够的见识，也是力不从心的。

韩愈①：
让你的工作被部属看见

韩愈为吏部侍郎，有令史②权势最重，旧常关锁，选人③不能见。愈纵之，听其出入，曰："人所以畏鬼者，以其不能见也；如可见，则人不畏之矣。"

[冯述评] 主人明，不必关锁；主人暗，关锁何益？

【注释】

①韩愈：唐朝著名思想家、文学家。德宗贞元八年（792年）进士。宪宗年间，历迁国子博士、中书舍人、刑部侍郎。因谏迎佛骨，贬潮州刺史。召拜国子祭酒，转兵部侍郎，后以吏部侍郎为京兆尹。卒谥文，世称"韩文公"。尽通《六经》、百家之学。工诗文，提倡散体古文，抒意立言，自成一家。

②令史：唐朝官署吏职，尚书省六部诸司、诸台省、东宫詹事府、左右春坊及其下各局署低级事务员，掌文书案牍，亦常充他职，为流外官。

③选人：唐朝称候补、候选官员。

【译文】

韩愈做吏部侍郎的时候，吏部有位令史权势最重，过去常常关起门来，让候选的官员都不能见到他。韩愈让他将门打开，任由这些候选官员出入，说："人之所以害怕鬼，是因为人看不见鬼；如果能看见，那么人就不会畏惧鬼了。"

[冯梦龙述评] 如果主事之人贤明磊落，那么便不需要关锁大门；如果主事之人昏庸愚昧，那么关锁大门又有什么好处呢？

周公　太公：
空降的领导不要对团队大刀阔斧改革

太公封于齐，五月而报政①。周公曰："何疾也？"曰："吾简其君臣，礼从其俗。"伯禽②至鲁，三年而报政。周公曰："何迟也？"曰："变其俗，革其礼，丧三年而后除之。"周公曰："后世其北面事齐③乎？夫政不简不易，民不能近；平易近民，民必归之。"周公问太公何以治齐，曰："尊贤而尚功。"周公曰："后世必有篡弑之臣④！"太公问周公何以治鲁，曰："尊贤而尚亲。"太公曰："后寝弱矣⑤！"

[冯述评] 二公能断齐、鲁之敝于数百年之后，而不能预为之维；非不欲维也，治道可为者止此耳。虽帝王之法，固未有久而不敝者也，敝而更之，亦俟乎后之人而已，故孔子有"变

齐、变鲁"之说⑥。陆葵日曰："使夫子之志行，则姬、吕之言不验。"夫使孔子果行其志，亦不过变今之齐、鲁，为昔之齐、鲁，未必有加于二公也。二公之子孙，苟能日儆惧于二公之言，又岂俟孔子出而始议变乎？

【注释】

①报政：陈报政绩以告成功。

②伯禽：西周鲁国国君。姬姓，字伯禽，亦称"禽父"，周公姬旦长子。成王以商奄之地及殷民六族封伯禽，国号鲁，都曲阜。

③北面事齐：对人称臣称为北面，此句意为鲁国后世将臣服于齐国。

④后世必有篡弑之臣：春秋末期，齐国公室腐败，陈国妫姓田氏逐渐强大，掌握国政，取代姜姓吕氏成为齐侯，史称"田陈篡齐"。

⑤后寝弱矣：寝弱，逐渐衰落。鲁国崇尚公祖亲属，致使身为鲁桓公之后的孟孙氏、叔孙氏和季孙氏三家（史称"三桓"）日益强大，与公室争权不断，鲁国公室衰微，卑弱如小侯。

⑥孔子有"变齐、变鲁"之说：《论语·雍也》："子曰：'齐一变，至于鲁；鲁一变，至于道。'"意为齐国的政治一改革，便可以达到鲁国的样子；鲁国的政治一改革，就可以达到符合大道的境界了。因为孔子崇尚周礼，而鲁国虽国力不及齐国，但对周礼的保存更加完备，更容易达到"复礼"的境界，故云。

【译文】

太公被分封在齐地，仅仅过了五个月，就向周公陈报政绩以告成功。周公问："为什么这么快？"太公说："我简化君臣的上下之礼，同时顺应了当地的风俗。"伯禽到达封地鲁国，过了三年才向周公陈报政绩以告成功。周公问："为什么这么慢？"伯禽说："我变易当地的风俗，改革当地的礼法，命令国人亲丧三年后才能除去孝服。"周公说："鲁国后世将臣服于齐国吗？行政如果不简要、平易，百姓就不能与国君亲近；行政平易，百姓必然会归服。"周公问太公靠什么来治理齐国，太公说："尊重贤才并且推崇有功绩的人。"周公说："齐国后世必然会有篡逆弑君的臣子！"太公问周公靠什么来治理鲁国，周公说："尊重贤才并且尊崇公族亲属。"太公说："鲁国的公室后世将会逐渐衰弱！"

[冯梦龙述评] 周公和太公能推断出齐国和鲁国数百年后的政弊，却不能预先为之做好防范；并非不想做好防范，而是施行治国之道，能做到的仅此而已了。即使是古代圣明君主的治国之法，也没有真正能够经久不衰的，一旦出现弊端就改革它，也只能等待后人来实现了，因此孔子才会有"变齐、变鲁"的言论。陆葵日说："假使孔子的志愿能够实现，那么姬旦（周公）和吕尚（太公）的话就不会应验。"假使孔子真的实现了自己的志愿，也不过是将当时的齐、鲁，改变为过去的齐、鲁，未必有能超过周公和太公的地方。周公和太公的子孙，如果能日日警醒，敬畏二公的预言，又哪里需要等到孔子出现再来议论变革之事呢？

班超①：
对不服管的人要抓大放小

班超久于西域，上疏愿生入玉门关②，乃召超还，以戊己校尉③任尚代之。尚谓超曰："君侯④在外域三十余年，而小人猥承君后，任重虑浅，宜有以诲之。"超曰："塞外吏士，本非孝子顺孙，皆以罪过徙补边屯，而蛮夷怀鸟兽之心，难养易败。今君性严急，水清无鱼，察政不得下和，宜荡佚⑤简易，宽小过，总大纲而已。"超去后，尚私谓所亲曰："我以班君尚有奇策，今所言平平耳。"尚留数年而西域反叛，如超所戒。

【注释】

①班超：东汉时期著名军事家、外交家。其父班彪、其兄班固以及其妹班昭皆是著名史学家。为人有大志，少拥书养母，后投笔从戎。汉明帝时随窦固北击匈奴，受命率三十六人出使西域。在西域活动三十一年，平定五十余国。永元十四年（102年），以年老乞归洛阳。官至西域都护，封定远侯。

②玉门关：汉时为通往西域门户，故址在今甘肃敦煌市西北，班超从西域返回洛阳必经此关。

③戊己校尉：官名。西汉元帝初置，为西域都护属官，掌管屯田事务。

④君侯：汉时对列侯的尊称。

⑤荡佚：放纵，不拘束。

　　班超在西域已有多年，他向皇帝上书请求，希望能在活着的时候从玉门关回到中原，于是汉和帝下诏让班超回来，派戊己校尉任尚接任西域都护。任尚对班超说："定远侯您远在外域三十余年，如今由我这样的人来继任您的位置，我深感自己责任重大而智虑浅薄，希望您能教诲我一些经验。"班超说："塞外的官吏和兵士，本就不是什么孝子顺孙，都是因为犯罪或有过错才被流放到边境戍守的，而外族蛮夷的性情接近鸟兽，难以驯养而容易败坏。你的性情比较严厉急切，水太过清澈了鱼就难以生存，长官过于明察，下属就很难与你一条心，你应该适当地放纵他们，简易行事，宽恕他们的小错误，只要把握好大的原则就可以了。"班超离去后，任尚私下里对亲信说："我还以为班超会有什么好策略，可如今他和我说的这些话也都平平无奇啊。"任尚留守数年后，西域就反叛了，一切果然如班超所告诫的那样。

西门豹[①]：
以其人之道还治其人之身

　　魏文侯[②]时，西门豹为邺令，会长老问民疾苦。长老曰："苦为河伯[③]娶妇。"豹问其故，对曰："邺三老[④]、廷掾[⑤]常岁赋民钱数百万，用二三十万为河伯娶妇，与祝巫共分其余。当其时，巫行视人家女好者，云'是当为河伯妇'，即令洗沐，易新衣。治斋宫[⑥]于河上，设绛帷床席，居女其中。卜日，浮之河，行数十里乃灭。俗语曰：'即不为河伯娶妇，水来漂溺。'人家多持女远窜，故城中益空。"豹曰："及此时，幸来告，吾亦欲往送。"至期，豹往会之河上。三老、官属、豪长者、里长、父老⑦皆会。聚观者数千人。其大巫⑧，老女子也，女弟子十人从其后。豹曰："呼河伯妇来。"既见，顾谓三老、巫祝⑨、父老曰："是女不佳，烦大巫妪为入报河伯：更求好女，后日送之。"即使吏卒共抱大巫妪投之河。有顷，曰："妪何久也？弟子趣之！"复投弟子一人河中。有顷，曰："弟子何久也！"复使一人趣之，凡投三弟子。豹曰："是皆女子，不能白事。烦三老为入白之。"复投三老。豹簪笔磬折⑩向河立待，良久，旁观者皆惊恐。豹顾曰："巫妪、三老不还报，奈何？"复欲使廷掾与豪长者一人入趣之；皆叩头流血，色如死灰。豹曰："且俟须臾。"须臾，豹曰："廷掾起矣！河伯不娶妇也！"邺吏民大惊恐，自是不敢复言河伯娶妇。

[冯述评] 娶妇以免溺，题目甚大。愚民相安于惑也久矣，直斥其妄，人必不信。唯身自往会，簪笔磬折，使众著于河伯之无灵，而向之行诈者计穷于畏死，虽驱之娶妇，犹不为也，然后弊可永革。

【注释】

①西门豹：战国初魏国人。魏文侯时为邺令，到任后破除"河伯娶妇"的迷信，兴建水利，开凿十二条渠，引漳河水灌田，改良土壤，发展生产，并实行寓兵于农、存粮于民等措施。

②魏文侯：战国时期魏国国君，名斯，一作都。在位期间选贤举能，先后任用魏成子、翟璜、李悝为相，乐羊、吴起为将，西门豹守邺。力行改革，使魏成为战国初年著名强国。

③河伯：古代神话传说中的黄河水神，当时漳河为黄河支流。唐张守节《史记正义》注：河伯姓冯，名夷，一名冰夷，一名冯迟。因为渡河而淹死，天帝封之为水神。

④三老：战国时期魏国掌教化的乡官。

⑤廷掾：县令的属吏。

⑥斋宫：供斋戒祭神用的宫室、屋舍。

⑦父老：古时乡里管理公共事务的人，多由有名望的老人担任。

⑧大巫：指为首的或法术高明的巫师。

⑨巫祝：事鬼神者为巫，祭主赞词者为祝，后连用指掌占卜祭祀的人。

⑩簪笔磬折：插笔备礼，曲体作揖，以示恭敬。

【译文】

魏文侯在位时，西门豹担任邺城令，他将当地的年长者叫到一起，询问民生疾苦。老人们说："百姓苦于为河伯娶新妇。"西门豹询问其中的缘故，老人们答道："邺城的三老和廷掾每年都在民间征收数百万钱为赋税，其中二三十万钱用于为河伯娶新妇，其余的钱他们就和掌管祭祀的巫师一起分了。每到要为河伯娶新妇的时候，巫师们便到每家每户去查看，看见谁家的女儿美貌，就说'她应该去给河伯做媳妇儿'，便立即命令她沐浴，并穿上新衣服。又在漳河上建起祭神用的宫舍，设置绛色的帷幔和床席，让女孩儿住在其中。到了吉日，他们就让女孩儿和床席漂浮在河面上，漂浮几十里后便沉没了。俗语说：'要是不给河伯娶新妇，黄河之水就会泛滥成灾。'百姓大多带着女儿逃得远远的了，因此邺城越来越空。"西门豹说："到了河伯娶新妇的日子，请来告诉我，我也想去送亲。"到了那一天，西门豹便到漳河边与祭祀的众人相会。当时，三老、各部官员、当地有钱有势的人、里长和父老都会聚在那里。聚众观看的有数千人。为首的大巫是个年老的女人，有十个女弟子跟在她身后。西门豹说："把河伯的新妇叫来。"见到了那个女孩儿后，西门豹回头对三老、巫祝、父老说："这个女子不够美貌，烦劳大巫到漳河中去报告河伯，就说我们会为他准备更美的女子，后天送过去。"随即便让衙役一起抱起老巫婆将她投进河中。过了一会儿，西门豹问："老妇为什么去了那么久？让她的弟子也去一趟吧！"又将一个弟子投进了河中。又过了一会儿，西门豹说："弟子怎么也去了那么久！"又把一个弟子投了进去，总共投进了三个弟子。西门豹说："想必是因为她们都是女子，不能把事情说清楚，那就烦劳三老前去说明吧。"又将三老投进河水中。西门豹则在河边恭敬地插笔备礼，曲体作揖等待着，等了许久，旁观者都非常惊恐。西门豹看向他们说："老巫女和三老都不回来给我们答复，这该怎么办呢？"又想把廷掾和一个当地有钱有势之人投到河中去；廷掾和那个人都磕头磕到流血，面色如死灰。西门豹说："那就再等一会儿吧。"过了一会儿，西门豹说："廷掾起来吧！河伯不娶新妇了！"邺城的官吏和百姓都非常惊恐，自此以后再也不敢提给河伯娶新妇的事了。

[冯梦龙述评] 靠给河伯娶新妇来避免城池被淹没，这个名头太大了。愚昧的百姓被这个谎言迷惑了太久，已经安于现状了，如果直接斥责它的荒诞，百姓必然不相信。只有亲身前去，再插笔备礼，曲体作揖，恭敬以待，才能让众人明白河伯并不是真实存在的，而过去那些骗子也会因为怕死而无计可施，即使再驱使他们为河伯娶新妇，他们也不干了，从此之后这种弊病就可以被永远地革除。

刘晏①：
考虑下属的利益更能激发下属的积极性

唐刘晏为转运使②时，兵火之余，百费皆倚办于晏。晏有精神，多机智，变通有无，曲尽其妙。尝以厚值募善走者，置递③相望，觇报四方物价，虽远方，不数日皆达，使食货④轻重之权悉制在掌握；入贱出贵，国家获利，而四方无甚贵甚贱之病。

【注释】

①刘晏：唐朝大臣、理财家。七岁举神童，肃宗时拜京兆尹，加户部侍郎判度支，后迁吏部尚书、同平章事，不久罢相。晏以转运为己任，改革了榷盐法和常平法，改进了南北水运方法，使得"官用足而民不困"，为安史之乱后唐朝的经济恢复做出了重要贡献。

②转运使：官名。唐朝始设，主管水陆转运和全国谷物财货转输、出纳。

③置递：设置驿站。递，传递文书信息或货物的驿站。

④食货：《汉书·食货志》云："食谓农殖嘉谷可食之物，货谓布帛可衣，及金刀龟贝，所以分财布利通有无者也。"这里泛指包含粮食、货物等在内的一切商品。

【译文】

唐朝的刘晏担任转运使时，正值兵荒马乱的年头，国家各项财政费用都要倚仗他来管理。刘晏精力充沛，机智敏锐，善于变通，能够将国家财政事务处理得细致巧妙。他曾经高价雇用擅长跑步的人，又在各地设置了许许多多的驿站，让他们查访并报告各地的物价，即使是遥远地方的物价讯息，也不过几日就都可以传达到，他通过这种方式让操控全国商品价格的权力都掌握在朝廷的手中；他以便宜的价格买来货物，再以贵价将其卖出去，这样不但国家可以获利，各地也没有再出现物价过贵或过贱的弊病了。

晏以王者爱人不在赐与，当使之耕耘织纴，常岁平敛之，荒则蠲①救之。诸道各置知院官②，每旬月具州县雨雪丰歉之状。荒歉有端，则计官③取赢，先令蠲某物、贷某户，民未及困而奏报已行矣。议者或讥晏不直赈救而多贱出以济民者。则又不然，善治病者，不使至危惫，善救灾者，不使至赈给。故赈给少则不足活人，活人多则阙国用，国用阙则复重敛矣！又赈给多侥幸，吏群为奸，强得之多，弱得之少，虽刀锯在前不可禁——以为"二害"。灾沴④之乡，所乏粮耳，他产尚在，贱以出之，易以杂货，因人之力，转于丰处，或官自用，则国计不乏；多出菽粟⑤，资之粜⑥运，散入村间，下户力农，不能诣市，转相沿逮⑦，自免阻饥——以为"二胜"。

【注释】

①蠲（juān）：蠲免，免除赋税劳役。

②知院官：官名，唐朝诸道盐铁、转运、度支巡院官的别称。

③计官：主管财赋、百物会计、出纳之官。

④灾沴（lì）：自然灾害。

⑤菽粟：豆类和小米，泛指粮食。

⑥粜（tiào）：卖粮食。

⑦沿逮：指余润所及，得到好处。沿，同"沾"。

【译文】

刘晏认为统治者爱护百姓不在于赏赐给百姓什么，而是应当让百姓能够安心地耕耘织布，在正常年景里朝廷应当不增不减地征收赋税，遇到荒年再用免除赋税劳役的方式来赈济灾民。他在全国各道设置负责盐铁、转运和度支的知院官，每隔一段时间就向朝廷详细汇报各州县的天气及粮食收成。如果是正当理由导致田地荒芜、粮食歉收，计官在收取赋税的时候，就可以暂且免除一部分赋税或劳役，或借给歉收的农户一部分钱粮，这样百姓还没有到穷困潦倒的程度，各种赈灾措施就已经奏请朝廷实施了。有大臣对此发表议论，讥讽刘晏不直接赈济灾民，只靠低贱出售粮食这种方式来救济百姓。但这样说也不对，善于治病的医者，不会让病人病重垂危再去救治，善于救灾的官员，也不会让灾民穷困到需要赈济来救命的程度再去挽救他们。真到了灾民难以生存的程度的话，那么赈灾的钱粮少了就不足以让百姓活下去，要让尽可能多的百姓活下去，国库就必定会变得空虚，国库空虚则朝廷就必定要再度征敛重赋！又因为赈济灾民这种事很难保证完全公平，官吏们狼狈为奸，有权有势者得到的赈灾钱粮就多，贫苦百姓得到的就少，就算用严刑峻法来惩治，也无法完全禁止这种情况——这样于国于民都有害。受灾的地区最缺的就是粮食，其他物产还可以正常供应，可以低价卖出这些物产，用来交换生活所需的其他杂货，百姓可以通过官府的力量，将这些物产转卖到丰收的地方，或者给官府自用，这样国家的生计就不会匮乏；或者由国家将囤积的粮食卖出，让它们尽可能地被运输售卖到缺粮的乡间，这样不擅长交易的贫民和农户也能通过这种方式间接地获得好处,自然就可以免于遭受饥饿——这样于国于民都有利。

先是运关东谷入长安者,以河流湍悍,率一斛得八斗①,至者则为成劳,受优赏。晏以为江、汴、河、渭,水力不同,各随便宜造运船,江船达扬州,汴船达河阴,河船达渭口,渭船达太仓,其间缘水置仓,转相受给。自是每岁运谷至百余万斛,无升斗沉覆者。又州县初取富人督漕挽②,谓之"船头③";主邮递,谓之"捉驿④";税外横取,谓之"白著⑤"。人不堪命,皆去为盗。晏始以官主船漕,而吏主驿事,罢无名之敛,民困以苏,户口繁息。

[冯述评] 晏常言:"户口滋多,则赋税自广。"故其理财常以养民为先,可谓知本之论,其去桑、孔⑥远矣!王荆公但知理财,而实无术以理之,亦自附养民,而反多方以害之,故上不能为刘晏,而下且不逮桑、孔。

【注释】

①一斛得八斗:一斛为十斗,但因为水流湍急,粮船沉覆,最后能成功运到长安的,平均下来大概只有八斗。斛,古代量器名,亦是容量单位。

②漕挽:指水运和陆运。

③船头:船上监督货运的头目。

④捉驿:受命主管邮递的人。

⑤白著:指安史之乱后,以元载为首的唐朝官府对百姓进行的强制搜刮。唐代宗年间,官府以拖欠赋税为由,对江淮百姓横征

暴敛，朝廷派豪吏督征，不问是否欠税，凡有粟帛之家，皆取其半数，多则十之八九。

⑥桑、孔：桑，指桑弘羊，汉武帝时期的政治家、理财家，出身商贾之家，历任侍中、大农丞、治粟都尉、大司农等职，掌管天下盐铁；推行盐、铁、酒类收归官营，并设立平准、均输机构，平抑物价，使商贾不得获大利，国家财政因此丰饶；后坐燕王刘旦、上官桀等谋反事，被杀。孔，指孔仅，汉武帝元鼎二年（前115年）为大农丞，与东郭咸阳同领盐铁事，主管盐铁专卖；三年中官至大司农。

【译文】

在此之前，关东的谷物运到长安来，因为河流水势急猛，运一斛差不多只能得到八斗，损失两斗，平安到达的人就是成功者，会受到优厚的奖赏。刘晏认为长江、汴河、黄河和渭河的水力各不相同，于是让人根据各水道的具体情况造运粮船，让长江之船从江南运粮到扬州，汴河之船从扬州运粮到河阴，黄河之船从河阴运粮到渭口，渭河之船则从渭口运粮到长安官仓。在这之间根据河流走向设置粮仓，让各地的粮食互相补给。从此以后这四条水道每年运输谷物的数量多达百万斛，却再也没有一升半斗沉没入水中。此外，州县官府过去派富人主管水运和陆运的监工，称之为"船头"；派富人主管邮递，称之为"捉驿"；派富人以征收欠税为由，对不欠税的百姓进行横征暴敛，称之为"白著"。百姓快要活不下去了，就都去做盗贼。从刘晏开始，让官员主管漕运之事，让小吏主管邮递之事，停止没有名目的敛财行为，百姓的困境慢慢得以缓解，于是人口得以繁衍。

[冯梦龙述评] 刘晏常说："人口增多，赋税自然也会跟着增

加。"因此他治理财政时，常常把实行使人民得以谋生的政策放在第一位，他这番言论可以称得上知道了财政的本质，比汉武帝时的桑弘羊和孔仅还要强得多呢！王安石只知道要治理财政，实际上却没有好的方法去治理，也自我标榜要实行养民的政策，结果反而通过各种方式危害百姓的生活，因此他向上比不上刘晏，向下也比不上桑弘羊和孔仅。

晏专用榷盐法①充军国之用，以为官多则民扰，［边批：名言。］故但于出盐之乡置盐官，取盐户所煮之盐转鬻于商人，任其所之，自余州县不复置官。其江岭间去盐乡远者，转官盐于彼贮之；或商绝盐贵，则减价鬻之，谓之"常平②盐"，官获其利，而民不困弊。

［冯述评］常平盐之法所以善者，代商之匮，主于便民故也。若今日行之，必且与商争鬻矣。

【注释】

①榷盐法：原指汉武帝时实施的国家垄断食盐产销制度。唐代宗时，刘晏任盐铁使，他在前朝基础上对前人之法进行了改革，在保证国家利益的前提下，采用官商分利的贩盐制度，允许商人在官府的监督下售卖官盐，同时加大了对私盐的缉查力度。榷，专卖。

②常平：古代一种调节物价的方法，汉时设有"常平仓"。汉宣帝时，耿寿昌奏诸边郡应在谷贱时增价而籴，谷贵时则减价而粜，"常平"之名由此而来。

刘晏专靠实行榷盐法获得的利润，作为供给国家和军队的费用，他认为官员一旦多了，百姓的生活就会受到惊扰，［边批：名言。］因此他只在食盐的产地设置盐官，让他们将盐户煮好的食盐转卖给商人，任由商人自行贩卖到各地去，在其他州县便不再设置盐官。他还将官盐转移到那些处于江水和山岭之间，离食盐产地很远的地方贮藏起来。每当商人惜售，藏盐而不卖，盐价昂贵的时候，就减价售卖那些贮藏起来的盐，将其称为"常平盐"，这样官府可以从中获利，百姓也不会因为商人售高价盐而遭受困苦。

［冯梦龙述评］常平盐这种方法之所以好，就在于它在食盐紧缺的时局下，可以弥补仅靠商人贩盐的不足，从而为民生提供便利。如果在当今这种正常的情况下实行这种方法，必定会导致官府和商人争利。

分将：
赏罚要以功绩论，不以职位论

仲淹知延州。先是，总官①领边兵万人，钤辖②领五千人，都监③领三千人，寇出，则官卑者先出御。仲淹曰："将不择人，以官为次第，败道也。"乃大阅州兵，得万八千人，分六将领之，将各三千，分部训练，使量贼多寡，更番出御。

［冯述评］梅少司马克生④疏云："古之诏爵⑤也以功，今之叙功也以爵。"二语极切时弊。夫临阵，则卑者居先；叙功，

又卑者居后。是直以性命媚人耳，宜志士之裹足而不出也！分将迭出之议固当，吾谓论功尤当专叙汗马，而毋轻冒帷幄[6]，则豪杰之气平，而功名之士知奋矣！

【注释】

①总官：宋朝官名，即总管，为地方高级军政长官、军事长官或专门管理事务的行政长官的职称。

②钤辖：宋朝军职名，即兵马钤辖，资历深者称兵马都钤辖，掌统兵出征、禁军驻屯、训练等事务，受本州（路）都总管节制。宋仁宗康定元年（1040年），内侍始差充都钤辖。

③都监：宋朝官名，即监军，大多由宦官兼任，掌本州（路）军队屯驻及训练、军器、边防等事务，受本州（路）钤辖节制。

④梅少司马克生：梅国桢，字克生，明朝大臣。万历十一年（1583年）进士，迁任监察御史。万历二十年（1592年），担任监军，举荐名将李如松为宁夏都督，定计一举攻破宁夏哱拜叛军。

⑤诏爵：由皇帝下诏赐予爵位。

⑥轻冒帷幄：指将帅冒领参与谋划之功。帷幄，原指行军时将帅所处的幕府、军帐，为决策之处，后衍生出"运筹帷幄"一词，意为在帐幕中谋划军机，拟定作战策略。

【译文】

范仲淹在延州担任知州。在此之前，按照惯例，由总官统率边境士兵一万人，钤辖统率士兵五千人，都监统领士兵三千人，遇到敌寇来攻时，则由官位较低的将领先行出战抵御敌军。范仲淹说："不根据个人能力来选派将帅，而是以官位作为确定出战次序的标准，这样的作战方法会导致失败。"于是他大规模地检阅了延州的士兵，最终共得兵卒一万八千人；他将这些士兵分由六位将领统率，每位将领各统兵三千，分别进行训练，再根据敌寇数量的多少，轮番出战。

[冯梦龙述评] 梅国桢曾在奏疏中写道："古代依据军功来赐予爵位，现在按等级来认定功绩大小。"这两句话正好击中了如今的社会弊病。临阵杀敌的时候，是地位卑下的人冲在前面；到了论功行赏的时候，地位卑下的人却只能排在后面。这简直是用地位卑下者的性命来讨位高者的欢心，也难怪有志之士都裹足不出了！范仲淹分派将领出战的方法固然恰当，但我认为在论功的时候，更应当特别为那些立下汗马功劳的将士表功赐爵，而不是都归功于那些冒领参谋之名却不参加实际作战的位高者，这样社会上的义愤之气就可以平息，而求取功名的将士也知道奋进了！

徐阶①：
做决策只考虑该不该做；
分管任务必要承担相应责任

世庙②时，倭蹂东南，抚按③亟告急请兵。职方郎④谓："兵发而倭已去，谁任其咎？"尚书惑之。阶相持不可，则以羸卒三千往。阶争之曰："江南腹心地，捐以共贼久矣。部臣于千里外，何以遥度贼之必去，又度其去而必不来，而阻援兵不发也？夫发兵者，但计当与不当耳，不当发，则毋论精弱皆不发以省费；当发，则必发精者以取胜，而奈何用虚文涂耳目，置此三千赢卒与数万金之费以喂贼耶？"尚书惧，乃发精卒六千，俾偏将军许国、李逢时将焉。国已老，逢时敢深入而疏，骤击倭，胜之；前遇伏，溃。当事者以发兵为阶咎，阶复疏云："法当责将校战而守令守。今将校一不利辄坐死，而府令偃然自如；及城溃矣，将校复坐死，而守令仅左降。此何以劝怨也？夫能使民者，守令也，今为兵者一，而为民者百，奈何以战守并责将校也！夫守令勤，则粮饷必不乏；守令果，则探哨必不误；守令警，则奸细必不容；守令仁，则乡兵必为用。臣以为重责守令可也。"

[冯述评] 汉法⑤之善，民即兵，守令即将，故郡国自能制寇。唐之府兵，犹有井田之遗法⑥，自张说变为彍骑⑦，而兵农始分，流为藩镇，有将校而无守令矣。迄宋以来，无事则专责守令，而将校不讲韬钤之术，有事则专责将校，而守令不参帷幄之筹，是战与守两俱虚也。徐文贞此议，深究季世阘茸⑧之弊。

【注释】

①徐阶：明朝中期名臣。嘉靖二年（1523年）进士，授编修，累迁至礼部尚书，兼文渊阁大学士。为严嵩所忌，度未可与争，乃谨事之，嵩不能图。严嵩致仕后，代为首辅。世宗卒，阶草遗诏，悉罢斋醮、土木等弊政，为言事得罪的大臣们平反。明穆宗时致仕，卒谥文贞。

②世庙：指明世宗朱厚熜，年号嘉靖。此为嘉靖三十三年（1554年）左右发生之事。

③抚按：明朝巡抚和巡按的合称。

④职方郎：官名，隋朝始设，为兵部职方司长官，掌天下地图、城隍、镇戍、烽堠等事。明洪武年间改置职方清吏司。

⑤汉法：指汉朝时，实行全面的郡县制，在各郡设郡守。郡守

秩两千石，权位甚重，兼管一郡的民政和军事，对地方军队有便宜支配之权，因其负防守边郡的职能，亦称"郡将"。

⑥井田之遗法：西周时推行井田制，据《周礼》记载，"九夫为井"，将九户设置为户籍编制的一个单位，进行农业生产；战争发生时，乡官也以此为标准来征兵作战。井田制在春秋时期就已经基本瓦解，这里指的大致是唐朝府兵制沿袭了井田制的耕战之法，兵农一体，一旦战争发生，抽调出的耕农可以随时从军打仗。

⑦彍骑：唐朝宿卫兵名。玄宗时，因宿卫京师的府兵大量逃亡，开元十一年（723年），用宰相张说建议，以招募的方式选京兆、蒲、同、岐、华等州府兵和白丁，每年宿卫两个月，称"长从宿卫"，开元十三年改名"彍骑"。

⑧阘（tà）茸：资质驽钝愚劣。

【译文】

明世宗时，倭寇践踏东南沿海地区，当地巡抚和巡按向朝廷报告紧急军情，并请求速速派兵援助。职方郎问："如果朝廷发兵到了那里，倭寇却已经逃走了，谁来负这个责任？"兵部尚书也被其说法迷惑而犹豫不决。后来在徐阶的据理力争下，兵部才派出了三千名羸弱兵卒前去。徐阶争论说："江南是国家的重要地区，朝廷纵容倭寇作乱已经很久了。您作为兵部的长官，在千里之外，是怎么隔空推测出倭寇必然会逃走，又怎么推测出他们逃走后不会再回来？而您竟然就因此阻止朝廷发出援兵！发兵这件事，应该考虑的只有该发还是不该发。如果不该发的话，那么无论是精兵还是弱兵，都不应发出，以此来节省军费；如果该发，那么必须发精兵来取胜，怎么能用'派出了三千名羸弱兵卒前去'这样不切实际的表面功夫来掩人耳目，是要将这三千羸弱兵卒和数万金的军费拱手送与倭寇吗？"兵部尚书听后十分畏惧，才派出偏将军许国和李逢时率领六千精兵前去。当时许国已经年老，而李逢时敢深入敌阵却疏忽视察，因此军队奇袭倭寇获得了胜利，却在前方又遇到伏兵时大败。当权者以徐阶坚持发兵之事为由，追究他的责任，徐阶又上书说："按照国法，作战是将领的责任，而防守是州府长官的责任。现如今将领一旦作战失利就会被处死，而州府长官却依然能够安然自得；等到城池失守的时候，将领也要被处死，而州府长官受到的处罚却仅仅是降职。这样下去要怎样才能平息将领心中的怨气？能够支配百姓的只有州府长官，而现今兵卒只有百姓的百分之一，怎么能将出战和守城两件事都归责到将领身上！州府长官勤勉，那么粮饷必然不会匮乏；州府长官果敢，那么侦察敌情必定不会出现错误；州府长官警醒，那么城中必然不会出现为敌方刺探情报的人；州府长官仁爱，那么民兵必然会听由调遣。我认为可以从重处罚当地的州府长官。"

[冯梦龙述评] 汉朝军制的好处就在于，百姓就是士兵，而当地的州郡长官就是守将，因此汉朝的郡和封国都能自行抵御敌人。唐朝的府兵，也保留着周朝时井田制兵农一体的耕战之法，自从张说劝唐玄宗将府兵改为彍骑后，军事和农业才开始分离，也为藩镇割据埋下了隐患，从此以后作战的便只有将领而没有地方长官了。宋朝以来，没有战事发生的时候，就只依靠地方长官治理州府，而将领则不习谋略兵法；等到战争发生时，作战之事就只依靠将领，当地官员则不参与军事上的出谋划策，因此不管是出战还是防守，实力都不够。徐阶的这段主张，深入剖析了王朝末期官员驽钝的弊病。

阶又念虏移庭牧^①，宣、大与虏杂居，士卒不得耕种，米麦每石值至中金^②三两，而所给月粮仅七镮^③，米菽且不继。时畿内二麦熟，石止直四镮，可及时收买数十万石。石费五镮，可出居庸^④，抵宣府；费八镮，可出紫荆^⑤，抵大同。大约合计之，费止金一两，而士卒可饱一月食，其地米麦，当亦渐平。乃上疏行之。

【注释】

①移庭牧：指迁移其部落往南游牧。

②中金：白银。

③镮：古钱量词，一镮等于一钱，十钱为一两。

④居庸：关名，旧称军都关、蓟门关等，是长城重要关口，控军都山隥道，在今北京市昌平区境内。

⑤紫荆：关名，与居庸关、倒马关合称为内三关，是进出太行山的交通要道，在今河北易县西北。

【译文】

徐阶又考虑到北方的少数民族每年会迁移部族往南游牧，与宣府、大同地区的百姓杂居，戍守的士兵没法儿好好耕种，米麦这类粮食每石价值白银三两，而每个月发给士兵的月钱却只有七镮，士兵粮食供应不上。当时都城附近的大麦和小麦都已经成熟了，每石只需要四镮，可以趁机收购几十万石麦子。每石花费五镮，可以将其运出居庸关，送抵宣府；花费八镮，可以将其运出紫荆关，送抵大同。再加上买麦子的成本，大概合计只需要花费一两银子，而士兵却可以饱食一个月，宣府、大同当地的粮食，也会渐渐降到平时的价格。于是徐阶上奏皇帝，朝廷批准施行这种方法。

周文襄①:
管理要管到毛细血管

　　周文襄公忱巡抚江南，有一册历，自记日行事，纤悉不遗，每日阴晴风雨，亦必详记。人初不解。一日某县民告粮船江行失风，公诘其失船为某日午前午后、东风西风，其人所对参错。公案籍以质，其人惊服。始知公之日记非漫书也。

　　[冯述评] 蒋颖叔②为江淮发运，尝于所居公署前立占风旗③，使日候之置籍焉，令诸漕纲吏④程亦各记风之便逆。每运至，取而合之，责其稽缓者，纲吏畏服，文襄亦有所本。

【注释】

　　①周文襄：周忱，明朝官员。永乐二年（1404年）进士，宣德五年（1430年）经杨荣推荐授工部右侍郎，巡抚江南，总督税粮。在任期间，稽理欠赋，修改税法，履请减免江南重赋税。迁工部尚书，卒谥文襄。

　　②蒋颖叔：蒋之奇，字颖叔，北宋官员。仁宗嘉祐二年（1057年）进士，神宗时任殿中侍御史，因诬劾欧阳修贬监道州酒税。熙宁中行新法，为福建转运判官，迁淮东转运副使，募流民修水利，累擢江淮荆浙发运副使，长于理财，治漕运，以干练称。

　　③占风旗：占测风向的旗子。

　　④漕纲吏：督率漕船的官吏。

【译文】

　　文襄公周忱在江南为巡抚的时候，有一本记事簿，用来记录每天发生的事情，再细微的事他也不遗漏，就连每天是阴、晴、风、雨，也必定要详细记录下来。起初，人们对他的做法感到不解。一天，某县的百姓向官府报告一艘粮船在江上行驶的时候，因遇到了大风而失事，周忱便追问他粮船失事的时间是某日的上午还是下午，刮的是东风还是西风，那个人的回答混乱错误。周忱便去核实记事簿，而后质问那人，那个人惊讶地认了罪。众人这才知道周忱每天的记录不是随便写写的。

[冯梦龙述评] 蒋之奇担任江淮发运副使的时候，曾经在自己居住的公署前竖立起占测风向的旗子，让人每天观测风向并将其记录在册，又让督率漕船的官吏也在行船时各自记下风向的顺逆。每当漕运船只抵达时，他便取来这些对风向的记录并进行整合，据此来责罚那些延误的官吏，于是漕运官都感到畏惧从而敬服他，看来周忱也是参照了前人的做法。

王世贞①：
善用犯错下属的"将功赎罪"心理

王世贞备兵青州，部民雷龄以捕盗横莱、潍间，海道宋②购之急而遁，以属世贞。世贞得其处，方欲掩取③，而微露其语于王捕尉者，还报又遁矣。世贞阳曰："置之。"又旬月，而王尉擒得他盗，世贞知其为龄力也，忽屏左右召王尉诘之："若奈何匿雷龄？往立阶下闻捕龄者非汝邪！"王惊谢，以飞骑取龄自赎。俄龄至，世贞曰："汝当死，然汝能执所善某某盗来，汝生

矣。"而令王尉与俱，果得盗。世贞遂言于宋而宽之。［边批：留之有用。］

官校④捕七盗，逸其一。盗首妄言逸者姓名，俄缚一人至，称冤。乃令置盗首庭下差远，而呼缚者跽阶上，其足蹑丝履，盗数后窥之。世贞密呼一隶，蒙缚者首，使隶肖之，而易其履以入。盗不知其易也，即指丝履者。世贞大笑曰："尔乃以吾隶为盗！"即释缚者。

【注释】

①王世贞：明朝官员，文学家、史学家，累官至南京刑部尚书，明朝文坛"后七子"领袖。

②海道宋：姓宋的海道副使。明朝在浙江、福建、广东、山东等沿海地区设立巡海道，全称提刑按察使司巡视海道副使，主管海防事务，兼及外贸和外交。

③掩取：乘其不意而夺取或捕捉。

④官校：泛指低级文武官吏，这里指低级武官。

【译文】

王世贞率军在青州驻守时，当地有个名叫雷龄的匪盗在莱州和潍州之间横行，当地的海道副使姓宋，花重金通缉他，雷龄见情势不妙，就逃走了，宋海道便将抓捕雷龄的任务交付给王世贞。王世贞查到了雷龄的藏身之处，正想乘其不备实施抓捕，但他不小心将消息透露给了一个姓王的捕尉，王捕尉又将此事密报给雷龄，于是雷龄又逃走了。王世贞假意说："就这样吧。"过了一段时间，王捕尉抓到了其他的盗贼，王世贞知道他是依靠雷龄的力量才抓到的，便突然屏退身边的人，招来王捕尉质问他："你为什么要藏匿雷龄？之前站在台阶下偷听我抓捕雷龄计划的人难道不是你吗！"王捕尉惊恐地向王世贞赔罪，又骑快马去抓雷龄，以弥补自己的过错。不久雷龄被抓来，王世贞对他说："你应该被处死，但如果你能将与你关系好的某某盗贼抓来，你就能活命。"又让王捕尉和他一起前去，果然抓到了那个盗贼。于是王世贞对宋海道说明了这件事并且宽恕了雷龄。[边批：留下他还有用处。]

武官抓捕了七名盗贼，还有一个逃跑了。盗贼首领便谎报了那个逃跑者的姓名，过了一会儿，一个人被绑来，并自称冤枉。于是王世贞将盗贼首领带到庭下一个略远的地方，又让被绑的人双膝跪在台阶上，他的脚上穿着丝制的鞋子，盗贼多次回头偷看。王世贞又偷偷叫来一个衙役，蒙住被绑的人的头，让那个衙役模仿他的样子，再换上他的鞋进去。盗贼不知道换人了，就指认那个穿丝制鞋子的人。王世贞大笑着说："你居然把我这儿的衙役认成盗贼！"随即释放了被绑的人。

杨素:
断掉员工的退路，才能激发士气

杨素攻陈时[①]，使军士三百人守营。军士惮北军[②]之强，多愿守营。素闻之，即召所留三百人悉斩之。更令简留，无愿留者。又对阵时，先令一二百人赴敌，或不能陷阵而还者，悉斩之。更令二三百人复进，退亦如之。将士股栗，有必死之心，以是战无不克。

［冯述评］素用法似过峻，然以御积惰之兵，非此不能作其气。夫使法严于上，而士知必死，虽置之散地③，犹背水④矣。

【注释】

①杨素攻陈时：此条记载的是杨素平定汉王杨谅之事。隋炀帝即位时，并州总管汉王杨谅起兵反叛，旋为杨素所破。而隋文帝下诏攻陈为开皇八年（588年）之事，故"陈"该读"阵"。

②北军：杨谅之军在北，故称。

③散地：兵家谓诸侯在自己领地内作战，其士卒在危急时容易逃亡离散。《孙子兵法·九地篇》："诸侯自战其地，为散地。"李筌作注："卒恃土，怀妻子，急则散，是为散地也。"

④背水：意为背水而战。司马迁《史记·淮阴侯列传》："（韩）信乃使万人先行，出，背水陈（阵）……军皆殊死战，不可败。"背水列阵本是兵家大忌，但韩信以这种切断退路的方式置之死地而后生，激发士气，以弱胜强。

【译文】

杨素在一次与敌军对阵时，征求三百名军士留下来守营。军士对强大的北军心怀畏惧，都愿意留守营中。杨素听说后，就将自愿留营的三百名军士都处斩了，之后再下令征求人留营，便没有愿意留守的人了。对阵的时候，杨素先下令派一两百人对敌，不能攻入敌人阵地死战就逃回来的人，将他们一律斩首。再派二三百人继续进攻，退后的也这样处置。将士都非常恐惧，抱着必死之心去作战，因此战无不胜。

［冯梦龙述评］杨素的方法过于严苛，但统率长年怠惰的士兵，如果不这样，就不能激发他们的士气。统兵者立法严苛，士兵

深知如果不力战则必死无疑，即使将他们置于容易逃散的地界，他们也会如背水作战般奋力拼杀。

黄盖[①] 况钟：
严惩坏典型，就能杀一儆百

黄盖尝为石城长。石城吏特难检御，盖至，为置两掾，分主诸曹，教曰："令长[②]不德，徒以武功得官，不谙文吏事。今寇未平，多军务，一切文书，悉付两掾，其为检摄[③]诸曹，纠摘谬误。若有奸欺者，终不以鞭朴[④]相加！"教下，初皆怖惧恭职。久之，吏以盖不治文书，颇懈肆。盖微省之，得两掾不法各数事，乃悉召诸掾，出数事诘问之。两掾叩头谢，盖曰："吾业有教：终不以鞭朴相加。不敢欺也！"竟杀之。诸掾自是股栗，一县肃清。

【注释】

①黄盖：三国时期孙吴名将。字公覆，初为郡吏，从孙坚起兵，拜别部司马。坚死，又随孙策、孙权。赤壁之战，献火攻计，并诈降纵火，致曹军大败，拜武锋中郎将，官至偏将军。

②令长：秦汉时，治万户以上县者为令，不足万户者为长，后以令长泛指县令。这里是黄盖自称。

③检摄：约束监督。

④鞭朴：或称"鞭扑"，用鞭子或棍棒抽打。

【译文】

黄盖曾担任石城县令。石城县的属吏特别难以督查驾驭，黄盖到了之后，为此特地设置了两个佐吏，分管各部官员，并教令属吏说："我无德无才，只是靠军功获得的官职，对文职官吏之事务没有经验。现在贼寇没有被平定，还有许多军务，所有的文书都交由两位佐吏负责，由他们来约束、监督各部属吏，纠正指摘谬误之处。如果有奸诈欺瞒之徒，最终也不会遭受鞭打之刑！"教令刚刚下达的时候，所有属吏都很畏惧，恭敬且谨慎地履行自己的职责。时间一长，属吏就因为黄盖不懂得如何处理文书之事，变得颇为懈怠放肆。黄盖稍微得知了这件事，他查出两个佐吏做下的数件不法之事后，才将所有属吏都招来，用这些事来诘问那两个佐吏。两个佐吏都叩头认罪，黄盖说："我早就已经有命令：（这样的人）最终也不会遭受鞭打之刑。我不敢出尔反尔！"最后直接杀掉了这两个佐吏。从此之后，属吏都十分畏惧黄盖，石城县的官场风气都被肃清了。

况钟①字伯律，南昌人，始由小吏擢为郎，以三杨特荐为苏州守。宣庙②赐玺书③，假便宜。初至郡，提控携文书上，不问当否，便判"可"。吏藐其无能，益滋弊窦。通判赵忱百方凌侮，公惟"唯唯"。既期月，一旦命左右具香烛，呼礼生④来。僚属以下毕集。公言："有敕未宣，今日可宣之。"内有"僚属不法，径自拿问"之语，于是诸吏皆惊。礼毕，公升堂，召府中胥，声言："某日一事，尔欺我，窃贿若干，然乎？某日亦如之，然乎？"群胥骇服。公曰："吾不耐多烦！"命裸之，俾隶有力者四人，舁一胥掷空中，立毙六人，陈尸于市。上下股栗，苏人革面。

【注释】

①况钟：明朝官员，早年曾为尚书吕震属下小吏，后被吕震重视，荐为仪制司主事。永乐年间，迁为礼部郎中。宣德五年（1430年），任苏州知府，在任长达十三年，刚正清廉，孜孜爱民，深得民心，民间奉之若神，呼为"青天"。

②宣庙：明宣宗朱瞻基，庙号宣宗。

③玺书：钤盖皇帝玺印，并由皇帝钦赐给重要官员的诏书，一般用于告谕、答报、奖劳、责让，某些时候，臣子可根据书内所载条款越权用事。

④礼生：司礼者，祭祀时在旁提唱起、跪、叩首之仪者。

【译文】

况钟，字伯律，南昌人，最初从小吏被擢升为礼部郎中，又因为三杨的特别推荐得以担任苏州太守。明宣宗御赐给他盖有皇帝印信的诏书，并授予他便宜行事的权力。况钟刚刚到郡中的时候，小吏拿着文书上呈给他，他也不问该不该这样做，便判决"可"。属吏都藐视他无能，滋生出更多的弊病和漏洞。通判赵忱对他各种欺凌侮辱，况钟也只是恭敬地应答。一整个月后，一天，况钟命令左右近侍准备香烛，又唤来主管礼仪的人。官僚下属都集合完毕了。况钟说："我有一道敕令还没有宣读，今天可以宣读了。"明宣宗御赐的诏书中有"官吏下属中有行不法之事的，可以直接抓捕问罪"的文字，于是那些属吏都十分惊恐。仪式完毕后，况钟升堂，招来府中胥吏，声称："某天有一件事，你欺瞒我，窃取贿赂若干，是这样吧？某天也是这样，没错吧？"胥吏都惊骇地服罪。况钟说："我不想为这么多琐事烦恼！"命令他们脱光衣服，又派四个有力气的衙役一同将一个胥吏抬起来，扔到空中，有六个人当场因此而死，况钟将他们的尸体陈于市集。于是上下官吏自此十分畏惧况钟，苏州本地官吏因此洗心革面。

[冯述评] 盖武人，钟小吏，而其作用如此。此可以愧口给^①之文人，矜庄^②之大吏矣！〇王晋溪云："司衡者^③，要识拔真才而用之。甲^④未必优于科^⑤，科未必皆优于贡^⑥，而甲与科、贡之外，又未必无奇才异能之士。必试之以事，而后可见。如黄福^⑦以岁贡，杨士奇以儒士^⑧，胡俨^⑨以举人，此皆表表名臣也。国初，冯坚^⑩以典史^⑪而推都御史^⑫，王兴宗^⑬以直厅^⑭而历布政使。唯为官择人，不为人择官，所以能尽一世人才之用耳。"

况守时，府治被火焚，文卷悉烬。遗火者，一吏也。火熄，况守出坐砾场上，呼吏痛杖一百，喝使归舍。亟自草奏，一力归罪己躬，更不以累吏也。初吏自知当死，况守叹曰："此固太守事也，小吏何足当哉！"奏上，罪止罚俸。公之周旋小吏如此，所以威行而无怨。使以今人处此，即自己之罪尚欲推之下人，况肯代人受过乎？公之品，于是不可及矣！

【注释】

①口给：口才敏捷，能言善辩。

②矜庄：严肃庄敬。这里指故作持重，实无才干。

③司衡者：负责评阅试卷的官员。

④甲：明朝科举，称进士为甲科，举人为乙科，这里的"甲"即指进士。

⑤科：指举人。

⑥贡：贡生。明朝挑选府、州、县生员（秀才）中成绩或资格优异者，升入京师国子监读书，称为贡生。《明史·选举志》记载，明朝贡生分为岁贡、选贡、恩贡和纳贡四类。

⑦黄福：明朝名臣。明初太学生出身，以言国家大计受太祖赏识，超拜工部右侍郎。成祖时任工部尚书，掌交趾布政、按察二司事，在任十九年，随事制宜，上下帖然。及还，交趾父老扶携走送，号泣送别。历事六朝，多所建白，操节之正，始终一致。官至南京守备参赞机务、少保兼户部尚书。

⑧儒士：读书人。这里指当时被荐举的秀才。

⑨胡俨：明朝名臣，洪武中以举人授华亭教谕。永乐初荐入翰林，授检讨，后累官北京国子监祭酒，参与机务。俨博学多才，于天文、地理、律例、医卜无所不究览，兼工书画。曾作为总裁官参与重修《太祖实录》《永乐大典》《天下图志》。

⑩冯坚：明朝大臣。洪武时任南丰典史。洪武二十四年（1391年）上书言事，帝称其知时务、达事变，擢左佥都御史。

⑪典史：小官名，为县令以下掌管缉捕、监狱的佐杂官。

⑫都御史：此处指左佥都御史，官名。洪武十六年（1383年）置，二人，与左右都御史、左右副都御史、右佥都御史同掌都察院事，总理一方军政。

⑬王兴宗：原为差役，明太祖下婺州，用为金华知县，以治行闻名。历任知县、知府、河南布政使。为官勤勉清廉，卒于官。

⑭直厅：守厅的人，这里指官府大厅的差役。

【译文】

[冯梦龙述评] 黄盖是武夫，况钟是小吏，都能有这样的作为，足以让那些夸夸其谈、巧言善辩的文人和故作持重、实无才干

的大官惭愧了！王晋溪说："负责评阅试卷的官员，要有识别提拔并任用有真才实学的人的本事。进士未必就比举人优秀，举人未必都比贡生优秀，而进士和举人、贡生之外，又未必没有具有奇才异能的人士。必须用具体的事情去考验他们，之后才能发现他们的才能。譬如黄福凭借当年选送的贡生这一身份入仕为官，杨士奇是凭秀才身份入仕，胡俨则是凭举人身份入仕，这些人都是卓越拔尖的名臣。国朝之初，冯坚凭借典史身份被推举为都御史，王兴宗凭借差役身份而历任布政使。只为官职挑选人才，而不为某个人挑选官职，这样才能用尽这一时期所有的人才。"

况钟担任苏州太守时，有天府衙被大火焚烧，里面的文卷都化为灰烬。因失职而造成这场火灾的是一个小吏。大火熄灭后，况钟走出房间坐在废墟上，叫来小吏将他狠狠地杖责了一百下，便喝令他回家。随后他急忙自己草拟奏疏，将全部罪责归于自己，再不牵累那个小吏。起初小吏也知道自己该死，但况钟感叹："这本来就是太守的事，一个小吏哪里能承受！"奏疏呈上后，朝廷对他的处罚仅限于裁减俸禄。况钟和小吏打交道都能做到这种程度，因此他即使用武力处罚属下，官吏对他也没有怨恨。假使让现在的人处在这种情境下，即便是自己的罪责尚且要推给下级官吏，何况是代替他人承担过错的责任呢？况钟的人品，在这一点上便让人望尘莫及！

孔融①：
对那些触犯领导权威的事要冷处理

荆州牧刘表不供职贡，多行僭伪②，遂乃郊祀天地③，拟斥乘舆④。诏书班下其事，孔融上疏，以为"齐兵次楚，唯责包茅⑤。今王师未即行诛，且宜隐郊祀之事，以崇国体。若形之四方，非所以塞邪萌"。

[冯述评]凡僭叛不道之事，骤见则骇，习闻则安。力未及剪除而章其恶，以习民之耳目，且使民知大逆之通诛，朝廷何震之有？召陵之役⑥，管夷吾不声楚僭，而仅责楚贡，取其易于结局，度势不得不尔。孔明使人贺吴称帝，非其欲也，势也。儒家"虽败犹荣"之说，误人不浅。

【注释】

①孔融：东汉末年官员、名士，"建安七子"之一。性好学，有异才。献帝时为北海相，后历少府、太中大夫，名重天下。因触犯曹操，被杀。

②僭伪：指越礼不轨之事。

③郊祀天地：古代皇帝会在一年中的某些重要时日，带领朝廷重臣在郊外祭祀天地。此举唯天子可行，宗室诸侯行郊祀，则为僭越。

④拟斥乘舆：效仿帝王制度，自比天子。乘舆，原指天子所乘车驾，后也用以代指天子。

⑤齐兵次楚，唯责包茅：《左传》载，齐桓公伐楚，楚国派使者前去交涉，管仲只是责问楚国"包茅不入，王祭不共，无以缩

酒"，即楚国没有按时向周天子进贡缩酒用的包茅，而不言楚君僭越称王之事。

⑥召陵之役：楚成王十六年（前656年），齐桓公率诸侯之师攻蔡，蔡溃，桓公挥师直逼楚国，以楚不向周王室贡纳包茅相质询，与楚盟于召陵而还。

【译文】

荆州牧刘表不向朝廷进献应进贡的土产，并且多次做出越礼不轨的事，甚至到郊外去祭祀天地，自比天子。皇帝颁下诏书谴责这件事，孔融进呈奏章，认为"齐桓公率兵攻打楚国，也仅仅是责怪楚国没有向天子进献包茅。现在官军还没有前去讨伐刘表，应该暂且隐去刘表到郊外祭祀天地这件事，来维护朝廷的尊崇和体面。如果向天下人揭露这件事，不利于遏制奸邪之事的发生"。

[冯梦龙述评] 但凡越礼不轨的事，刚刚听说，人们都会感受到惊骇，但要是常常听到，内心也就不会有什么大的波动了。如果在力量还不足以剪除叛逆之辈的时候就宣扬他们的恶行，让百姓看惯、听惯这些事，并让百姓知道这样的大逆不道之辈竟也逃避了诛罚，那么朝廷还有什么威望可言？召陵之役中，管仲不声张楚国的僭越行为，而仅仅指责楚国没有进贡包茅的事情，为的就是日后即便战败了也好收场，是在衡量局势后不得不这样做。诸葛孔明派人恭贺孙权称帝，也不是他愿意这样做，只是形势需要如此。儒家那种"为了纲常道义而贸然出师，即使战败了也认为自己很光荣"的说法，实在是对世人造成了很严重的误导。

狄青：
因事制宜地提振手下的信心

南俗①尚鬼。狄武襄②征侬智高③时，大兵始出桂林之南，因祝曰："胜负无以为据。"乃取百钱自持之，与神约："果大捷，投此钱尽钱面④！"左右谏止："倘不如意，恐阻师。"武襄不听。万众方耸视，已而挥手倏一掷，百钱皆面。于是举军欢呼，声震林野。武襄亦大喜，顾左右取百钉来，即随钱疏密，布地而帖钉之，加以青纱笼，手自封焉，曰："俟凯旋，当谢神取钱。"其后平邕州⑤还师，如言取钱。幕府士大夫共视，乃两面钱也。

[冯述评] 桂林路险，士心惶惑，故假神道以坚之。

【注释】

①南俗：南方风俗，这里的南方指闽、粤、黔、桂等地。

②狄武襄：狄青，谥号武襄。

③侬智高：宋时广源州壮族首领。宋仁宗皇祐元年（1049年）反，皇祐四年（1052年），率众攻破邕州，自称仁惠皇帝，改元启历。又相继破横、贵、龚、浔、藤、梧、封、康、端九州，进围广州，屡败宋军，杀伤官民甚众。皇祐五年，仁宗命枢密副使狄青为征南节度使，统军南下，大破侬智高于邕州。智高遁入大理，后死于此。

④面：钱之正面的简称，即铸有称量、年号或国号文字以标志钱名的一面。

⑤邕州：州名，治所在今广西南宁。

【译文】

南方有迷信鬼神的风俗。狄青征讨侬智高的时候，大军刚到达桂林的南面，狄青就祝祷："这次征讨不知道胜负如何。"说完便取来一百枚铜钱拿在手里，与神灵约定："如若这次出征果真大胜，那就让我投的这些铜钱全都是有文字的一面朝上！"左右亲信劝谏道："如果掷钱的结果不如意，恐怕会影响大军前进的士气。"狄青不听。所有人都敬畏地注视着狄青，狄青继而迅速地一扔，一百枚铜钱都是有文字的一面朝上。于是全军欢呼，声音震动整片林野。狄青也非常高兴，让左右亲信取来一百枚钉子，根据钱的疏密，将它们牢牢钉在地上，再用青纱蒙覆，并亲手将其封存好，说："等大军凯旋，理当感谢神灵，再取回铜钱。"之后大军平定邕州凯旋，狄青果然像他之前说过的那样，回来取钱。幕府的士大夫聚在一起查看那些铜钱，才发现狄青那天掷的都是两面钱。

[冯梦龙述评] 桂林路途艰险，士兵人心惶惑，狄青因此借神道的说法来坚定他们的决心。

张良：
如果想树立公正的形象，
不妨重奖那个和你最不对付的下属

高帝已封大功臣二十余人，其余日夜争功不决。上在洛阳南宫，望见诸将往往相与坐沙中偶语①，以问留侯②。对曰："陛下起布衣，以此属取天下。今为天子，而所封皆故人，所诛皆仇怨，故相聚谋反耳。"上忧之，曰："奈何？"留侯曰："上生平所憎，群臣所共知，谁最甚者？"上曰："雍齿③数窘我。"留侯曰："今急，先封雍齿，则群臣人人自坚矣。"乃封齿为什方侯。群臣喜曰："雍齿且侯，吾属无患矣！"

[冯述评]温公④曰："诸将所言，未必反也。果谋反，良亦何待问而后言邪？徒以帝初得天下，数用爱憎行诛赏，群臣往往有觖望自危⑤之心，故良因事纳忠以变秽帝意耳！"袁了凡曰："子房⑥为雍齿游说，使帝自是有疑功臣之心，致三大功臣相继屠戮，未必非一言之害也！"由前言，良为忠谋；由后言，良为罪案⑦。要之布衣称帝，自汉创局，群臣皆比肩共事之人，若觖望自危，其势必反。帝所虑亦止此一著，良乘机道破，所以其言易入，而诸将之浮议顿息，不可谓非奇谋也！若韩、彭俎醢⑧，良亦何能逆料之哉！

【注释】

①偶语：相聚议论或窃窃私语。

②留侯：张良，封留侯。

③雍齿：秦末沛县豪族。本从刘邦反秦，后趁刘邦出兵在外，献丰邑投魏，又多次在战场上挫败刘邦。后雍齿复归，但刘邦始终对他心怀怨恨。

④温公：司马光，封温国公。

⑤觖（jué）望自危：因心生怨望而自感处于危险之中。

⑥子房：张良，字子房。

⑦罪案：犯罪的事端，此处指张良为害死三大功臣的罪魁祸首。

⑧俎醢：剁成肉酱。韩信和彭越均为汉朝开国功臣，后韩信被

吕后和萧何诱至长乐宫，夷灭三族；而彭越则被做成俎醢，盛其醢遍赐诸侯。

【译文】

汉高祖封赏大功臣二十余人后，其余功臣无休无止、日夜不停地争功。高祖在洛阳南宫远远看见将领们经常一起坐在沙地中议论纷纷，便就此事去询问留侯。留侯答道："陛下您出身平民，是靠这些人取得的天下。现在做了天子，而您封赏的都是些同您有旧交的人，诛杀的都是和您旧日有仇怨的人，因此这些人聚在一起是在商量谋反呢。"高祖十分忧虑，问："该怎么办呢？"留侯说："您平生最厌恶的且为大臣们所共知的人是谁？"高祖回答："雍齿多次窘辱于我。"留侯说："现在事态紧急，请您先封赏雍齿，这样大臣们便都会明白，自己是可以固位自保的了。"于是高祖封雍齿为什方侯。大臣们都高兴地感叹："雍齿都封侯了，我们这些人没什么可忧虑的了！"

[**冯梦龙述评**]司马温公说："将领们所议论的，未必是谋反之事。如果他们真的要谋反，张良又为什么要等到高祖来问才说呢？只是因为汉高祖刚刚夺得天下，多次凭自身的喜爱和憎恶来进行封赏和诛杀，大臣们往往心生怨望，继而感觉自己身处危险之中，所以张良就此进献忠言，以改变高祖的心意！"袁了凡说："张子房是在为雍齿游说，让汉高祖从此产生了对功臣的疑心；三大功臣接连被屠戮，未必不是他这一句话害的！"如果按照前面的话来看，那么张良做的便是忠诚的谋划；要是按照后面的话来看，那么张良就是罪魁祸首。总而言之，高祖以平民的身份称帝，这在汉朝之前是从未有过的，大臣们都是和他共事的人，如果他们心生怨望，时刻觉得自己处于危境中，那么他们势必是要谋反的，高祖所

忧虑的也只是这一件事，张良乘机道破，这也就是为什么他的言语这么容易就被高帝采纳，将领们的议论也这么快就平复下来，不可以说这不是奇谋！像韩信被夷灭三族、彭越被剁成肉酱这些事，又哪里是张良所能预知的呢！

李光弼：
太严苛的领导留不住人

史思明屯兵于河清①，欲绝光弼粮道。光弼军于野水渡以备之。既夕，还河阳，留兵千人，使将雍希颢守其栅②，曰："贼将高廷晖、李日越，皆万人敌也，至勿与战，降则俱来。"诸将莫谕其意，皆窃笑之。既而思明果谓日越曰："李光弼长于凭城③，今出在野。汝以铁骑宵济④，为我取之。不得，则勿反！"日越将五百骑，晨至栅下，问曰："司空⑤在乎？"希颢曰："夜去矣。"日越曰："失光弼而得希颢，吾死必矣！"遂请降。希颢与之俱见光弼，光弼厚待之，任以心腹。高廷晖闻之，亦降。或问光弼："降二将何易也？"光弼曰："思明常恨不得野战，闻我在外，以为可必取。日越不获我，势不敢归。廷晖才过于日越，闻日越被宠任，必思夺之矣。"

[冯述评] 《传》⑥云："作事威克其爱，虽小必济⑦。"然过威亦复偾事⑧，史思明是也。

【注释】

①河清：县名，治所在今河南孟州市西南。

②栅：营寨。

③凭城：据城以守。

④宵济：夜间渡水。

⑤司空：至德二载（757年），李光弼因破退史思明、蔡希德十万大军，拜检校司徒，寻迁司空，封郑国公。

⑥《传》：指《左传》。

⑦作事威克其爱，虽小必济：这句话见于《左传·昭公二十三年》，乃吴公子光（后称吴王阖闾）所言。

⑧偾事：败事。

【译文】

史思明在河清屯兵，想要断绝李光弼的粮道。李光弼的大军在野水渡驻守以防备史思明。到了晚上，李光弼率军返回河阳，只留下了士兵千人，并派将领雍希颢留守营寨，说："贼将高廷晖和李日越都是能敌万人的猛将，不要和他们交战，如果他们投降的话，就把他们一起带回来。"将领们不明白李光弼的用意，都偷偷笑他。不久，史思明果然对李日越说："李光弼擅长守城，现在却来到了野外。你率领铁骑连夜渡水前去攻打他的营寨，为我将他擒来。如果抓不到李光弼，就不要回来了！"李日越便率领五百骑兵，一大早来到了李光弼的营寨外，问："李司空在吗？"雍希颢回答："已经连夜离开了。"李日越说："我没擒到李光弼，若只擒到雍希颢，回去我就死定了！"于是请求投降。雍希颢和他一起去见李光弼，李光弼厚待了他，让他做自己的心腹将领。高廷晖听说后，也投降了。有人问李光弼："为什么这么容易就招降了这两位大将？"李光弼说："史思明经常为不能和我在野外交战而深感遗憾，听说我暴露在野外，以为一定能打败我。李日越没有擒到我，必然不敢回去复命。高廷晖的才能要胜过李日越，听说了李日越被宠信任用的事后，必然会想着来取代他。"

[**冯梦龙述评**]《左传》中说："人在做事的时候，如果威势能胜过偏爱，那么即便弱小，也能事无不成。"然而过于严苛也会败事，史思明就是例子。

高欢①：
让自己和下属立场一致，就能获得拥戴

欢计图尔朱兆②，阴收众心。乃诈为兆书，将以六镇人③配契胡为部曲④，众遂愁怨。又伪为并州符，征兵讨步落稽⑤，发万人，将遣之，而故令孙腾、尉景⑥伪请留五日，如此者再。欢亲送之郊，雪涕执别。于是众皆号哭，声动地。欢乃喻之曰："与尔俱失乡客，义同一家，不意乃尔！今直向西，当死；后军期，又当死；配胡人，又当死。奈何！"众曰："唯有反耳！"欢曰："反是急计，须推一人为主。"众愿奉欢。欢曰："尔等皆乡里，难制，虽百万众，无法终灰灭。今须与前异，不得欺汉儿，不得犯军令，否者，吾不能取笑天下！"众皆顿首："生死唯命！"于是明日遂椎牛享士，攻邺，破之。

【注释】

①高欢：东魏权臣。北齐王朝奠基人。鲜卑名贺六浑，曾参加杜洛周军，继归葛荣，后叛降尔朱荣。荣死，统率六镇余众及葛荣旧部起事，联络山东士族，灭尔朱兆，掌魏兵权，称大丞相。后孝武帝被迫西奔长安，他另立孝静帝，从此北魏分裂为东、西魏。欢执东魏政十六年。死后，其子洋代东魏孝静帝称齐帝，追尊其为北齐神武帝。

②尔朱兆：北魏权臣，尔朱荣从子。以骁猛过人得荣赏爱，以为爪牙。及荣死，进兵洛阳，杀孝庄帝，立节闵帝，任侍中、都督中外诸军事、柱国大将军、并州刺史、录尚书事。

③六镇人：北魏为防御北方柔然等部骚扰而设置的六个军事重镇，即沃野镇、怀朔镇、武川镇、抚冥镇、柔玄镇、怀荒镇。这里的"六镇人"指葛荣被破后，流入并、肆等州的六镇余部，多与高欢一样为鲜卑人，平日受到尔朱部契胡人的凌暴，皆不聊生，大小二十六反，被杀者过半，犹不止。尔朱兆患之，高欢遂设计让尔朱兆命其统领六镇。

④部曲：古代豪门大族的私人军队，带有人身依附性质。

⑤步落稽：古族名，亦称稽胡。

⑥孙腾、尉景：皆为高欢的属下。

【译文】

高欢意图推翻尔朱兆，于是暗中收买人心。他伪造了一份尔朱兆的亲笔文书，文书中写着尔朱兆将要把六镇流民发配给契胡，作为他们的部曲，众人听后都既忧愁又怨恨。高欢又伪造了并州的兵符，征发一万多名士兵去讨伐步落稽，将要发兵前，却又故意让孙腾和尉景假意请求再停留五日，总共拖延了两次。高欢亲自送士兵到郊外，在大雪中哭泣着和他们握手告别。于是士兵都号啕痛哭，哭声震地。高欢就对他们说："我和你们一样，都是不得不离开故乡的人，我们的关系就好像一家人一样，没想到今日却被尔朱兆害得再度分离！现在你们如果直向西行，去讨伐步落稽，那么一定会战死；但延误了军期，也会死；被发配给契胡做部曲，还是会死。这该如何是好！"士兵说："那就只有造反了！"高欢说："造反是紧急商量出来的办法，应当推选出一个人作为领袖。"士兵都愿意推举高欢。高欢又说："你们这些人都是乡亲，难以节制，即便有百万之众，没有严明的法度，也会很快被彻底消灭。今日起，必须与之前的行为作风大不相同，不能欺负汉人，不能触犯军令，如果你们不答应的话，我就不带领你们，我不能被天下人取笑！"士兵都向高欢叩拜保证："不管生死，我们都听从你的命令！"于是第二天高欢便杀牛犒赏士兵，随后发兵攻破了邺城。